9클래스 소드 마스터

WISHBOOKS FUSION FANTASY STORY

이형석 퓨전 판타지 장편소설

9클래스 소드 마스터 13

이형석 퓨전 판타지 장편소설

초판 1쇄 찍은 날 | 2020년 6월 9일
초판 1쇄 펴낸 날 | 2020년 6월 16일

지은이 | 이형석
펴낸이 | 예경원

기획 | 위시북스
편집책임 | 이은송
편집 | 위시북스

펴낸곳 | 예원북스
등록번호 | 제396-2012-000132호
등록일자 | 2012. 7. 25
KFN | 제1-541호

주소 | 경기도 고양시 일산동구 호수로 646-24 위너스21II빌딩 206A호 (우)10401
전화 | 031-819-9431 팩스 | 031-817-9432
E-mail | yewonbooks@naver.com

ISBN 979-11-365-3190-2 04810
979-11-6424-597-0 (set)

※ 이 도서의 국립중앙도서관 출판시도서목록(CIP)은 서지정보유통지원시스템 홈페이지(http://seoji.go.kr)와 국가자료공동목록시스템(http://www.nl.go.kr/kolisnet)에서 이용하실 수 있습니다.

9클래스 소드 마스터
WISHBOOKS FUSION FANTASY STORY
이형석 퓨전 판타지 장편소설
13
Wish Books

CONTENTS

▶Chapter 1◀

창……!! 차앙……! 차자장……!

성 밖에서 들려오는 병기가 부딪치는 소리는 밤이 되어서도 계속해서 울렸다. 카릴은 날카로운 그 소리를 눈을 감고 음미하듯 관자놀이에 주먹을 기대 있었다.

저벅- 저벅-

감았던 눈을 천천히 떴다. 그의 앞에 한 사람이 서 있었다.

"……."

피범벅이 되어 돌아온 비올라였다. 여기저기 생채기가 나 있긴 했지만 큰 부상은 아닌 것 같았다. 옷에 묻은 핏물은 다행히 그녀의 것이 아닌 적군의 것이었다.

"늦었습니다."

그녀는 무릎을 꿇고는 카릴의 앞으로 작은 상자 하나를 내

밀었다.

"흠……."

그 안에 눈도 제대로 감지 못한 채 소스라치게 놀란 얼굴로 잘린 베릴 남작의 머리가 들어 있었다.

"구국의 전쟁 천재. 베릴의 말로가 고작 이 작은 상자 속이라니……."

카릴은 잘린 머리를 확인하고는 낮게 웃었다.

선물이 썩 마음에 들었다. 자신이 이스트리아 삼국을 직접 정리하겠다고 진출한 것을 듣고 그녀는 결코 빈손으로 올 수 없었을 테니까.

하지만 그는 차갑게 말했다.

"비올라, 삼국의 통일이 아니라 고작 일개 귀족의 목 하나를 내게 주고자 자유군을 빌린 건가?"

전쟁의 결착이 길어진 이유는 이미 카릴도 알고 있었다.

그가 그녀에게 내어준 병력은 기껏해야 자유군 수천에 불과했다. 공국을 선포했지만 그녀 자신이 가지고 있던 판피넬 가문의 사병이라고 해봐야 몇백. 고작 수천의 병력으로 삼국의 수만 군사와 싸우는 일은 결코 쉬운 일이 아닐 터.

게다가 동방국의 갑작스러운 개입과 더불어서 주요한 전력이었던 베릴 남작의 마법병대의 배신까지.

"……송구하옵니다."

하지만 비올라는 그 어떤 자비도 바라지 않았다.

재능을 가지고 있다 하더라도 모두가 꽃피울 수는 없는 법. 카릴은 언제나처럼 기회를 줄 뿐 담금질을 하는 것을 스스로의 몫이었으니까.

"하나 빈손이 아니기에 간신히 변명의 기회는 얻을 수 있겠지. 만약 이마저도 가져오지 않았다면 판피넬 공국령 역시 지도에서 사라졌을 것이다."

"……알고 있습니다."

긴장 가득한 얼굴로 자신을 바라보는 비올라를 바라보며 말했다.

"베릴은 뛰어난 자다. 비록 나이가 들고 욕심이 많으나 전쟁에 관해서는 말이지. 네게 한 가지 묻지. 베릴을 어떻게 잡았지?"

"폐하의 말씀대로 베릴은 뛰어난 자입니다. 그렇기 때문에 사태의 원흉인 그를 가장 먼저 잡아야 한다고 생각했습니다."

"그래서?"

"그는 눈치가 빠른 자입니다. 국경 요새에 동방국의 사이몬 코덴이 있다는 것을 알고 그가 폐하를 막지 못할 경우 도망칠 길까지 마련해 두었으리라 생각했습니다. 그리고 제국으로 갈 수 있는 길은 이스탄 수도의 뒷길뿐. 그리 예상하여 뒤를 쳤습니다."

"이스탄의 뒤를? 그 정도로 깊숙하게 들어갈 수 있다면 삼국을 정리하는 데 이렇게 시간을 소비할 이유가 없을 것 같은데."

"생각지 못한 동방국의 개입과 베릴의 마법병대로 인해 시간이 지체되었습니다."

"말이 되지 않는군. 자유군을 내어 준 이유도 그런 상황을 산정해서였다."

카릴은 손을 들어 올려 뒤에 있는 부하에게 명했다.

"그녀에게 자리를 내어 줘라."

차앙-!! 차장-!

카릴은 창밖을 가리키며 말했다.

"저 검무(劍舞)가 끝날 때까지 네게 시간을 주지. 그러니 들어주겠다."

그러고는 차갑게 그녀를 바라봤다.

"준비한 거짓말이 아니라 네가 일부러 시간을 끈 진짜 이유를."

그 순간 비올라는 온몸에 소름이 돋는 기분이었다. 그녀는 속내를 들킨 듯 옅은 미소를 지었다.

"역시…… 폐하를 속일 수 없군요."

비올라는 고개를 가로저으며 카릴의 말에 대답했다.

"승부가 나면 안 되기 때문입니다."

"어째서지?"

비올라는 말을 이었다.

"제국은 이미 공국이 폐하의 수중에 있다는 것을 알고 있습니다. 그들은 대륙 최강자라 칭하지만 어느새 전세가 기울었다는 것도 실감하고 있겠지요."

"흐음."

"이스트리아 삼국이 폐하의 휘하에 떨어지게 되면 제국은 단 하나의 적에 집중하게 될 겁니다. 하지만 전쟁이 끝나지 않은 상황이라면 시선은 분산되고 제국은 양쪽을 모두 견제해야 되죠."

카릴은 그녀의 말에 고개를 끄덕였다.

"저희는 폐하께서 제국과의 전쟁을 선포하게 되는 시점에서 삼국을 정리할 생각이었습니다. 그렇게 되면 전세의 불씨는 급격하게 번지고 제국은 완벽하게 고립될 테니 올리번은 자신의 세력을 증강시키기 위해 단 하나 남은 독초를 삼킬 수밖에 없게 되겠죠."

"독초라……."

"루온 1황자."

카릴은 비올라의 말에 입꼬리를 올렸다.

"루온은 실각했다 하더라도 그를 따르는 전력은 아직도 존재합니다. 정확히는 그가 아니라 황후겠지만……. 올리번으로서는 그들마저 아쉬운 상황."

그녀는 눈빛을 빛냈다.

"하지만 그 둘이 손잡는 것이야말로 제국으로서는 최악의 수가 되겠죠."

"그렇군. 너는 베이칸에게 내가 삼국을 향한다는 소식을 듣고 헤임에서 전쟁 선포를 한 것을 예상한 것이로군."

그는 베릴의 수급을 가리켰다.

"그리고 언제든 삼국을 정리할 수 있다는 여력을 보여주기 위해 이걸 가져왔고?"

비올라는 어깨를 으쓱하며 대답했다.

"황제의 죽음은 정말로 예상하지 못했지만요."
"하…… 하하."
카릴은 비올라의 말에 기가 막힌다는 듯 낮게 웃었다.
"나를 위해 제국의 이목을 끌기 위해서라……. 내가 네게 도움을 받은 것이로군? 삼국의 전쟁이 없었더라면 제국이 더 빨리 손을 썼을지도 모르기 때문이다, 라……."
그 순간, 그의 눈빛이 변했다. 비올라는 자신도 모르게 뒤로 주춤거리며 물러섰다. 그녀를 바라보는 카릴의 눈빛이 칼날처럼 매서웠기 때문이다.
"여우가 사자를 걱정하는 꼴이로군."
"주군…… 비올라 님은……."
카릴은 손을 들며 베이칸이 그녀를 비호하려는 것을 막았다.
"전쟁이란 언제나 생각지 못한 변수가 생기는 법. 하지만 시냇가의 물에 골짜기가 더해진다 한들 대양의 파도를 이길 순 없다. 파묻혀 사라지거나 뒤덮일 뿐이지."
"폐하의 자유군이 대양의 파도라 말씀하시는 것입니까."
카릴은 그녀의 말에 그저 옅게 웃을 뿐이었다.
고작 수천 명. 사실 제국을 비롯하여 다른 왕국에 비한다 하더라도 그 수는 너무나도 적었다.
하지만 트윈 아머의 기적을 본 삼국의 그 누구도 자유군이 한낱 물살에 불과하다 여기지 않았다.
"아무리 달콤한 말이라 하더라도 결국 너는 내가 내린 명령을 달성하지 못한 것뿐이다."

카릴은 그녀를 바라봤다.

"비올라, 너는 나와 처음 만났을 때 내가 했던 말을 기억하는가?"

"……."

"삼국은 다른 왕국들과 달리 오랜 세월 연합 체제를 유지해왔다. 불완전한 체제는 서로를 견제하게 만들고 결국 지금처럼 전쟁을 발발하게 하지. 그 모든 잘못은 백성에게 있는 것이 아니라 통치하는 자에게 있는 법."

그는 차갑게 말했다.

"대륙 3강이라는 허울 아래 너희들은 변변치 않은 세력으로 제국, 공국과 어깨를 나란히 한다는 착각에 빠져 있다."

화악-!

비올라는 카릴의 말에 얼굴을 붉혔다.

"너는 백성을 살리기 위해 나를 찾아왔었지. 삼국 백성들의 안정된 삶, 굶지 않는 생활을 위해 군사를 일으킨 네가 왜 아직도 전쟁을 이어가고 있느냔 말이다."

"그, 그건……!!"

"네 행위는 나의 환심을 사기 위해 네 사람들을 방관하고 너의 땅을 피폐하게 만드는 것일 뿐이야."

비올라는 뭔가를 말하려다 입을 다물었다.

"네가 이룬 게 뭐지?"

카릴은 신랄하게 그녀에게 말했다.

"아무것도 없어."

언제부터였을까. 자유군을 뒤에 업고 승승장구하던 것이 모두 자신의 능력이라 도취되었던 것은 아닐까.

트윈 아머에서 그가 보여주었던 기상천외한 책략에 매료되어 자신도 그런 거대한 판을 그려보고 싶었던 것일지도 모른다.

"백성을 살리고 싶다면 일단 왕위에 올라라. 옥좌는 하나뿐이니까. 다행히도 죄목을 뒤집어씌울 단 한 사람이 아직 살아 있군."

카릴은 마치 그녀의 마음을 이해한다는 듯 이스탄 왕국의 방향을 가리키며 말했다.

"너는 내게 삼국을 바치겠다 했지. 그것 역시 네 백성을 살리기 위함이었고. 바칠 거면 제대로 무릎을 꿇고 내려놓아라. 하나 적어도 무릎을 꿇는 그 순간까지 너는 당당하게 왕의 위엄을 지킬 수 있는 무대를 스스로 만들어야 한다. 저 녀석이 자신을 증명하는 무대에 스스로 선 것처럼 말이지."

그는 천천히 자리에서 일어섰다.

'……그릇의 크기를 가늠할 수가 없구나. 나는 정말 바보 같은 짓을 해버리고 말았어.'

아이러니하게도 그 순간 비올라는 진심으로 카릴에 대한 충성심이 일었다.

카릴은 더 이상 그녀를 나무라지 않았다.

실패지만 실패가 아니었다. 전쟁이야말로 인재를 키우는 가장 좋은 환경이라는 것을 그는 잘 알고 있었기 때문이었다. 그것은 그레이스를 보면 충분히 알 수 있었다.

그리고 지금 이것으로 인해 비올라는 한 발자국 더 앞으로 나갈 것이었으니까.

"골짜기의 물살로는 파도를 이길 수 없다. 네가 해야 할 일은 골짜기를 파도에 연결시킬 수문을 만드는 것임을 명심해라."

비올라는 카릴의 뒷모습을 바라보며 지금껏 자신이 생각했던 것이 모두 기우에 불과하다는 것을 깨달았다.

제국과의 전쟁. 상상조차 하지 못할 그 일에 대해 카릴은 이미 머릿속에 모든 것을 계산하고 있는 듯 보였다.

그녀는 나지막하게 웃었다.

베이칸은 그 미소가 어쩐지 묘하다는 생각이 들었다.

"삼국을 정리하는 데 얼마나 걸릴 것 같지?"

그녀가 고개를 들며 자신 있게 카릴의 질문에 대답했다.

"에이단이 자신을 증명하듯, 저 검무(劍舞)가 끝날 때 삼국을 폐하께 드리도록 하겠습니다."

"……!!"

그녀의 말에 베이칸은 깜짝 놀란 듯 바라봤다.

저벅- 저벅- 저벅-

카릴은 천천히 걸음을 옮겨 창의 난간을 잡고 성 밖을 바라봤다.

창!! 차앙-! 차아아앙……!!

쉴 틈 없이 검이 부딪히는 소리가 어두운 밤을 울렸다.

“그레이스 판피넬.”

카릴은 무릎을 꿇고 있는 비올라에게 고개를 돌리지 않은 채 말했다.

“그가 없군.”

비올라는 그 말에 입꼬리를 올렸다.

“네가 내게 가져온 선물은 단순히 베릴의 목만이 아니었군. 베릴의 뒤를 친 뒤 나머지 병력으로 지체없이 이스탄 왕국을 공격했어. 베이칸의 자유군을 돌려보내고 오직 판피넬의 기사만으로 말이지.”

“처음부터 삼국의 승리를 약속드렸었습니다. 하나 실로 여우가 사자를 걱정한 꼴이네요. 그 만용에 대한 책임은 당연히 제 몫이지 자유군과 함께 나눌 것이 아닙니다.”

“하하하하……!!”

카릴은 그녀의 말에 웃었다.

“베이칸, 보았느냐. 한 방 먹었어. 네 보호가 필요할 만큼 그녀는 연약하지 않다는 걸 알겠지? 그녀는 이미 충분한 경쟁 상대였던 것이다. 널 배제하고 공훈을 자신의 것으로 돌려 스스로를 돋보이게 만들었군.”

그의 말에 베이칸은 쓴웃음을 지으면서도 기분이 나쁘지는 않은 듯 어깨를 으쓱했다.

“좋다. 비올라. 하지만 네 실책을 만회할 한 가지 일을 더 말기겠다."

"무엇이죠?"

"오늘 밤이 지나면 동방국의 살수들을 소집하여 내게 데리고 오도록 해. 주인을 잃은 그들을 우리의 것으로 만든다."

"하지만……."

비올라는 성 아래를 바라보며 떨리는 목소리로 말했다.

서걱-

저 멀리 떨어졌음에도 불구하고 날카로운 단검이 살을 베는 소리가 선명하게 들렸다.

비올라는 자신도 모르게 소름이 돋는 듯한 기분에 몸을 부르르 떨었다.

"곧 승패가 날 테니까."

탁-

요새의 성벽을 뛰어오르자 상공에 날고 있던 비룡들이 마치 발판이 되듯 차례차례 그의 걸음에 맞춰 날갯짓했다.

'빌어먹을……!! 어째서 이따위 애송이에게……!'

사이몬 코덴은 눈앞의 에이단을 바라보며 믿을 수가 없었다. 소드 마스터의 반열에도 오르지도 못한 애송이가 어째서 자신과의 싸움에서 한 발자국도 물러서지 않을 수 있단 말인가.

콰가가가가가가가-!! 콰가가강-!!

그는 있는 힘껏 마력을 담은 부채를 휘둘렀다. 어느새 격전으로 인해 여기저기 부서진 부채의 칼날은 처음의 위용을 잃은 지 오래였다.

'동방국의 주인인 내가 광대가 되어버리다니……!'

단숨에 승부를 결판 짓고 당당하게 돌아서려 했던 계획은 물 건너간 지 오래였다. 시간을 끌수록 자신의 위명을 깎아내리는 상황이었으니 실로 이겨도 본전이고 지면 크나큰 손해였다.

이를 악물며 철선을 아래로 긋는 순간.

검기가 그를 덮쳤다. 처음에는 약했던 검격이 파도처럼 쏟아지면서 마치 자신을 옭아매는 그물과도 같은 검망이 되어 덮쳤다.

"어딜!!"

"죽어라!!"

사이몬 코덴이 황급히 부채를 펼쳐 검을 튕기려 물러나자 암연의 살수들이 일제히 에이단을 향해 공격했다.

파앙……!! 콰가가강……!

에이단이 펼친 검망이 살수들의 검에 튕겨 나가며 무너졌다. 하지만 공격은 거기서 끝나지 않았다. 틈을 조금만 주어도 자신의 급소를 노리는 공격이 쏟아졌다. 그러나 적의 공격에도 불구하고 에이단은 아슬아슬 그들의 공격을 피했다.

'어떻게…….'

사이몬 코덴이 느끼는 의문점은 그들의 머릿속에 역시 마찬가지로 들었다.

'저 녀석이 우리들의 검을 이렇게까지 막아낼 수 있지?'

'아무리 생각해도 말이 안 돼……!'

임무를 보낸 이후 연락이 끊긴 몇 년 동안 이렇게까지 성장할 것이라고는 상상할 수 없는 일이었기 때문이다.

'느리다.'

하지만 경악하는 그들과 달리 에이단은 그들의 검을 피하며 생각했다.

암살자에게 가장 필요한 것. 그건 바로 눈이다.

검을 정면에서 마주하는 것이 아니라 검을 피하고 적의 숨통을 끊는 것에 목적이 있으니까.

에이단 하밀은 수안 하자르와 달리 카릴과 함께 많은 곳을 다녔다. 그리고 그의 수하 중 누구보다 많은 소드 마스터의 검을 봐왔었다.

'신기할 정도야.'

그는 지금까지 카릴이 자신에 대한 안배를 하지 않았다고 생각했다.

하지만 그는 몰랐다. 그들의 검술을 볼 수 있는 기회를 제공한 것이 카릴이 에이단의 각성을 위해 준비한 것임을.

"네가 감히!!"

"우리들을 뚫을 수 있을 거라 생각하느냐!!"

에이단을 향해 덤벼드는 십수 명의 살수들은 분명 예전만

해도 쳐다볼 수도 없을 정도로 강자들이었다.

그런데 지금은 한없이 작고 느려 보일 뿐이었다.

"하…… 하하."

몸은 분명 지쳐가지만 정신은 갈수록 더욱 고양되고 있었다. 에이단은 독사의 탑에서 마물들을 사냥할 때와 다르게 자꾸만 자신도 모르게 실없이 웃음이 났다.

마물이 아닌 사람을 상대하는 것. 목덜미가 지끈거리는 것 같은 기분이 나쁘지 않았다. 신경계가 온통 이 전투에 쏠려 있었다.

일종의 각성. 이 순간에 그의 자질이 더욱 빛을 발하고 있었다.

단 하나. 사이몬 코덴의 목을 베는 것에 말이다.

"후읍-"

거친 숨을 토해내는 암살자들과 달리 에이단 하밀은 오히려 숨을 들이마셨다. 기척을 숨기기 위해.

그는 두말할 것 없이 천성적인 암살자였다.

쇄아아아악……!!

상공을 날던 붉은 비룡이 카릴의 의도를 알아차렸다는 듯 그가 머리 위에 오르자마자 거대한 날개를 펼쳤다.

"에이단, 넌 나와 북부로 간다."

쉴 새 없이 쏟아지는 공방 속에서 에이단은 그의 목소리가 선명하게 귀에 꽂히는 것 같았다.

퍼럭-! 화아아악-!!

비룡이 크게 날갯짓을 하는 순간 횃불이 꺼짐과 동시에 수십 마리의 비룡들이 일제히 거대한 날개를 펼치자 별빛마저 사라져 에이단의 머리 위에 짙게 깔렸다.

어둠.

그 순간 사이몬 코덴과 에이단의 머릿속은 동시에 똑같은 생각이 들었다.

찰나의 틈.

차차창-!! 카강-!!

칠흑 같은 어둠 속에 날카로운 검이 부딪혔다.

"쿨럭……."

사이몬 코덴은 핏물을 뱉어냈다.

"하아…… 하아…… 하아……."

에이단 하밀은 참았던 숨을 마치 한꺼번에 몰아서 내쉬는 것처럼 심장을 움켜쥐며 주저앉았다.

"너……."

사이몬 코덴은 뒤를 돌아보며 떨리는 눈으로 그를 바라봤다.

화르륵……!!

카릴이 손을 젓자 꺼졌던 횃불들에 불이 솟아올랐다. 사이몬 코덴의 이마에서부터 양쪽 뺨을 지나 턱까지 그려진 붉은색의 문신 같은 두 개의 선명한 줄이 서서히 사라졌다.

초후술(超吼術) 3단계 각성, 야차(夜叉).

찰나의 어둠 속에서 두 사람은 극한의 속도로 검을 섞었다. 다른 암연의 살수들은 그 둘의 간극 속으로 들어올 엄두조차 내지 못했다.

붉은 문양이 사라지자 사이몬 코덴은 자신의 마지막 비기가 깨졌다는 것을 알 수 있었다.

하지만 믿을 수도 인정할 수도 없었다. 일개 살수가 그것도 자신의 부하가 지금 자신을 뛰어넘었으니까.

"……그건 뭐지?"

"축지(縮地)라고 이름을 붙였습니다. 제가 남들보다 뛰어난 것은 속도이니까요. 별것 아닙니다. 그저 암연의 기술인 인보와 마력변형을 합쳐 만든 조잡한 기술일 뿐입니다."

"그 말은 네가 만들었단 말이군."

"그렇습니다."

사이몬 코덴은 그의 말에 낮게 웃었다.

"우리 동방국이 세워진 지 얼마나 되었지?"

"구 제국이 있던 마도 시대부터 단일 가문으로 단 한 번의 반란도 없이 전통을 지켜온 나라이지 않습니까. 역사로 따진다면 현재의 제국보다 더 오래되었습니다."

"잘 아는군."

"암연 출신이라면 누구든."

에이단은 어깨를 으쓱하며 사이몬 코덴의 말에 대답했다.

"마도 시대까지 천 년이 넘는 세월 동안 암연의 이동술인 인보는 더 이상 발전하지 않았다. 어째서인 줄 아는가?"

"……."

"발전시킬 필요가 없을 정도로 완벽했기 때문이다. 아니, 발전시킬 수 있는 방법을 찾지 못한 것이라 해야겠군."

그는 힘겨운 목소리로 말했다.

"한데 너는 천 년 동안 동방국이 제자리에 멈춰 있는 동안 혼자서 뛰어넘었군……."

에이단은 그런 그를 차분히 바라봤다.

"……제가 한 게 아닙니다."

"뭐?"

"이제야 알겠습니다. 그렇게 되도록 만들어졌던 겁니다."

무슨 말인지 이해가 가지 않는다는 듯 사이몬 코덴이 에이단을 바라보자 그는 오히려 비룡 위에 있는 카릴을 향해 말했다.

"그렇죠?"

에이단은 항상 의심스러웠던 자신의 실력을 확인할 기회가 없었다.

언제나 자신만 제자리에 머물러 있는 불안감. 권왕 발본트의 도움을 받을 수안이라든지 불멸회에서 수련을 한 미하일, 창왕의 가르침을 얻는 세리카들과 달리 자신은 뛰어난 스승도 없었다. 하지만 아이러니하게도 그 불안감이 그를 성장시키는 계기가 되었다.

카릴의 생각은 적중했다. 무기를 다루는 법이라든지 마법을 시전하는 방법은 스승에게 배울 수 있다. 하지만 사람을 죽이기 위한 방법은 스스로 터득해야 하는 법.

에이단 하밀은 자신이 가지고 있는 특성을 극대화시켰고 기척도 소리도 없이 극한의 속도로 적을 벨 수 있는 축지를 개발해 낸 것이다.

"처음부터 승부는 결정되어 있었다는 뜻이로군."

사이몬 코덴의 표정은 어쩐지 허탈했다.

"그 정도의 눈이라면 너는 내가 쓴 초후술의 정수를 깨달았을지도 모르겠어. 어땠지?"

에이단은 대답을 하지 않았다.

카릴은 그 모습을 바라보며 옅은 미소를 지었다.

'녀석이 알아차린 모양이로군.'

전생을 겪었던 그만이 알고 있던 비밀. 신탁 전쟁에서 카릴은 사이몬 코덴과 검을 나눈 것뿐만 아니라 함께 싸웠다.

그리고 내린 결론. 3단계가 끝이라 알려진 초후술에는 마지막 단계가 있으며 사이몬 코덴은 그것을 익히지 못했다, 라는 것.

카릴이 에이단을 동방국으로 보냈던 이유도 그러한 빈틈이 있었기 때문이기도 했다.

"실전만큼 비기를 습득하는 가장 좋은 방법도 없으니까. 하지만 남의 것을 빼앗기 위해서는 그 본질을 꿰뚫어 볼 눈이 필요하지."

카릴은 낮게 중얼거렸다.

[너는 녀석의 역량이 자신의 주인이었던 사이몬 코덴을 이미 뛰어넘은 상태라는 걸 알고 있었군.]

줄곧 침묵을 지키고 있던 두아트가 카릴에게 말을 걸었다. 카릴은 대답 대신 묘한 미소를 지을 뿐이었다.

"그가 왜 나를 살려두고 있었던 것인지 알겠어. 내게서 초후술을 배울 수 있도록 나와 싸우게 만들었던 것이었어."

사이몬 코덴은 고개를 들었다.

"……꼴이 우스워졌군. 동방국의 주인이 남이 만들어놓은 무대의 꼭두각시로 끝나다니 말이야."

탁-

카릴은 비룡의 머리 위에서 내려와 무릎을 꿇고 있는 그의 앞에 섰다.

"……제국을 이길 수 있을 것이라 여기는가?"

"제국과의 전쟁에 대해서 나는 이기고 진다는 것을 생각해 본 적 없다."

"그만큼 필사적으로 싸우겠다는 뜻이로군."

"반대야."

비틀거리는 사이몬 코덴의 어깨를 움켜쥐며 카릴은 그를 향해 말했다.

"말해봐. 코덴."

"큭?!"

어깨를 누르는 통증에 그는 살짝 인상을 찡그리며 카릴을 바라봤다.

"너는 모기에게 물렸다고 죽는가? 어디를 물면 죽을까? 어디든 상관없다. 한번 세게 물어봐."

짝-!!

카릴이 손바닥을 마주쳤다.

"하지만 죽이지 못하면 반대로 죽는 거지."

사이몬 코덴은 어이가 없다는 듯 헛웃음을 지었다.

"제국을 고작 모기로 비유하는 건가? 대륙의 최강자를?"

"암살의 최고라 하는 동방국조차 내 수하의 앞에 무너진 것을 그 주인이 그 정도도 하지 못하면 말이 되지 않겠지."

"하…… 하하."

"하지만 안타깝군."

카릴은 고개를 돌렸다.

"너는 제국이 무너지는 모습을 보지 못할 테니까."

서걱-

그때 에이단 하밀의 날카로운 검날이 사이몬 코덴의 목에 박혔다. 검날이 뒷덜미에서부터 목젖을 뚫고 튀어나왔다.

"컥…… 커컥……!!"

핏물이 바닥에 흘렀고 잘린 몸이 앞으로 고꾸라졌다. 카릴은 바닥에 너부러진 사이몬 코덴의 시체를 바라봤다.

그는 코덴을 살려둘까 고민을 했었다. 전생에 함께했던 신탁의 10인 중 한 명이었으니까.

하지만 다른 왕국들과 달리 오로지 일인 전승으로 이어져 왔던 동방국은 사이몬 코덴이라는 절대적인 존재가 살아 있는 한 절대로 자신을 따르지 않을 것임을 알았다.

카릴은 더 이상 죽은 자에게 시선을 두지 않고 고개를 들었다.

"반쪽짜리지만 드디어 소드 마스터의 문턱에 발을 들여놓았군."

"하…… 하하."

카릴의 말에 에이단은 핏물을 머금은 단검을 던져 버리며 고개를 끄덕였다.

"축지를 쓰기 위해서 부족한 마력을 마력변형술로 일순간 증폭시켰어. 그 덕분에 너는 4클래스의 마력을 얻을 수 있었지."

에이단은 고개를 끄덕였다.

"그 감각을 잊지 마라. 그렇다면 4클래스의 벽을 뚫을 수 있을 테니까. 소드 마스터의 반열에 네 이름을 올려라."

"명심하겠습니다."

전생에 에이단 하밀은 제국 7강라 불리는 강자에 도달했지만 대륙 최강이라 불리는 소드 마스터급에는 닿지 못했다. 하지만 카릴은 그가 전생에는 이루지 못한 경지를 이번 생에는 충분히 도달할 수 있을 것이라 확신했다.

"에이단. 암연을 접수하기 위한 시간이 필요한가?"

"필요 없습니다."

그 순간 살아 있던 동방국의 살수들이 무릎을 꿇은 채로 고개를 떨구었다.

"그들은 서 있는 자만이 승자라는 것을 누구보다 잘 알고 있으니까요."

에이단은 살수들을 등지고서 카릴을 향해 무릎을 꿇으며 말했다.

"그래, 이제 삼국의 명운은 결정되었다."

동이 트고 있었다. 처음 이스트리아 삼국행을 결정했을 때만 하더라도 그는 조금은 짜증이 섞였으나 지금으로써는 결실이 생각보다 만족스럽다고 생각했다.

비올라의 책략, 에이단의 합류 그리고 이스트리아 삼국이 완벽하게 자신의 손에 떨어지는 것을 확인할 수 있었으니까.

"덤으로 동방국까지."

고작.

삼 일이 걸렸다.

"하……!! 하하하하하!!"

무릎을 꿇고 있는 릴리아나의 앞에서 호탕하게 웃은 여인은 전서구의 머리를 쓰다듬으며 쥐고 있던 쪽지를 그녀에게 건넸다.

"읽어보거라. 그에게서 온 전갈이다."

잔나비 부족의 행동대장인 릴리아나는 두 손을 머리 위로 받쳐 그녀가 건네는 쪽지를 받았다. 북부의 고고함을 몸소 보여주는 것 같았던 릴리아나가 이렇게까지 예의를 차리는 사람은 단 한 명뿐이었다.

잔나비의 수장, 화린.

그녀는 눈보라가 치는 북부의 추위에도 아랑곳하지 않는 듯 얇은 천으로 된 로브 하나만을 걸치고 있었다. 결코 작지 않은 키의 릴리아나임에도 불구하고 앉아 있는 그녀의 앞에서는 마치 가녀린 여인처럼 보일 정도로 화린은 거구의 남자와 비교해도 결코 꿀리지 않을 덩치를 가지고 있었다. 여자라고 하기엔 믿기지 않을 정도로 단단한 근육은 웃을 때마다 꿈틀거렸다.

이따금 이민족들마저도 그녀를 볼 때마다 그녀의 몸 안에는 신화 시대에 사라진 거인족, 타이탄의 피가 흐르는 게 아닐까 할 정도였다.

"북부로 향한다는 전갈이군요."

"그 밑을 읽었느냐?"

릴리아나를 화린의 말에 떨떠름한 표정으로 쪽지의 마지막 줄에 적힌 글을 말했다.

"……성도에서 제국과의 전쟁을 선포했다. 뿐만 아니라 남부의 모든 세력을 통합하였으니 이제 마지막 한 곳만이 남았다. 이민족의 힘을 가지러 갈 것이다."

"크…… 크큭. 정말 한 치의 틀림도 없이 정확하게 네가 말한 대로구나. 오만하면서도 당당하기 그지없어. 그 누가 성도에서 그런 짓을 할 수 있느냔 말이지."

화린은 기대 가득한 목소리로 말했다.

"드디어 만나게 되는구나."

그녀는 고개를 끄덕였다.

"북부의 힘을 가지러 오겠다. 가지러 오겠다, 라……. 마지막 말이 참으로 마음에 드는군. 어디 맡겨놓은 것이라도 있는 것처럼 말이야."

릴리아나는 자신의 수장이 이토록 흥이 오른 모습을 오랜만에 본다는 생각이 들었다.

"정말 건방지구나. 하지만 수장이 된 자라면 본디 그래야지. 하나 북부의 힘을 감당할 깜냥이 되지 않는다면 오히려 잡아먹힌다는 것도 녀석은 알아야 할 거야."

릴리아나는 화린의 말에 굳은 얼굴로 말했다.

"하나……."

"알고 있다. 네가 들려준 그의 무용은 과장된 것이 아니겠지. 폭염왕의 힘을 잠재우고 비룡을 길들이고, 믿을 수 없는 마력까지……. 과연 칼리악의 아들이라 할 만하다."

화린은 여전히 의자에 앉아 기댄 채로 말을 이었다.

"그에겐 비밀로 부쳤겠지."

"네."

"그럼 되었다. 잔나비가 쉽사리 질 것이라 생각하느냐."

"아닙니다."

"그래. 북부의 찬바람만큼이나 이 안에 있는 힘은 맹렬하니까."

그녀는 자신의 목에 걸린 목걸이를 들었다.

휘이이이잉…….

에메랄드빛의 거대한 보석이 박힌 육각형의 펜던트 안에는 신기하게도 바람이 들어 있는 것처럼 작은 소용돌이가 나타났다 사라졌다.

“이 또한 운명일지니. 과연 그가 대전사의 시험을 통과할 만큼의 사내인지 확인해 볼 필요가 있겠지.”

차앙-!!

그녀의 말이 끝남과 동시에 막사 안에 있던 부족원들이 일제히 검을 뽑았다.

“나의 오랜 친우였던 칼리악의 아들이다. 장로들에게 알려라. 그리고 모든 부족들에게도 일러라. 성대하게 그를 맞이할 준비를 하라고 말이야.”

화린이 손을 뻗자 뒤에 있던 부하들이 거대한 대검을 들고 왔다. 몇 사람이 낑낑대며 겨우 든 검을 그녀는 아무렇지 않게 한 손으로 움켜잡았다.

“만약……. 그가 정말로 대전사의 칭호를 받게 된다면 북부 전쟁의 내막을 알게 될지도 모르지.”

이단섬멸령. 북부의 이민족들이 제국의 기사들에게 힘없이 밀렸던 전투는 역사서에 제국의 힘을 증명한 대전투라 기록되었던 최악의 전쟁.

그녀는 막사의 천장까지 닿을 것 같은 대검을 한 바퀴 돌리며 바닥을 찍었다.

쿠웅-!!

검이 아니라 망치로 바닥을 내려찍은 것 같은 둔탁한 소리가 들리며 검날의 절반이 바닥 깊이 찍혔다. 그 모습은 가히 인간의 무력이라 할 수 없을 정도였다.

화린은 두 팔의 근육을 부풀리며 나지막한 목소리로 명했다.

"검 축제를 준비하라."

"진격하라!!"

그레이스 판피넬은 회심의 외침을 지르며 자신의 기사들을 이끌었다.

이스탄 왕국의 뒤편. 베릴의 목을 베었던 그는 비올라와 헤어진 뒤 지체 없이 이스탄의 수도를 공략했다.

"단장님, 적의 반격이 없습니다."

"베릴의 죽음을 들은 거겠지. 아니면 국경 요새에서의 일을 알게 된 것일지도."

어느 쪽이 되었든 간에 그레이스는 눈앞의 적들은 이미 전의를 상실했다는 것을 직감했다.

"우리가 해야 할 일은 완벽하게 이스탄을 우리의 것을 만드는 것이다! 전장을 끝내고 승리를 왕녀님께 바쳐라!!"

와아아아아아아-! 와아아아-!!

판피넬 가문의 기사들은 저마다 자신의 무기를 들어 올리며 함성을 질렀다.

기사를 가장 확실하게 단련시키는 방법은 앞마당에서의 훈련이 아니라 실전이었다. 비올라가 성장한 것처럼 그레이스 역시 과거의 역량과는 비교도 되지 않을 만큼 뛰어난 위용을 보여주었다. 게다가 그가 이끄는 기사들 역시 그전에도 물론 뛰어났으나 지금은 능력이 한 단계 진보하여 제국의 기사단과 어깨를 나란히 하더라도 결코 모자라지 않았다.

이제는 과거라 말할 수 있는 이스트리아 삼국에서 이들보다 강한 기사단은 없을 것이다.

쉬이익-!!

그레이스가 마력을 검에 집중하자 마나 블레이드가 길게 주욱- 늘어났다. 날카로운 검을 마치 창처럼 어깨 위로 들어 올려 가로로 세우고는 있는 힘껏 앞으로 찔러 넣었다.

콰가가가각……!! 콰가각……!!

판피넬 가문의 가전 비기로 검의 간격을 마치 창과 같이 사용하는 돌격창검(突擊槍劍). 지금껏 삼국 연합의 많은 기사들의 목을 꿰뚫었던 일 점 즉살의 필살검을 고작 성문이 막을 수는 없었다.

콰직!!

그레이스의 마력이 담긴 검이 이스탄 왕국의 수도의 성문과 격돌했다. 그러자 우지끈-! 하는 소리와 함께 성문의 걸쇠가 단번에 부서졌다.

"돌격하라!!"

양옆의 기사들이 그레이스의 외침이 끝남과 동시에 왕궁의 문을 열자 병사들이 일제히 달려들었다.

와아아아아아아-!! 와아아아아-!!

병사들이 함성과 함께 성안으로 뛰어들었다.

하지만 그것도 잠시, 호기롭게 들어온 병사들은 어리둥절한 표정으로 뻗은 무기들이 어디로 가야 할지 갈 곳을 찾지 못한 채 서 있었다.

"재밌는 검술을 쓰는군. 란돌만큼 자질이 있어 보이는데. 이 재미없는 전장에서 그나마 쓸 만한 녀석이겠어. 어때, 한판 붙어보겠어?"

"……!!"

이스탄 왕국의 성문 뒤로 보이는 수백, 수천의 시체의 산 위에 한 사람이 앉아 있었다. 지루한 듯 하품을 하던 여인이 자신을 가리키자 그레이스는 믿을 수 없는 광경에 입을 다물지 못했다.

"당신은……."

까무잡잡한 피부와 새하얀 천 사이로 드러난 몸매는 탄탄하게 근육이 잡혀 있었다.

디곤의 여제라 불리는 남부의 절대적 존재. 모를 수가 없는 남부의 패자. 하지만 그녀가 이곳에 있을 것이라고는 그 누구도 예상하지 못했다.

마치 아름다운 조각 같은 그녀의 모습에 넋을 잃을 수도 있겠지만 그 미모조차 압도하는 시체의 산에 기사들은 긴장 속에 자신도 모르게 마른침을 삼켰다.

'저항이 없었던 건……. 이미 모두 죽었기 때문인가.'

그레이스는 주위를 살폈다. 하지만 그녀 이외에 다른 인기척은 느껴지지 않았다. 이스탄 왕국의 수도 안에 주둔하고 있던 병력은 마법병대를 포함하여 수만 명.

'아무리 소드 마스터라 하더라도 혼자서 이 정도의 숫자를 처리할 수 있을까?'

그레이스는 조금씩 닿아가는 소드 마스터라는 벽을 이제 곧 뛰어넘을 수 있을 것이라고 여겼던 자신이 부끄러워졌다.

하지만 결코 그레이스 판피넬의 실력이 낮은 것이 아니었다. 카릴로 인해서 용마력의 사용법을 배우고 자신의 것으로 만든 밀리아나의 마력은 확실히 질적으로 차이가 있었다.

"어떻게…… 이곳에 계십니까? 여제여."

"이유야 당연한 것 아냐? 카릴이 내게 명했다."

"혼자…… 오신 겁니까?"

그레이스는 주위를 둘러봤지만 그녀 이외에는 아무도 보이지 않았다.

"고작 이런 약소국 하나 처리하는 데 병사가 필요하다는 건 스스로 약함을 증명하는 것뿐이지."

밀리아나는 당연하다는 듯 하품을 내쉬며 말했다.

"물론, 한 녀석 덕분에 좀 더 빨리 끝났지. 밤 동안 왕국의 왕과 함께 주요 기사들이 목을 모두 베어버렸으니까."

"누구…… 말입니까?"

"에이단 하밀. 너도 알겠지. 지금쯤이면 카릴이 있는 곳에 도착했겠군."

밀리아나는 잘린 왕의 목을 들어 보이며 말했다.

"카릴이 있는 곳으로 서둘러 가야 해서 디곤의 도움을 요청해서 말이지. 야만족만이 알고 있는 지름길을 알려줬지. 덕분에 잔챙이들만 상대하게 돼서 재미를 못 봤어. 이번에 새롭게 익힌 검술을 써볼 기회도 놓쳤는데……. 어때? 붙어보겠어?"

그녀가 자신의 애검인 아크와 게일을 들어 가볍게 휘두르며 물었다. 힘을 들이지 않은 것처럼 보였지만 쌍검이 공기를 가르자 파앙-!! 공기가 터지는 소리가 들렸다.

"……사양하겠습니다. 하루 만에 수만의 피를 먹은 검에 제 피까지 보태고 싶지는 않습니다."

그레이스는 어깨를 으쓱했다.

"누가 그래?"

"……네?"

그 순간 놀랍게도 그녀의 밑에 깔려 있는 병사들이 나지막한 신음을 토해냈다.

'설마?'

그레이스는 황급히 고개를 들었다. 죽었다고 생각했던 이스탄의 병사들은 그저 의식을 잃었던지 혹은 몸을 움직이지 못할 정도의 부상을 당하긴 했지만 죽은 자가 없었다.

"말도 안 돼……."

기사 중 한 명이 투구 속 눈빛을 떨며 자신도 모르게 탄성과 함께 혼잣말을 중얼거렸다.

"내 검에 고작 이런 녀석들의 피를 묻게 할 순 없지. 게다가 모두 카릴의 전력이 될 자들이니 죽여선 안 되잖아."

밀리아나는 그를 바라보며 피식 웃었다.

"늦었지만 공훈은 네게 주마. 적어도 이 머리를 들고 가야 네가 존경해 마지않는 화초께서 면이 설 테니까 말이야."

고작 단 두 명으로 이스탄 왕국을 공략했다. 밀리아나의 실력이야 이미 알고 있었지만 그레이스는 홀로 왕국을 침입한 에이단의 성장을 가늠할 수 없었다.

'카릴 님의 곁엔 전부 다 괴물들뿐이로군…….'

그레이스는 쓴웃음을 지었다.

"카릴이 전하라는 말이 있었다. 넌 운이 좋아. 지금쯤 나머지 한 명은 카릴에게 직접 이 소리를 면전에 듣고 있을 테니까. 얼굴을 붉히든지 아니면 너와 같이 넋이 나간 표정이겠지."

"……무슨 말씀이십니까?"

그레이스는 밀리아나의 말에 살짝 떨리는 목소리로 물었다. 그녀는 쪽지를 던지며 말했다.

“무슨 이유에서든 삼국 통일의 업을 이루지 못한 것은 명백한 실수. 타국에 대한 주의를 기르는 것이 아니라 자신의 힘을 강맹하게 만들어 타국이 우리를 견제하게 만들어라.”

‘그는…… 모든 것을 예상했던 건가.’

바보 같았다. 밀리아나의 말대로 그레이스는 얼굴이 화끈거리는 기분이었다.

“그러니 이스탄 왕국의 동쪽 해안에 함대를 집결시켜라. 판피넬의 모든 군사를 그곳에 집결하고 북상할 준비를 하라. 물론, 그 병력에는 이놈들도 포함되어 있겠지.”

밀리아나는 자신의 발아래에 쌓여 있는 병사들을 가리키며 말했다.

“또한 트윈 아머의 모든 길을 열어 남부의 야만족이 진출할 수 있는 길을 마련하라.”

밀리아나는 두 자루의 검을 허리에 꽂으면서 말했다.

“그 말씀은…….”

“뭐긴 뭐야. 대륙 평정이란 말이지.”

휘익-!!

밀리아나가 손가락을 입에 넣어 호각을 불렀다. 그러자 아무도 없었던 빈 왕도에서 검은 인영들이 나타났다.

‘어…… 언제?!’

그레이스는 분명 숨은 병력을 확인했지만 인기척조차 느낄 수 없었다.

완벽하게 숨어들어 있던 그녀의 병사들. 그들의 선두에는 밀리아나만큼이나 탄탄한 근육의 여전사 세 명이 서 있었다.

"아무리 소드 마스터라고 해도 혼자서 수만 명을 죽이지도 않고 제압하는 건 불가능해. 뭐…… 그 녀석이라면 가능할지도 모르겠지만."

밀리아나는 자신의 세 자매를 향해 손짓하고는 그레이스에게 말했다.

"디곤의 선발대는 이미 도착했다. 너희도 늦장 피우지 마라. 카릴의 전투는 숨이 턱까지 차오를 만큼 빠르니까. 지금처럼 딴짓하며 있다가는 뒤처진다."

"정말…… 제국과 전쟁을 시작한다는 말씀이십니까?"

아직 삼국이 정리도 되지 않은 상황에다가 자신이 알기로는 공국을 손에 넣은 것도 몇 달이 채 되지 않은 상황이었다. 전쟁이란 일단 자신의 국정을 안정화시키고 난 뒤에나 가능한 일. 일반적으로 족히 몇 달은 걸릴 일이었다.

"카릴이 어째서 너희들에게 삼국 평정을 맡겼는지 그 큰 이유를 모르나 보군. 하긴, 그러니 여우가 사자를 위한답시고 머리를 굴렸지."

"……네?"

"타투르, 대초원의 4부족, 5대 일가 그리고 디곤과 공국까지. 그는 작은 도시에서부터 대륙의 강국을 손에 넣는 과정에서 그는 자신의 병력을 최소한으로 썼다. 그것은 단순히 병력을 아끼고 보존하기 위함만은 아니야."

밀리아나는 그레이스를 바라봤다.

"적군의 피해 역시 최소화하기 위함이지. 전쟁에서 이겨야 할 적군마저 살리려는 그의 행동이 과연 오만이나 만용으로 보일까? 카릴을 아는 자는 그리 생각하지 않을걸."

그레이스는 고개를 끄덕였다. 지금까지 무모하다고 생각되는 모든 승리를 그는 이뤄냈으니 말이다. 특히나 트윈 아머에서 보여준 전투는 지금도 머릿속에 각인 되어 있었다.

"적군의 수뇌부들을 살려두는 것은 패전국에서 일어날 혼란을 줄일 수 있지. 물론, 역사 속 그 어떤 왕도 이런 일을 하지 않았지. 반란의 여지를 두는 것은 위험한 일이니까."

밀리아나는 목소리에 힘을 주었다.

"하지만 그라면 가능한 일이지."

싸워본 사람이라면 그에게 검을 드리우는 것이 얼마나 바보 같은 짓인지 알 수밖에 없다. 반란이라는 용기보다 차라리 충성을 맹세하는 것이 목숨을 부지할 유일한 방법이니까.

우습지만 모든 일에 카릴이라는 수식어가 붙는 순간 달라졌다.

"타투르의 관리자부터 공국의 귀족들까지 그들은 자신의 땅에서 일어난 일을 카릴이 신경 쓰기 전에 마무리 지었다. 삼국 역시 마찬가지야."

그녀는 그레이스를 지나치며 말했다.

"너희가 마무리 짓고 그의 명령이 떨어지기 전에 모든 것을 준비해야 하는 것이다. 그것이 카릴의 방식이자 카릴을 따르는 자들이 해야 할 일이지."

밀리아나가 그의 등을 때렸다.

"왜? 못하겠어?"

"……!!"

"그럼 빠져. 남부와 같이 내가 너희를 통솔해 줄 테니까. 왕가의 자존심만 버리면 될 일이야."

그레이스 따끔한 통증에 다른 기사들과 마찬가지로 몸을 떨며 그녀를 향해 소리쳤다.

"그럴 일 없습니다."

그의 대답에 밀리아나는 피식 웃었다.

"지금…… 카릴 님은 어디에?"

"북부로 향하겠지. 그가 준비할 마지막 세력이니까."

밀리아나는 그레이스를 향해 말했다.

"북부는 다른 곳들과 달리 본디 그의 땅이니까. 지금까지 부하들에게 맡겼던 일을 이번에는 직접 행한다는 말이야. 그것만으로 더 이상 이야기할 필요가 있을까?"

히이이잉-!!

그녀는 말처럼 생긴 동물인 남부의 카르곤 위에 올라타고는 고삐를 당기며 말했다.

"그가 다시 중앙으로 내려올 때는 북부의 전(全) 이민족들이 함께 내려올 것이다."

손을 뻗자 디곤의 정예병들이 그녀의 뒤를 따랐다.

"우리는 그와 함께……."

남아 있던 판피넬의 기사들의 머릿속에 밀리아나의 마지막 말이 깊이 새겨졌다.

지금까지 그 누구도 엄두도 내지 못했던 위업을 그녀는 아무렇지 않게 말했다.

"제국을 섬멸한다."

그 한마디에 모두의 심장이 요동쳤다.

제국의 황도(皇都).

길거리는 모두 불이 꺼져 있었고 사람 하나 다니지 않았다. 죽음의 기운이 드넓은 광장에 가득했고 말하지 않아도 사람들은 또 한 번 애도의 기간이 왔다는 것을 알 수 있었다.

"이거 놓으란 말이다!!"

"저, 저하……! 고정하시옵소서."

을씨년스러운 황도의 거리와 달리 황궁의 태양홀은 소란스러웠다.

"비켜!!"

퍼억-!!

재상 브린 이니크는 아찔한 충격에 꼴사납게 뒤로 자빠지며 뒹굴었다. 입가에 피가 흘렀고 이빨 몇 개가 빠졌지만 아픔 따위는 생각할 겨를도 없는 듯 그는 벌떡 일어났다.

"형님."

그때였다. 태양홀의 끝에서 들려오는 나지막한 목소리.

"……정숙해 주시지요. 아직 폐하의 장례가 끝나지 않았습니다."

"닥쳐라. 감히 네가……."

1황자 루온은 올리번을 향해 으르렁거리듯 말했다.

"콩가루로군. 죽은 황제가 울겠어. 천 년의 역사를 자랑하는 제국도 아무래도 이번 대에서 끝날 것 같으니 말이지."

비통한 얼굴로 고개를 들지 못하는 올리번과 맹수처럼 울부짖는 루온을 향해 또 다른 목소리가 들렸다.

"무엄하다!! 제국의 황제 앞에서……!!"

콰앙-!!

호기롭게 외친 기사의 안면을 향해 주먹이 꽂혔다.

퍼억!

기사의 머리가 그대로 터져 버렸고 날아간 몸뚱이는 태양홀의 기둥에 부딪혀 적나라하게 피가 흘러내렸다.

"황제?"

그 광경에 미친 듯이 날뛰었던 루온조차 꿀 먹은 벙어리가 된 듯 자신도 모르게 마른침을 삼키고서 고개를 돌렸다.

건장한 기사들보다 머리 두 개는 더 있는 거대한 덩치는 태양홀의 입구를 꽉 채울 것처럼 보였다. 제국의 황궁 안에서 기사를 죽였음에도 불구하고 누구도 저지하지 않았다.

법도? 규율? 적어도 그에게만큼은 성립되지 않은 일이었다. 그 존재 자체가 규격 외였으니까.

고든 파비안. 그는 자신이 죽인 기사의 망토를 잡아 뜯고는 손을 닦으며 나지막하게 올리번을 향해 말했다.

"애송아."

그의 목소리에 경계를 하던 기사들의 어깨가 떨렸다.

'마력이 더 짙어졌다.'

'그의 완력은 5대 마스터 중 으뜸인데……. 마력마저 성취를 얻은 것인가?'

'건강이 악화되었다던 보고는 잘못된 건가?'

망령의 성에서의 일을 알지 못하는 제국의 사람들은 떨리는 눈으로 그를 바라봤다.

"네가 어째서 그 자리에 앉아 왕의 행세를 하고 있는 거지?"

"그게 무슨 의미십니까?"

"명석한 네가 내 말을 모를 리 없을 텐데. 정통한 핏줄인 1황자를 두고 반푼이인 네가 무슨 자신감으로 먼저 그 황좌에 앉아 있느냔 말이다."

"고든……!!"

"말을 삼가시게!!"

그의 말이 끝남과 동시에 크웰 맥거번과 총 기사 단장인 벨린 발렌티온이 소리쳤다.

"잘 들었겠지? 일개 용병조차 알고 있는 정의를 네놈은 깡그리 무시한 것이다!! 내 결코 너를 용서하지 않으리……!!"

루온은 고든의 말에 힘을 얻은 듯 다시 한번 소리쳤다. 하지만 기세등등한 그의 모습에도 불구하고 올리번의 표정은 달라지지 않았다.

"크로멘 다음에는 루온 형님이십니까. 교도 용병단은 어째 저와 연이 참으로 없는 듯싶습니다."

"나는 누구의 편도 서지 않았다."

고든은 자신의 앞에 있는 루온의 머리 위에 손을 얹었다.

"……!!"

머리 전체를 감쌀 만큼 거대한 손은 무게 또한 엄청나서 컥! 하는 신음과 함께 루온의 목이 움츠러들었다.

"고든 파비안의 일격을 막아낸다면 계약을 할 수 있다. 하지만 반격까지 성공한다면 맹약을 맺을 수 있지."

"……."

"교도 용병단이 제국을 도운 이유는 황제와 내가 맹약을 맺었기 때문이다. 그게 무엇을 의미하는지 알겠지?"

고든은 손을 닦던 망토를 집어 던졌다. 망토는 마치 수의처럼 머리가 날아간 기사의 시체 위로 얹어졌다.

"애송아, 시간은 누구에게나 똑같이 흘러간다. 네 눈에는 그저 야망에만 가득 찬 노쇠한 늙은이로 보일지 모르지만 적어도 그가 너와 같은 젊음을 가졌던 시절에 그는 나와 맹약을 맺을 만큼 대단한 자였다. 네가 과연 그 정도 그릇이 되는지 모르겠군."

툭-

피를 닦아낸 주먹으로 올리번에게 가리키며 고든은 코웃음을 쳤다.

"해볼 테냐?"

주위는 침묵했다. 황실 친위대인 금기사단의 기사를 단 일격에 죽여 버린 그의 주먹을 앞에 두고 냉정할 수 있는 사람은 몇 되지 않을 것이니까.

"아니면 네놈이?"

고든은 자신의 아래에 있는 루온을 향해 말했다.

"그…… 그건……."

루온은 당황한 듯 말을 더듬었다. 조금 전의 위세는 온데간데없이 사라졌고 그 모습을 대신들에게 각인시키는 꼴이 되었다. 1황자는 우리 속 맹수가 아닌 온실 속 화초였다는 것을 말이다.

"고든. 전(前) 황제께서는 비록 용병에 불과한 자넬 귀족과 같은 대우를 해주셨지. 하지만 자네의 말처럼 젊음이 영원하지 않듯 너에 대한 예우 역시 달라졌음을 인지하게. 소란을 피울 것이라면 돌아가게."

"정복왕의 두 아들은 둘 다 그릇도 안 되는 놈들이군. 옛정을 생각해서 한 가지 조언을 해주지. 올리번, 타이란 슈테안 이외에 내 주먹 안으로 몸을 던진 자는 단 한 명이다. 그게 바로 네놈이 싸울 상대지."

"확실히 경의 말씀대로 저는 당신의 주먹을 받아낼 용기가 없습니다. 확실한 죽음에 몸을 던지고 싶진 않으니까요."

"흥……."

고든은 올리번의 말에 코웃음을 쳤다.

"그럼 더 이상 할 얘기는 없겠군. 나는 그저 장례식을 보러 왔을 뿐. 명심하거라. 교도 용병단은 오로지 제국의 황제와 거래를 한다는 것을."

그는 손을 저으며 뒤돌아섰다.

"경, 죽음을 무릅쓰는 용기만이 위대한 것입니까."

뒤를 돌았던 고든의 발걸음이 멈추었다.

"저는 살아 있는 것이 더 중요하다 생각합니다. 그 크기는 서로 다르지만 사람에겐 태어나면서 자신만의 위업이 주어지는 법이지요. 논을 잘 가꾸는 것이 평생의 운명인 자가 있노라면 대륙을 평탄하게 하는 것이 삶의 목적인 자도 있는 법입니다."

"그래서?"

"하나 위업의 크기가 크면 클수록 희생되는 것도 감내해야 하는 법입니다. 선왕은 선대가 만들어놓은 안정된 땅에서만 존재할 수 있는 것. 하지만 지금은 전란(戰亂)입니다. 왕의 위업을 짊어지고 태어난 자들은 겉으로는 만인을 보살피는 듯 보여도 사실 그 안은 차가운 비수를 가질 수밖에 없습니다."

"구구절절 말이 많구나. 하고자 하는 말이 무엇이냐."

차앙-!!

그때였다. 태양홀에 있던 기사들이 일제히 몸을 움직였다.

고든은 황급히 자세를 잡았다. 하지만 그 검은 생각지도 못한 다른 곳을 향했다.

"커억……!"

루온의 옆구리를 꿰뚫는 검.

고든은 믿을 수 없다는 듯 기사를 바라봤다.

"저, 저하!!"

브린 이니크의 절규와 같은 외침이 태양홀에 울렸지만 그를 제외하고 그 어떤 자도 그 슬픔에 함께하지 않았다.

더욱이 놀라운 것은 루온의 목을 벤 기사들이 루온과 황후가 유일하게 믿었던 등(藤) 기사단 소속이라는 점이었다.

"겁쟁이라 놀리셔도 좋습니다. 하지만 저는 해야 할 일이 있기에 저의 안위를 살피겠습니다. 그리고 백성들의 안위 역시."

"크…… 크큭."

고든은 가차 없이 루온의 목을 베어버린 올리번의 모습에 자신도 모르게 웃음을 터뜨리고 말았다.

"전쟁을 좋아하는 자가 누가 있겠습니까. 가족을 일구고 평온한 삶을 바라는 것은 떠돌이 용병이라도 매한가지. 특히나 언제 죽을지 모르는 용병들은 자신의 후손을 남기고자 하는 열망이 더 강하지 않습니까? 왕이란 본디 그대들까지 자신의 사람으로 보살펴야 하는 법입니다."

움찔-

그 순간 고든 파비안의 눈썹이 씰룩였다.

"너…… 설마."

"제국 국경에 한적한 곳에 영지를 만들어두었습니다. 이제 교도 용병단의 단원들도 편안하게 가족들을 만날 수 있겠지요. 비공정이 착륙할 수 있도록 넓은 장소가 필요하다 보니 위치가 다소 북쪽으로 치우쳐졌으나 그곳엔 뛰어난 기사단이 있으니 안전은 걱정하지 않으셔도 됩니다."

제국 북쪽의 국경. 어딘지는 굳이 설명할 필요 없었다.

고든은 크웰을 바라보며 마치 잡아먹을 듯 으르렁거리는 목소리로 물었다.

"청기사단이 언제부터 인질이나 붙잡고 있는 무뢰배들로 전락했지? 지금 나를 협박하는가?"

"그럴 리가요."

올리번이 손을 들었다.

그러자 병사들이 커다란 상자를 가져왔다.

"합당한 대가를 치르고 교도 용병단에게 거래를 제안하는 것입니다. 그에 대한 수고비는 원하는 만큼 드리겠습니다."

"아비보다 더 영악한 놈이로구나."

"신이 정한 운명이니까요. 경께서 저를 욕하실지언정 훗날 단원들의 가족들은 우리의 만남을 오히려 기꺼워할지 어찌 알겠습니까. 평가는 역사가 할 일이나 중요한 것은 지금 시작된다는 것입니다."

"……."

"조심하는 게 좋을 것이다. 이 빚은 언젠가 필히 갚을 테니까."

올리번은 그런 그의 말에 옅은 미소를 지었다.

"걱정 마십시오. 제가 만들 제국은 그 빚마저 갚을 능력이 있을 테니까요. 역사는 우리를 새로이 기록할 것입니다."

"크웰."

태양홀을 지나는 복도.

"황제를 죽인 게 저놈이겠지."

고든 파비안은 뒤도 돌아보지 않은 채 말을 이었다.

"난 세상이 뭐라 한들 관심 없다. 하지만 세상이 모르고 있는 일에 대해서는 관심이 있지. 귀족들은 눈 하나 깜빡이지 않더군. 황제의 장례식이 사실은 1황자를 죽이고자 그를 불러들이기 위한 판이었어."

그는 입꼬리를 올렸다.

"제국은 연이어 태풍이 몰아치는군. 피로 쌓은 자리 위에 결국 저 녀석이 섰어. 한데……."

고든은 크웰을 향해 말했다.

"보아하니 너는 이단섬멸령이 있었던 그날 우리가 북부에서 보았던 것을 올리번에게 얘기하지 않은 모양이로군."

태양홀을 빠져나와 고든의 뒤를 따라온 크웰이 그의 말에 얼굴을 굳혔다.

"내가 그것을 다른 사람이 아닌 네게 보여준 이유는 너도 잘 알겠지. 네놈이 제국인임에도 불구하고 칼리악의 친우였기 때문이다."

크웰은 그 이름이 나오자 마치 칼날을 집어삼킨 것처럼 침통한 표정을 지었다.

"나는 아직까지 네 생각을 모르겠다. 하지만 걱정 마라. 교도 용병단은 계약한 것을 지킨다. 내가 정말로 가족들의 안위가 걱정되어 그를 받아들였다고 생각하진 않겠지."

고든은 말을 이었다.

"내 눈으로 둘을 보기 위해서다. 카릴 그리고 이번엔 올리번이지. 우리가 천년빙동의 얼음 속에서 봤던 두 사람 중 누가 적법한 왕인지 아직 모르기에……. 인성이 아닌 핏줄을 확인하기 위함이다."

"그래, 너 역시 북부로 갈 타당한 이유가 필요했겠지. 하지만 네가 카릴의 편이 아닌 폐하의 편에 선 것이 과연 득이 될지 독이 될지 모르겠군. 너는 카릴을 벨 수 있는가?"

"그래."

고든은 고개를 끄덕였다.

"하지만 네 왕도 벨 수 있지."

"……."

"둘은 결국 북부에서 만날 거다."

크웰은 고든의 말에 침묵했다. 자신들이 봤던 북부의 비밀이야말로 큰 변수가 될 것임을 두 사람은 직감했다.

"칼리악의 무덤에서."

"후우……."

숨을 쉴 때마다 새하얀 입김이 흘러나왔다.

"산세가 험하네요. 이런 곳에 사람이 살기는 하는 겁니까?"

"빛 하나 들어오지 않는 탑 안에 사는 너희들도 있는데 그에 비한다면 여기는 훨씬 낫지."

"하…… 하하."

에이단은 카릴의 말에 옅은 웃음을 지었다.

"탑 안은 어둡지만 적어도 이렇게 춥진 않으니까요."

"추위보다 어둠이 더 낫다는 말인가? 그건 익숙해졌기 때문일 뿐이야. 이민족들에게 추위는 암연의 어둠과 같은 것이지."

카릴의 말에도 불구하고 에이단은 살을 에는 듯한 추위에는 절대로 익숙해질 수 없을 것 같다고 생각했다.

"이곳에 온 것을 기뻐해야 할 거다."

"그러게요. 제정신이었다면 이런 추위에 스스로 발을 들여놓지 않았을 테니까요. 주군 덕분에 좋은 경험을 합니다. 아마 앞으로 평생 눈이 싫어질 것 같은걸요."

에이단은 옷깃을 다시 한번 여미면서 장난스럽게 대답했다.

"신화 시대부터 마도 시대를 거쳐 현재에 이르기까지 이민족과 야만족 그리고 대륙인들 간의 전쟁은 끝없이 이어졌었지. 그런데 그중 단 한 번도 이민족이 승리했다는 이야기는 남아 있지 않았어. 어째서일까."

"……?"

"이민족의 승리는 역사에 기록되지 않았기 때문이야. 그것 알아? 이민족에게는 역사가 없다. 남겨놓지 않고 남기려 하지도 않지. 그들은 현재를 살아갈 뿐이니까."

에이단은 갑자기 무슨 말인지 몰라 그저 카릴을 바라볼 뿐이었다.

"하지만 반대로 대륙인들은 모든 것을 역사에 남겨놓지. 후대는 그 역사를 가지고 선지자들을 평가하고 누군가를 영웅으로 누군가는 악당으로 정하지."

카릴은 마치 독백을 하는 듯 나지막하게 읊조렸다.

"역사를 맹신하지 마라. 우리가 알고 있는 역사의 이면 속에는 알지 못하는 것이 더 많으니."

"……!!"

어느새인가 까마득하게 자신을 바라보는 이민족들의 시선

에 에이단은 자신도 모르게 자세를 잡았다. 하지만 카릴은 아랑곳하지 않고 계속해서 산을 올랐다.

차앙-!! 차가강-!!

수천의 이민족들이 일제히 카릴을 향해 검을 뽑았다.

"그대가 검 축제에 도전할 자인가."

"그렇다."

"그렇다면 검을 뽑아라. 잔나비 부족의 족장 나 화린이 이민족을 대표하여 너를 맞이하겠다."

살이 떨리는 그 순간에도 오히려 카릴은 그녀를 반가운 듯 바라봤다.

"기뻐해도 좋다."

그러고는 고개를 돌려 에이단에게 말했다.

"드디어 마지막……. 제국의 역사를 지워 버릴 마지막 발을 내딛는 이 순간을 볼 수 있게 되었음을."

역사를 세우고자 하는 자. 역사를 지우고자 하는 자.

검을 쥔 자와 검을 뽑은 자.

서로 다르지만 분명 같았다. 둘의 운명 역시 시간을 되짚어 돌아와도 결국 엇갈림에 똑같았다.

검이 울리고 북부가 떨리고 있다.

▸Chapter 2◂

"믿을 수가 없군……."

에이단은 지금 눈 앞에 펼쳐진 광경이 실로 꿈인지 생시인지 분간이 가지 않을 정도였다. 대륙 10강이라 불리며 5대 소드 마스터에 버금가는 사이몬 코덴을 이긴 그는 명실상부 대륙의 강자의 반열에 올랐다.

부르르르…….

하지만 그는 지금 몸이 떨렸다. 그건 공포이기도 하면서 전율이기도 했다.

콰아아앙-!! 카강-!!

육중한 대검이 마치 공기를 찢어발기듯 터져 나왔고 검의 궤도 안에 있는 모든 것이 폭발하듯 부서져 갔다.

사이몬 코덴과의 전투는 암살자들 간의 일격의 승부였다.

에이단 그가 사이몬 코덴의 모든 것을 뛰어넘었기 때문에 이긴 것은 아니었다. 살수들의 싸움은 그런 것이었으니까.

하지만 에이단은 이제야 진정한 전투라는 것이 어떤 영역인지 눈이 떠지는 기분이었다. 힘 대 힘, 속도 대 속도. 두 사람은 단 한 치에 물러섬도 없이 서로를 격돌했다.

"으아아아아아-!!"

잔나비 부족의 화린이 날카로운 고함을 지르며 거대한 대검을 머리 위로 들어 올려 단두대처럼 있는 힘껏 세로로 그었다.

쿠우웅……!!

대검의 날에 닿는 공기가 폭발했고 내리는 눈이 가루가 되어 부서졌다. 수 미터가 떨어져 있음에도 불구하고 에이단은 그 풍압이 확실하게 느껴졌다.

'릴리아나도 괴물이었는데 그 수장은 더한 녀석이로군…….'

그는 사이몬 코덴을 마주했을 때와는 또 다른 위압감을 느꼈다. 아니, 솔직히 말해서 동방국의 최고라 할 수 있는 주인보다 눈앞에 맹수가 더 대단해 보였다.

잔나비 부족. 그들은 각종 독을 사용하는 이민족이었다. 그렇기에 오히려 호표라든지 붉은달 혹은 늑여우와 같은 이민족들에 비해 전투력에 있어서 약체라는 평가를 받았다.

하지만 에이단은 지금 자신이 알고 있는 이민족의 강함이 완전히 잘못되었다는 것을 느꼈다.

"저 여자가 강한 것은 당연한 일이다."

암살자인 자신도 기척을 느끼지 못했을 정도로 귀신처럼 나타난 목소리에 에이단은 황급히 고개를 돌리며 옆으로 물러났다.

"잔나비 일족의 독은 수장을 죽이기 위해 만들어진다는 말이 있으니까. 그들은 가장 먼저 자신들의 수장에게 독을 시험하지. 그 독에 죽게 된다면 그다음 수장을 뽑는다."

"……정말로 괴물이군."

에이단은 그의 말에 혀를 찼다. 신비할 정도로 짙은 검은 눈은 북부의 쌓인 눈과 너무나도 대조적이었다.

그의 옆에 나타난 남자는 다름 아닌 지그라였다.

동방국으로 떠나 있었던 에이단은 검은눈 일족에 대한 소식을 듣지 못했기에 잔뜩 긴장된 얼굴로 그를 경계했다.

하지만 그의 뒤에 하시르와 쿤타이 그리고 파튼이 서 있는 것을 알아차리고는 그가 카릴의 수하라는 것을 눈치챘다.

'도대체 저런 자가 있는데 이단섬멸령 때 제국에게 진 거지? 크웰의 청기사단이 그 정도로 대단한 건가?'

동방국의 주인은 어둠 속을 노릴 뿐이지만 북부의 맹수는 그저 눈앞에 보이는 모든 것을 부숴 버렸다. 게다가 황자의 목숨을 빼앗았던 극독조차 통하지 않는 몸을 가졌으니 놀라움과 동시에 에이단의 머릿속엔 의문이 들었다.

파앗-! 팟-!!

카릴이 몸을 틀었지만 그의 어깨와 허리에 여기저기 상처가

났다. 얕지 않은 상처임에도 불구하고 그는 어쩐 일인지 화린의 공격을 피하지 않고 모두 정면으로 막아내고 있었다.

콰아아아아앙-!!

폭음이 터져 나오면서 카릴의 몸이 화린이 올려친 대검에 부웅 떠올랐다.

"크!"

전신이 부서질 것 같은 강맹한 충격과 함께 카릴은 낮은 신음을 토해내며 바닥에 착지했다. 두 다리가 내려앉는 순간에도 화린이 내뿜은 충격은 가시지 않은 듯 카릴이 주르륵 뒤로 밀렸다.

철컥-

얼음 발톱이 울었다. 정확히는 그 안에 담겨 있는 에테랄이 울고 있는 것이었다. 어째서 자신의 힘을 쓰지 않느냐는 듯한 투정과도 같은 울음이었다.

화르르륵-!!

북부의 눈보라 속에서 카릴의 손등에 박힌 아인 트리거에서 불꽃이 일어나며 그와 화린이 싸우는 무대를 녹였다.

발목을 잡는 쌓인 눈을 치우기 위함이 아니라 라미나의 불꽃 역시 자신의 힘을 쓰지 않는 카릴에 대한 반항 같은 몸부림이었다.

[…….]

어둠의 정령왕 두아트는 그저 침묵했고 푸른 뱀, 마엘은 두 사람의 검투에 관심 없다는 듯 눈을 감고 있었다.

[고집이로군.]

단지 알른 자비우스만이 그런 카릴을 향해 낮은 탄식과도 같은 혼잣말을 중얼거렸다.

카릴은 그 어떤 마력도, 정령력도 쓰지 않았다. 그뿐만이 아니라 검술조차 쓰지 않은 채 오직 육체와 무구라는 두 개의 도구만으로 화린과 싸웠다.

두 사람의 검투는 기사들의 결투와는 전혀 달랐다. 오히려 사냥에 가까운 모습. 단지 눈앞에 검을 쥔 마물과 싸우는 것 같은 본능적인 싸움이었다.

'주군이 저렇게까지 밀리다니…….'

에이단은 긴장 가득한 눈으로 화린을 바라봤다. 완력으로만 따진다면 고든 파비안과 맞먹는 힘이 아닐까 싶은 생각이 들었다.

"이민족이란 원래 마력이 없이 태어난 존재니까. 똑같은 조건에서 싸운다. 그리고 가장 강한 자가 칭호를 얻는다. 단순하지만 확실히 자신을 증명하는 방법이지."

[가지고 있는 힘을 쓰지 않는 것은 어리석은 녀석이나 하는 짓이지. 나는 쓰지도 않을 우둔한 놈에게 내 지식의 보고를 물려준 게 아니다.]

카릴의 말에 알른은 못마땅한 듯 대답했고 그의 목소리를 들을 수 없는 화린은 그저 고개를 갸웃거렸다.

"칼리악의 아들이라 했던가."

잠시 숨을 고르듯 화린이 카릴에게 물었다.

"그렇다."

"이민족이면서 마력을 가졌다고 하더군 게다가 정령의 힘까지 쓴다지?"

"이상한 일은 아니지. 디곤족 역시 마력을 가지고 있잖아? 이민족 역시 남부의 야만족과 같은 원류를 가지는 자들이니까. 단지 북부로 이동하면서 이름을 서로 달리했을 뿐."

화린은 카릴의 말에 피식 웃었다.

"오해하지 마라. 내 말은 그 힘을 써도 좋다는 뜻이다. 가지고 있는 힘을 모두 쓰지 않는 자는 검 축제에 임할 자세가 되지 않은 것이니까."

[거 봐라. 저 덩치 큰 여자가 오히려 네놈보다 낫군.]

화르르륵-!

카릴의 주위에서 검은 연기가 피어오르더니 알른 자비우스의 형상이 나타났다.

[차라리 내 지식을 그녀에게 주는 게 나았겠어.]

화린은 그 모습에 짐짓 놀란 듯 머뭇거렸지만 산전수전을 겪었던 그녀는 이내 곧 아무렇지 않은 듯 대검을 바닥에 박아 넣으면서 카릴을 바라봤다.

"시끄러워. 알른."

카릴이 손을 젓자 알른의 형체가 연기처럼 흩어졌다가 다시 뭉쳤다.

알른의 몸을 뚫고 그는 한 발자국 앞으로 걸어갔다.

"칼리악이 대전사의 칭호를 얻었을 때 그가 마력을 가지고 있던가? 아니면 정령의 가호를 받고 있었나."

"그럴 리가."

"그럼 지금 네가 한 말이 얼마나 바보 같은 배려인지 알겠지. 칼리악이 한 것을 내가 하지 못하면 말이 안 되지. 대전사의 칭호를 받는 것은 단순히 그 이름을 물려받는 것이 아니라 선대를 뛰어넘는 것이니까."

에이단은 그가 말하는 아버지가 비단 한 사람만을 뜻하는 것이 아님을 알았다. 동방국의 암연은 누구보다 대륙의 많은 정보를 가진 비밀단체였으니까.

그리고 이제 그 단체가 그의 손아래 놓이게 되었으니 전생에 그가 창설했던 정보단체인 유성보다 훨씬 더 거대한 세력이 될 것임이 틀림없었다.

크웰 맥거번과 칼리악. 에이단은 카릴이 헤임에서 그랬던 것처럼 제국과 이민족 두 세력의 정점에 선 모두를 뛰어넘기 위해 북부에 온 것을 깨달았다.

그리고 지금 자신의 주군은 그 힘을 보란 듯이 증명해 보였다.

"알겠어? 그게 대전사라는 이름을 내 것으로 할 제대로 된 자세라고."

"오만하군."

[그래. 저놈의 저 쓸데없는 콧대 좀 꺾어줘라.]

화린의 말에 알른은 고개를 저었다. 하지만 그 누구도 그가 카릴이 지기를 바라고 하는 소리가 아니라는 것을 알았다. 그리고 질 것이라고 생각도 하지 않았다.

"미친……."

자신을 놀리는 듯한 그 말에 화린은 이를 갈았다.

카릴이 덤비라는 듯 손을 까닥거리자.

"흡!"

그녀는 기다렸다는 듯 양손으로 대검의 손잡이를 잡고서 대검을 들어 올리며 달려들었다. 수많은 공방을 이어왔음에도 불구하고 그녀의 몸놀림은 어쩐지 더 빨라진 것 같았다.

창!! 차자장-!!

검이 맞부딪칠 때마다 불꽃이 일었다.

동시에 들리는 검격의 소리와 함께 화린이 카릴의 빈틈을 노렸고 카릴은 그 검을 피하며 품 안으로 검을 찔렀다.

콰드드드드드드득……!! 콰가강-!!

몇 번의 검이 교차 되었는지 셀 수 없을 정도의 합이 이어지면서 어느샌가 두 사람은 검을 피할 생각도, 반격할 생각도 하지 않고서 그저 서로 검을 온 힘을 다해 격돌했다.

"훌륭하다."

카릴은 그녀의 검을 바라보며 말했다.

"하나 무기가 아쉽군."

"……뭐?"

카앙-!!

주위를 울리는 청명한 울림.

카릴의 얼음 발톱이 화린의 대검을 뚫고 지나쳤다.

그 순간 자신을 향해 날아오는 카릴의 검이 느리게 느껴졌다. 옆으로 몸을 돌리려는데 놀랍게도 자신의 몸은 그보다 더 굼뜨게 반응했다. 대검을 반으로 잘라 버린 얼음 발톱이 그녀의 목을 향해 날아들었다.

꿀꺽-

자신을 향해 선명하게 다가오는 검날은 마치 죽음 직전의 주마등이 지나갈 시간을 주는 것처럼 느껴졌다.

'피할 수 없다.'

그녀는 자신도 모르게 눈을 질끈 감았다.

툭-

하지만 차가운 냉기가 죽음 대신 그녀의 이마에 닿았다. 얼음 발톱이 눈앞에서 멈췄고 감았던 눈을 뜨자 카릴이 낮은 목소리로 말했다.

"원한다면 황궁의 보고에서도 구할 수 없는 청린으로 만든 무구를 줄 수도 있지. 대신 내게 힘을 보태는 것이 어때."

"……뭐?"

화린은 황당하다는 얼굴로 카릴을 바라봤다.

"네 실력은 버리기에 아까우니까. 게다가 잔나비 부족이 이미 내게 마음을 두고 있다는 건 릴리아나를 통해 알고 있었고."

카릴은 검을 집어넣었다. 더 이상 싸울 의미가 없다는 모습은 마치 처음부터 이미 두 사람의 승패가 명백했다는 것처럼 보였다.

"이 와중에 등용을 노리시는 겁니까?"

에이단은 바닥에 쓰러진 그녀를 바라보더니 피식 웃으며 고개를 저었다.

"뭐, 저런 괴물을 이긴다면 확실히 대전사라는 칭호를 받을 만하네요. 주군의 말씀대로 이민족도 절대로 무시하지 못할 전력이네요. 그녀가 현재 대전사의 칭호를 가진 사람입니까?"

"크…… 크큭. 모르는 소리 하는군."

그의 말에 화린은 어쩐 일인지 웃기 시작했다. 의아한 표정으로 에이단이 그녀를 바라봤다.

"검 축제는 이제 시작이다."

"……에?"

입가에 흐르는 핏물을 닦아내며 그녀가 손을 들어 올리자 눈으로 덮인 언덕 위에 인영들이 나타났다.

"꼴사나워졌군. 좋다. 잔나비는 축제에서 빠지겠다. 잘해봐. 아직 도전자는 많으니까."

화린은 자리를 털며 일어났다.

'……설마 저자들을 전부 다?'

에이단은 언덕 위에 있는 자들 한 명 한 명이 모두 다 강자라는 것을 알 수 있었다.

"확실히 칼리악의 아들이야."

"설마 화린이 질 것이라고는 생각 못 했는데……. 그녀의 완력은 이민족 중에서도 세 손가락 안에 드는데 말이지."

"내가 봤을 땐 그녀가 봐준 것 같은데? '라이칸의 의지'를 쓰지 않았잖아. 솔직히 그 목걸이를 논외로 치고 그녀의 강함을 말하는 것은 잘못되었지."

"그렇게 따지면 그 역시 마력을 쓰지 않았어. 피차일반이야."

두 사람의 승부를 지켜보던 그들은 마치 평가를 하듯 이야기를 주고받았다.

"찬바람부족, 무쇠일족, 묘족, 천둥일가……. 저 뒤에 남은 자들도 굳이 안 봐도 알 수 있겠어. 장로들 쪽에 선 자들이다."

눈이 좋은 하시르는 언덕 위에 사람들을 바라보며 쯧- 하고 혀를 찼다.

"마력을 가진 자를 이민족의 수장으로 받아들인다는 것은 장로들로서는 절대로 인정할 수 없는 일일 테니까."

"저들은 무슨 수를 써서라도 막으려 들겠지."

"쳇, 녀석들. 머리를 썼군. 가장 체력이 좋은 화린을 일착으로 낸 것도 주군을 지치게 만들기 위함이었겠지."

"그만큼 그를 인정하는 것일지도."

하시르와 쿤타이, 파툰은 걱정스러운 듯 아래의 카릴을 바라봤다.

"하나, 둘, 셋, 넷, 다섯, 여섯……. 많이도 왔군. 뭐 볼 게 있어 이렇게 나온 거야?"

그러나 그들의 우려를 달리 카릴의 입에서 나온 말은 경악 그 자체였다.

"시간도 없는데……."

그는 언덕 위에 도전자들을 향해 손가락을 까닥거리며 말했다.

"그냥 다 들어와."

"……뭐?"

"내가 잘못 들은 것은 아니겠지?"

"건방진 놈이로군."

"하, 우릴 모두? 간땡이가 부은 놈이로군."

카릴의 말에 언덕 위에 서 있던 수장들은 어이가 없다는 듯 코웃음을 쳤다.

"주의하는 게 좋아. 남부의 디곤에게까지 인정받은 자야."

찬바람 부족의 수장인 알샤르는 차크람을 꺼내면서 조심스럽게 말했다. 그는 다른 자들과 달리 처음부터 카릴을 주의 깊게 보고 있었다. 그도 그럴 것이 찬바람 부족은 검은 눈 일족과도 깊은 연관이 있었기 때문이다.

"맞아. 그리고 공국 역시 내 아래 두었지."

"……!!"

알샤르는 자신의 등 뒤에서 들려오는 목소리에 황급히 뒤를 돌았다. 양팔에 장착한 차크람을 펼쳐보기도 전에 자신의 안면을 강타한 주먹에 정신을 차리지 못한 채 비틀거렸다.

카릴이 그대로 그의 얼굴을 잡아 바닥에 처박자 바닥이 쩌저적……! 소리와 함께 금이 갔다.

“네 말대로 주의하는 게 좋아. 아니면 이렇게 되니까.”

“읍…… 우읍……!”

알샤르는 카릴의 손목을 떼어내려고 안간힘을 썼다.

‘무슨 힘이 이렇게……?!’

하지만 마치 거대한 기둥이 누르고 있는 압력에 그는 그저 발버둥 칠 뿐이었다.

“놈……!!”

그 모습에 황급히 나머지 수장들이 저마다의 무기를 꺼냈다.

화르르륵-!! 화르륵-!!

그 순간 카릴이 품 안에서 아그넬을 꺼내 휘두르자 검날에서 번뜩이는 화염과 함께 비전력이 방출되면서 보랏빛의 불꽃이 일었다. 허리를 숙이며 반대쪽 손에 있는 얼음 발톱의 날을 팔목 뒤로 비틀며 바닥을 긁으며 쳐올렸다.

콰드득……! 콰가가각……!

그러자 얼음 발톱의 날이 솟구친 궤도에 따라 바닥에서 얼은 송곳들이 튀어나왔다.

“크?!”

“피해!!”

알샤르를 구하려던 수장들은 오히려 카릴이 내뿜는 화염과 빙결에 뒤로 물러섰다.

"6대1이니까 이번엔 이 힘을 써도 괜찮겠지. 대신 너희도 전력을 다해도 좋다."

"감히……!!"

무쇠일족의 수장이 거대한 해머를 치켜들고는 있는 힘껏 내려쳤다.

콰아아앙-!!

지축이 흔들릴 정도에 충격과 함께 얼음 발톱에서 솟구쳤던 얼음송곳들이 부서지면서 사방으로 파편이 튀었다. 그의 뒤로 묘족의 수장이 손등에 달고 있는 갈퀴 발톱을 교차하며 카릴의 목을 노렸다.

"하아압!!"

날렵한 그녀는 공중에서 몇 번 더 방향을 틀며 갈퀴 발톱을 그었다. 카릴은 그녀의 공세를 피하며 자신의 가슴을 스치며 지나가는 팔을 붙잡아 꺾었다.

"컥!?"

그 힘에 공중에서 묘족 수장의 몸이 뒤집어졌다. 카릴이 아케인 블레이드의 힘을 실은 얼음 발톱의 검날의 넓은 면으로 있는 힘껏 배를 찍었다.

쿵!! 콰아아앙……!!

바닥에 등으로 떨어진 묘족 수장은 충격이 가시지 않은 듯 반동으로 다시 위로 튕겨 올랐다. 카릴은 그 순간을 놓치지 않고 몸을 한 바퀴 회전하며 발로 그녀의 옆구리를 쳤다.

파앙-!!

공기가 터지는 소리와 함께 묘족 수장의 몸이 주르륵 앞으로 밀려 날아갔다. 천둥일가의 세 명의 가주 중 첫째가 자신의 앞으로 튕겨 나온 묘족 수장을 받았고 둘째와 셋째가 양손에 들고 있는 스몰 해머를 앞으로 던졌다.

콰즈즈즉……!! 콰즉!!

일가의 이름처럼 해머의 머리가 마치 전격을 머금은 것처럼 번뜩였고 우레와 같은 소리가 났다.

"흡……!!"

카릴이 둘째가 던진 해머를 얼음 발톱으로 베자 강철조차 쉽사리 베어버리는 그의 검날이 놀랍게도 헤머의 머리를 자르지 못하고 튕겨 나갔다. 중심을 잃고 카릴이 비틀거린 순간 셋째가 던진 해머와 무쇠일족 수장의 거대한 망치가 카릴을 노렸다.

카릴은 밀리기 직전 얼음 발톱에 부딪혀 바닥에 떨어진 둘째의 헤머를 발등으로 차올렸다. 핸드 해머가 빙글빙글 돌며 셋째의 해머와 콰-!! 하는 굉음을 내며 부딪혔다. 이번에는 반대로 천둥일가의 셋째가 충격에 뒤로 튕겨 나갔다.

우우우웅……!!

카릴은 얼음 발톱과 아그넬에 용마력을 응축했다. 마력혈에서부터 끌어 올린 마력이 두 개의 검에 폭발적으로 터져 나왔다. 뒤로 튕겨 나간 천둥일가 셋째의 품 안으로 파고든 카릴이 두 자루의 검을 교차하며 긋자 그가 들고 있던 해머가 이번에는 완벽하게 반으로 잘렸다.

"아악!!"

잘린 것은 단순히 해머만이 아니었다. 셋째의 비명과 함께 그의 손목이 날카로운 검날에 깔끔하게 베어 떨어졌다. 고통에 바닥을 뒹구는 그를 뛰어넘어 첫째와 둘째가 카릴을 향해 뛰어올랐다.

콰가가각……!! 콰그그그그극……!

그사이 무쇠일족 수장이 들고 있던 해머의 자루를 비틀자 그 안에서 해머의 머리에 연결된 고리가 나타났다.

부웅-!!

원을 그리듯 돌리자 해머의 머리가 마치 철퇴처럼 위협적인 소리를 냈다.

촤르르륵-!!

마치 토룡(土龍)처럼 무쇠일족 수장의 철퇴가 나선을 그리며 카릴을 향해 쏟아졌다.

카릴이 바닥을 짚었다.

"록 블래스터(Rock Blaster)."

그의 손바닥 아래에 마법진이 처음에 2개가 나타나더니 다시 4개로 나뉘어지고 마지막으로 그 사이에 2개의 원이 더 그려졌다.

6클래스의 마법. 바닥에서 중력을 거스르는 듯 눈 덮인 바위들이 떠올라 무쇠일족 수장에게 날아갔다.

쾅……! 콰강……!!

매서운 속도로 날아들던 철퇴가 수십 개의 바위에 부딪히면서 힘을 잃었다.

팟-

카릴은 바닥을 박차고 뛰어오르며 떨어지는 철퇴의 머리를 밟고 한달음에 수장의 앞으로 다가갔다.

"거기까지!!"

천둥일가에 두 형제가 기다렸다는 듯 무쇠일족 수장의 앞을 가로막으면서 카릴을 공격했다.

3번째 긴 울음 자세(Long Weeping Posture).

카릴이 4개의 해머를 흘리듯 비껴치면서 자세를 잡았다.

무색기검(無色氣劍) - 5식(式).

천둥일가 첫째의 해머를 쥐고 있는 손목을 얼음 발톱의 손잡이 뒷부분으로 쳐올리고서 아그넬을 공중으로 던진 뒤에 그가 빈 손바닥을 펼쳤다가 잡았다.

쿠르르르륵……!

그러자 그의 손등에서 손목까지 짙은 검은 액체가 뒤덮더니 날카로운 검날처럼 길게 돋아났다. 2대 광야 중 한 명인 어둠의 정령왕, 두아트가 쓰던 무구와 닮았다.

카릴이 팔을 긋자 첫째의 해머를 통과하며 그의 검은 칼날이 첫째의 어깨를 베었다.

“아악!!”

하지만 공세는 거기에서 끝난 것이 아니었다.

“번플레어(Burn Flare).”

검은 칼날에 베인 상처에서 뜨거운 고열의 폭발이 일어나며 첫째의 전신을 휘감았다.

“형님!!”

둘째는 얼굴을 부여잡고 뒤로 자빠지는 그를 바라보며 소리쳤다.

[마법이 제법 익숙해진 모양이로군. 확실히 6클래스의 벽을 넘어서니 마력의 운용도 달라졌어.]

“아악!! 아아악……!!”

[게다가 단순한 화염이 아니라 꺼지지 않도록 마력을 유지하는 것까지. 검에 마력을 벼르는 것뿐만 아니라 마법사라 불려도 손색이 없을 정도로구나.]

얼굴에 화상을 입고 나뒹구는 첫째에는 눈길도 주지 않고 알른 자비우스는 만족스러운 듯 고개를 끄덕였다.

[물론, 겨우 초짜의 문턱을 넘은 것뿐이다. 이 정도 마력 컨트롤로 만족하지 마.]

검은 연기로 만들어진 영체를 바라보며 천둥일가의 둘째는 입을 다물지 못한 채 덤비지도 도망치지도 못하고 난감한 표정을 지었다. 정신을 차리고 보니 어느새 그를 제외하고 다른 수장들은 바닥에 쓰러진 채였으니까.

[내 생각엔 조금 더 마력혈에서 마력을…….]

즐거운 듯 흥분한 목소리로 말하는 알른을 바라보며 카릴은 피식 웃으며 팔을 휘저었다. 천둥일가의 둘째는 떨리는 눈빛으로 화린을 바라봤고 그녀는 마치 지금의 결과를 예상하기라도 한 듯 어깨를 으쓱했다.

"화린."

카릴이 고개를 돌렸다.

"같은 수장이라 하더라도 위압감이 전혀 다르군. 이들이 검축제의 마지막을 장식할 인물들이라 생각하지는 않은데……. 솔직히 말해봐. 노인네들의 심술 말고 진짜 검 축제의 마무리 말이야."

그녀는 그의 말에 쓴웃음을 지었다.

"나는 이미 너를 인정하고 있다. 칼리악의 피를 이어받은 것만으로도 네가 이민족을 이끌 충분한 이유가 돼."

"나는 동정이나 유산으로 이민족을 받으려는 것이 아니다. 완벽한 굴복. 단순한 힘에 의한 강제적인 것이 아니라 너희가 납득할 수 있는 경외로서 말이다."

카릴은 검을 겨누며 말했다.

"그들이 말한 라이칸의 의지라는 것이 뭐지? 마지막 수장들의 눈빛은 패배에 대한 당혹감이 아니라 네게 뭔가를 바라는 눈치였어."

"그것은 이민족에게 전해지는 두 개의 유물 중 하나다. 하나는 네가 가지고 있는 아그넬이고 나머지는 바로 이것."

그녀는 자신의 목에 걸린 목걸이를 꺼내었다.

휘이이잉…….

신비한 녹색의 빛이 흩어지다 사라졌다를 반복했다.

[설마…… 사마아드의 힘이 저곳에?]

폭염왕 라미느가 화린의 목걸이를 바라보더니 떨리는 목소리로 말했다.

광풍(狂風) 사마아드. 바람의 정령왕의 이름이 언급되지 카릴은 다시 한번 그녀의 목걸이를 바라봤다.

[달라. 너희 같은 정령왕들은 모를 힘이지.]

[……뭐?]

카릴은 마엘의 말에 눈을 흘겼다.

[저거다. 내가 봉인의 상자 속에서 너를 처음 만났을 때 했던 말. 놀랄 일이야. 이곳에서 마스터 키를 또 만나게 되다니.]

'……마스터 키?'

카릴이 화린의 목걸이에서 눈을 떼지 않고 머릿속으로 그에게 말을 걸었다.

[기억나나? 블레이더의 열다섯 무구를 가리키는 이름. 라미느가 들어 있는 아인 트리거부터 남부의 계집이 쓰는 쌍검까지 열네 개는 각기 다른 형태의 무구지만 열다섯 번째는 특별하다고.]

카릴은 고개를 끄덕였다.

'불변의 2자리라 말하는 신에게 대적할 수 있는 자리에 오를 수 있는 유일한 무구가 마스터 키라 하지 않았어? 그리고 그건 너를 말하는 게 아닌가?'

[맞아. 하지만 그때도 얘기했다시피 열다섯 번째는 하나가 아니다. 열네 번째까지는 일반적인 무구이지만 마지막 열다섯 번째는 그저 자리를 뜻하는 것이니까. 우리는 자아를 가지고 있으며 서로 경합하고 단 한 명만이 그 자리를 차지한다. 불변의 2자리라 불리는 신의 후보에 사용자와 함께.]

'그렇다면 화린의 저 목걸이도 자아를 가진 마스터 키라는 무구라는 말인가?'

[그렇다.]

'어째서 그녀가 블레이더의 무구를 가지고 있는 거지?'

[너도 가지고 있는 걸 그들이 가지지 못할 이유도 없잖아? 모두가 신살자의 피를 이어받은 자들인 것을.]

마엘은 마치 웃음을 토해내듯 말했다.

"네 말대로야. 저들 백 명과 싸우는 것보다 나를 이기는 것이 확실히 이민족의 충성을 받아낼 수 있는 방법이지."

"그럼 왜 간단한 길을 놔두고 쓸데없이 시간 낭비를 한 거야?"

카릴의 말에 화린은 웃었다.

"이걸 쓰는 것은 내 쪽에서도 꽤나 버거운 일이라서 말이야. 게다가 난 널 죽이고 싶지 않거든."

콰직-!!

화린은 자신의 목에 있던 목걸이를 잡아 뜯고는 그대로 있는 힘껏 부쉈다.

[하, 하하. 그녀는 아무래도 너와 달리 라이칸의 사용법을 조금 다르게 터득한 것 같군.]

마엘은 그 모습을 보더니 옅은 미소를 지었다. 푸른 뱀이 입꼬리를 올리자 소름이 끼칠 것 같은 차가운 느낌이 들었다.

하지만 카릴은 그런 그의 모습에 아랑곳하지 않고 얼음 발톱을 쥔 손에 힘을 주었다.

"……그렇군."

화린이 자신의 목에 걸린 목걸이를 움켜쥐며 깨뜨리자 원래도 단단한 근육질의 몸이 더욱더 굵어지고 양쪽 입꼬리가 길게 올라가며 날카로운 송곳니가 돋아났다.

"크르르르르……."

[신수화(神獸化). 자신의 몸 안에 마스터 키의 힘을 고스란히 응축시켜 융합하는 방법. 괴물 같은 신체 능력이 없다면 불가능 한 일이지만……. 선대 라이칸의 소유자조차 저런 괴물이 되진 않았는데.]

마엘의 설명을 굳이 듣지 않아도 카릴은 눈앞에 있는 그녀가 이미 조금 전 자신이 상대했던 전사가 아닌 한 마리의 맹수 그 자체라는 것을 알았다.

'그럼 너도 저런 게 가능한가?'

[물론. 왜? 원한다면 내가 네 몸을 먹어치워 주지. 그 대가로 얻을 힘은 엄청날 테니까.]

'허튼소리. 죽었다가 깨어나도 그럴 일은 없을 것이니 그저 내게 네 힘을 빌려주기만 하면 돼.'

[과연……. 기대하지.]

마엘이 얼음 발톱의 검날을 한 바퀴 나선으로 감아 올라가더니 사라졌다.

[여전히 재수 없는 놈이야. 얹혀 있는 주제에 자신이 주인 행세를 하다니 말이야. 그러니 열다섯 번째가 신살자의 몸을 탐하는 탐식자라 불리지.]

해일의 여왕 에테랄은 안식을 방해받아 기분 나쁜 듯 얼음 발톱 안으로 사라지는 마엘을 향해 쓴 말을 내뱉었다.

하지만 푸른 뱀의 힘이 더해지자 그녀의 냉기는 더욱 차가워지고, 얼음 발톱의 날이 훨씬 더 날카로워졌다는 것은 부정할 수 없는 일이었다.

같은 신화 시대를 살았던 존재지만 정령들은 균열이라 불리는 신이 만든 세계의 경계에서 태어난 불완전한 존재라면 마스터 키들은 신이 직접 탄생시킨 무구였으니까.

[마스터 키끼리의 싸움이라……. 신화 시대 이전 태초라 불리던 칼날의 시대(Blader' Age)가 떠오르는군. 신좌를 두고 서로 물어뜯던 즐거웠던 날 말이야.]

마엘은 어쩐지 들뜬 목소리로 말했다.

'닥치고 집중해.'

카릴은 검 축제를 마무리하기 위해 검을 뽑았다. 변해 버린 화린의 모습을 보며 기가 막힌다는 표정을 지었다.

"멸종된 워 울프를 여기서 볼 줄은 몰랐군."

[라이칸스로프를 고작 워 울프와 비교하다니. 신화 시대의 라이칸스로프는 그런 하급 몬스터와는 완전히 다르다.]

마엘이 그의 말에 자존심이 상한다는 듯 말했다.

[녀석 역시 불변의 2자리를 두고 경쟁을 했던 마스터 키니까. 쉽게 볼 상대는 아니지.]

"크르르르르……."

[뭐, 그래봐야 미물에 불과하겠지만 말이야. 저 모습을 봐라. 자아마저 사라진 게로군. 신화 시대 때나 지금이나 사용자를 괴물로 만드는 것은 여전하군.]

마엘은 더 이상 인간이라 부를 수 없는 수인의 형상을 한 화린을 바라보며 차가운 혓바닥을 내밀며 말했다. 카릴은 그의 말을 흘려들으며 얼음 발톱에 용마력을 집중했다.

조금 전 이민족의 수장들을 상대할 때와는 질적으로 다른 마력이 검날에 응축되었다.

지직……! 지지직……!

얼음 발톱의 날이 전격을 뿜어내며 화린을 향해 으르렁거리듯 울었다.

"크르르르……!!"

하지만 그녀는 카릴의 마력에도 위축되기는커녕 오히려 아랑곳하지 않고 더욱더 적의를 내뿜었다.

'엄청난 위압감이군. 어쩌면 처음으로 이걸 써야 할 일이 생길지도 모르겠는걸.'

카릴은 과거 타투르의 암시장에서 얻었던 손가락에 꽂혀 있는 붉은 반지를 바라보며 마른 침을 삼켰다.

네 개의 송곳니(Four Canines). 노움 세공사 칼립손 인생 최대의 역작이라 불리는 세공 마법이 각인 되어 있는 반지는 지속적으로 사용자의 마력을 흡수하여 강력한 방어막을 만들 수 있는 마도구였다.

지금까지 그의 용마력은 강해졌고 그만큼 반지가 흡수한 마력 역시 엄청날 것이었다. 신과의 일전에서 쓰기 위해 아껴 뒀던 그 무구를 생각나게 할 정도로 눈앞의 화린이 뿜어내는 기세는 위압적이었다.

파앗-!!

두 사람의 인영이 움직였다. 공격의 시작은 화린이 먼저 자신의 날카로운 발톱을 횡으로 긋는 것으로 열었다.

사각.

고개를 숙이며 피한 카릴의 머리카락 몇 가닥이 그녀의 날카로운 발톱의 궤도에서 깨끗하게 잘려 나가 바람에 흩날렸다.

카카캉……! 캉! 카캉!!

카릴이 전력을 다해 검격을 퍼부었다. 집중된 아케인 블레이드가 순간 폭발적으로 뿜어져 나오며 얼음 발톱을 감싸던 마력의 검날이 거대한 태도처럼 길게 솟구쳤다.

4번째 여울 자세 (Riffle Posture).

사정없이 휘갈기는 화린의 공격 속에서도 카릴은 그녀의 속도를 따라잡는 것도 모자라 오히려 그 속도를 더 끌어올렸다. 그의 검이 화린의 옆구리를 노리며 찔러 들어갔다. 화린이 거대한 검날에도 아랑곳하지 않고 주먹을 내질렀다.

검과 주먹이 충돌하자 주위의 쌓인 눈이 충격에 터지듯 하늘 위로 솟구쳐 올랐고 주위에 거센 눈보라가 일었다.

"카악!"

화린이 튀어나온 송곳니를 보이며 소리쳤다. 하지만 흩어지는 눈발이 사라지자 눈앞에 있어야 할 그가 보이지 않았다. 조금 전 격돌과 함께 어느새 그녀의 머리 위로 뛰어오른 카릴이 이번에는 두 손으로 검을 쥐고 내리찍었다.

화린이 머리 위로 양팔을 교차하며 들고서 막으려 했다.

5번째 똬리뱀 자세(Spirale Serpent Posture).

그 순간 카릴이 검을 거두자 두 사람은 종이 한 장 차이로 서로를 두고 떨어졌고 그는 바닥에 거의 닿을 정도로 몸을 숙여 그녀의 사정거리 안쪽에서 검을 밀었다.

콰아아앙-!!

화린의 옆구리를 베자 마치 폭발이 일어나는 것 같은 굉음과 동시에 쇠가 갈리는 소리가 들렸다. 놀랍게도 밀었던 검을 회수하기 위해 뒤로 당기려 하자 화린은 고통조차 느끼지 못하는 듯 오히려 자신의 옆구리를 베고 지나간 얼음 발톱의 날을 손으로 움켜잡았다.

오히려 검을 잡고 있던 카릴의 몸이 휘청거리며 그녀에게 딸려 들어갔다. 화린은 그대로 주먹을 내질렀다.

퍽……!! 콰드드드득……!!

둔탁한 소리와 함께 화린의 주먹을 따라 카릴의 고개가 반대로 젖혀졌고 충격에 튕겨져 나간 그는 그대로 눈밭을 몇 번이나 구르고서야 간신히 멈출 수 있었다.

"주군!!"

에이단이 그 모습에 깜짝 놀라 소리쳤다.

"…… ."

카릴은 일어서며 피가 섞인 침을 뱉어내고는 입가를 닦았다.

"무지막지한 힘이로군."

그 짧은 순간에도 본능적으로 몸을 꺾어 치명상은 피했지만 턱이 얼얼할 정도의 충격은 머리가 울리는 기분이었다.

쩌적…… 끄드드드득-

조금 전 얼음 발톱이 베었던 화린의 옆구리 상처 주위로 근육들이 뭉치더니 출혈을 막고 언제 상처가 났었냐는 듯 말끔하게 치유되었다.

"미치겠군."

그 모습에 카릴은 치가 떨린다는 듯 혀를 찼다.

[열다섯 번째 마스터 키는 신의 후보이자 신을 죽일 수 있는 유일한 자리다. 그 힘은 가히 신을 상대하는 것과 필적하지. 인간계에 존재하는 힘으로 어찌할 수 있는 게 아니다.]

마엘은 어쩐지 카릴이 당한 것이 즐거운 것인지 아니면 또 다른 마스터 키와의 조우 때문인지 살짝 고양된 목소리로 말했다.

'블레이더 역시 인간이었다. 그리고 내 안의 마력은 인간의 것이 아니라 드래곤의 것이고.'

그의 말에 카릴은 굳은 목소리로 말했다.

[인력(人力)을 비하하려는 것이 아니다. 마스터 키로서 저 괴물의 힘이 그만큼 대단하다는 거지. 열다섯 번째 마스터 키 중 하나인 라이칸스로프의 능력은 즉각재생(卽刻再生). 거의 무한에 가까운 회복 능력이라 상처를 내는 것 자체가 거의 불가능하다.]

'그럼 어떻게 녀석에게 타격을 주지?'

[다행히 마스터 키를 사용하는 저 여자는 블레이더가 아니지. 그녀는 라이칸스로프의 의지를 다루는 것이 아니라 끌려가고 있다고 보는 게 맞을 것이다. 그 말은 라이칸스로프의 즉각재생을 완벽하게 쓸 수 없다는 것이지.]

마엘이 카릴의 팔을 타고 올라가며 말했다.

[내 힘을 써라.]

공국에서처럼 그의 귓가에 들리는 달콤한 목소리.

[잊었나? 불변의 2자리라 불리는 경합의 승자가 바로 나라는 것을. 라이칸스로프를 이긴 자가 바로 네 옆에 있잖느냐.]

마엘은 기다렸다는 듯 카릴에게 속삭였다.

[죽이는 법은 얼마든지 있다. 재생이 불사는 아니니까.]

마엘은 피식 웃는 듯 그의 팔을 휘감으며 얼음 발톱 안으로 스며들었다.

[에테랄. 잠시 이 검을 빌리지. 그리고 네 힘도. 내 독기를 버틸 수 있는 존재는 너뿐이니까.]

그러고는 또다시 말했다.

[라미느, 네 힘도 빌리지. 내 독기를 태워 버리려면 네 불꽃이 필요하니까.]

마엘은 스며들었던 얼음 발톱의 날을 타고 다시 카릴의 어깨 위에서 반대쪽 손등에 박힌 아인 트리거를 혀로 핥았다. 그러자 녀석의 몸이 정확히 반으로 나뉘어 붉은색과 푸른색으로 변했다.

다시 그 색이 합쳐지자 마엘의 전신이 보랏빛으로 물들었다가 마치 그 힘을 흡수하는 것처럼 몸을 부풀리다 꿀꺽- 하는 소리와 함께 다시 처음의 푸른색이 되었다.

"……."

카릴은 그의 변화를 바라보며 마치 그의 몸에서 느껴졌던 보랏빛의 힘이 비전력과 같은 기분이 들었다.

[이거지.]

마엘은 만족스러운 듯 말했다.

[그래, 고작 늑대 따위와는 비교하면 안 되지.]

그러고는 화린을 바라봤다.

[놈을 이기는 방법? 아주 간단해. 그냥 딱 한 번. 녀석의 목덜미를 물어버리기만 하면 되니까. 넌 그저 이 검을 박아 넣어.]

치이이이익-

얼음 발톱이 괴로운 듯 떨렸다. 아이러니하게도 검날의 밖은 지독한 냉기가 뿜어져 나왔고 검심에는 미칠 듯한 화기가 응축되면서도 그 안에는 검을 쥐고 있는 카릴조차 느낄 수 있을 정도의 독기가 당장에라도 터질 듯 가득 찼다.

용의 심장을 흡수한 카릴은 드래곤과 같은 내성을 가지고 있어 단 한 번도 독에 대한 두려움을 가진 적이 없었다. 하지만 처음으로 마엘의 독만큼은 스스로도 감당할 수 없는 것임을 직감했다.

'역시 넌 위험한 놈이야. 어째서 다른 신살자들과 달리 너만이 따로 봉인이 되어 있었는지 알겠군. 네 독은 사용자마저 죽일 것 같으니까.'

카릴은 마엘의 독검을 바라보며 말했다.

[크…… 큭. 저 늑대 녀석을 이기는 것이 네가 원하던 바이지 않느냐. 싫다면 물러도 좋아. 하지만 내가 아는 너는 그럴 정도로 무르지도 겁쟁이도 아니지.]

'그래. 네 말대로 모험을 하지 않으면 얻을 수 없는 힘도 있지.'

카릴은 자세를 잡았다.

'하지만 겁쟁이란 말 따위로 날 도발하려 하지 마. 그리고 자

만하지도 마라. 내게 너를 다루는 건 모험이라 칭할 정도도 아니니까.'

[……]

마엘은 그의 말에 입을 다물었다.

시간을 거슬러 왔던 그였다. 신화 시대라 불리는 수천 년 전 역사에도 없는 시간의 간극을 살았던 블레이더라 할지라도 그 역시 결코 뒤지지 않을 억겁의 시간을 파렐이란 탑 속에서 보냈으니까.

"크아아아악!!"

화린은 본능적으로 위험을 감지한 듯 카릴을 향해 선공을 취했다. 육중한 발을 디디는 소리와 함께 그녀의 육체가 공중으로 뛰어올라 급강하했다.

콰아앙-!!

양팔을 들어 바닥을 긁자 사방으로 흙덩이가 파헤쳐져 튀어 나갔다. 화린은 멈추지 않고 왼팔을 뒤로 젖히면서 카릴의 옆구리를 노렸다.

쾅!! 콰광……!! 그가아아아악……!!

고막을 찢을 듯한 날카로운 파공음과 함께 갈퀴 사이로 터져 나오는 송곳 같은 오러가 조금 전 카릴이 서 있던 자리에 박혔다. 그 사이를 노리며 화린의 뒤를 찔렀다. 그녀는 반사적으로 팔을 들어 올려 그의 검을 막으려다 황급히 피했다. 마치 묘기를 부리듯 아슬아슬하게 얼음 발톱의 날을 오로지 발톱만으로 쳐냈다.

수십, 수백 합의 검격이 폭우처럼 쏟아졌다. 수 초도 되지 않는 찰나에 가까운 시간이었지만 맹렬히 부딪히는 두 사람의 모습에 사람들은 눈을 뗄 수가 없었다.

파앗-!!

아슬아슬하게 카릴의 검날이 닿을 뻔하다 그녀의 어깨 위를 지나쳤다.

치이이익……!!

검날에서 떨어진 마엘의 독기가 화린의 피부에 닿자 시커먼 연기가 나면서 타들어 갔다.

“카악!!”

화린은 알 수 없는 날카로운 고함을 지르면서 털을 치켜세웠다.

그때였다. 그녀의 주위에 날카로운 바람이 회전했다.

쉬이이이익!! 솨아아악!!

작은 소용돌이가 하나에서 둘로 둘에서 넷으로 증가하면서 아래에서 위로 손을 들어 올리자 카릴을 포위하듯 주위를 둘러쌌다.

퍼엉!!

네 개의 소용돌이가 카릴을 덮치기 일보 직전 카릴이 얼음 발톱을 가로 눕히며 자세를 잡았다.

5번째 또리뱀 자세(Spirale Serpent Posture).

그가 자신을 향해 날아오는 소용돌이를 베기 위해 있는 힘껏 검을 그었다.

카아아아앙!! 카가가각! 카각!!

마치 쇠를 내려친 것같이 단단한 소리와 함께 소용돌이가 마치 톱니바퀴처럼 얼음 발톱의 날과 부딪히며 갈리는 소리가 났다.

"큭?!"

무형의 힘이 아니었다. 예상보다 단단한 소용돌이가 일으킨 충격에 그의 몸이 비틀거렸고 나머지 바람이 날카롭게 그를 노렸다.

"크르르륵……!!"

화린이 소용돌이 안으로 뛰어들었다. 그녀의 거대한 발톱이 카릴을 찢어발기듯 떨어졌다.

취릭!

마엘이 마치 어서 빨리 자신에게 맡기라는 듯 혀를 내밀며 카릴을 바라봤다.

[카릴, 조금 더 마력을 집중해라. 너는 정령왕과 신령의 힘을 가지고 있지만 그렇다고 정령왕과 신령이 되는 것이 아니니까. 어떤 힘이 되었든 검에 마력을 벼르는 원리는 똑같아.]

알른의 말이 귓가에 들렸다.

[뱀 대가리가 하는 말 따위에 현혹되지 마라.]

그가 손을 내젓자 손을 따라 검은 연기가 어떤 문양을 나타냈다가 사라졌다.

[너는 너대로 그들을 가지면 된다. 인간의 방식으로.]

카릴은 그의 말에 위험한 이 순간에도 그만 피식하고 웃음을 터뜨렸다.

[자만하지 마라. 너는 아직 내가 겪었던 7클래스도 도달하지 못했으니. 마력을 다루는 데에 있어서 아직 네가 모르는 수많은 길이 있다.]

'알고 있어.'

카릴은 눈을 감았다. 그녀가 자신을 공격하는 현실보다 1초 전을 상상하고 그 상상보다 1초 전의 동작을 먼저 행한다.

파앗-!! 콰즈즈즈즈즈즈즉-!!

카릴의 검이 기묘한 방향으로 꺾이며 들어갔다.

일종의 구현(具現化). 카릴이 파렐 안에서 수많은 타락들을 베어 넘기면서 머릿속에서 검의 자세를 만들었을 때 사용했던 방법이었다. 하지만 다른 것이 있다면 그의 몸 안에 마력혈에서 지금까지는 느껴보지 못했던 뜨거운 기운이 혈관을 타고 전신에 충만해진다는 것이었다.

'이건…….'

머리 위로 떨어지는 화린의 주먹을 피하며 카릴은 지금까지와는 다른 느낌을 받았다.

억겁의 시간을 걸려 완성한 다섯 가지 자세. 검을 다루는 데에 있어서 더 이상의 완벽한 것이 없다고 여겼다.

하지만 찰나의 순간 카릴은 동방국의 암살자들이 그러했듯 혹여나 자신 역시 자신의 검술에 대해 자만을 한 것이 아닐까 하는 생각이 들었다.

그가 파렐 속에서 완성한 검의 자세는 결국 자신 안에서 만들어진 것일 뿐이었다.

그리고 전생의 자신과 현생의 자신은 다르다.

마력의 유무. 전생의 자신은 만들 수 없었던 검술이 지금의 그는 가능할지도 모른다. 어쩌면 검의 다섯 자세를 뛰어넘는 또 다른 마력검술의 극의(極意)에 도달할 수 있는 것이 아닐까.

"……."

하지만 손에 잡힐 듯한 묘한 기분이 무엇인지 완벽하게 찾기도 전에 화린과의 결전은 결판이 나고 말았다.

푸욱! 서걱-!! 촤아아악-!!

카릴의 검날이 유수처럼 반듯한 곡선을 그리며 화린을 스쳐 지나갔다.

"컥…… 커컥……."

목덜미에 검이 베인 화린이 순식간에 마엘의 맹독에 전신의 혈관이 터질 듯 부풀어 올랐다. 온몸의 핏줄이 독사의 피를 머금은 듯 푸르게 변했다가 사라졌다.

"쿨럭!!"

그녀가 한 움큼의 핏물을 토해내며 무릎을 꿇은 채로 바닥에 쓰러졌다. 조금 전까지만 하더라도 괴물과도 같은 형상에서 그녀는 다시 인간의 모습을 돌아왔다.

"어디선가 장로들도 보고 있겠지."

"저 모습을 보고도 인정하지 않는다면 내가 그들의 멱살을 잡겠어."

"물론이야. 반박의 여지도 없겠지."

젊은 수장들은 카릴의 무위를 바라보며 넋을 잃은 표정으로 말했다.

하시르는 걸음을 옮겨 쓰러진 화린에게 자신의 망토를 벗어 그녀의 몸을 가려주었다.

[아마도 느꼈겠지. 네 마력혈에서 새로운 힘 말이야. 그거야말로 마력을 뛰어넘는 힘이지.]

카릴이 조금 전 감각을 마치 음미하듯 천천히 감았던 눈을 뜨자 마엘의 목소리가 들렸다.

'네가 그런 건가?'

[맞아. 아주 잠깐이지만 나의 힘과 연결된 것이지. 저기 네가 좀 전에 싸운 라이칸스로프와는 다른 형태의 신수화라 할 수 있겠군.]

'흠…….'

카릴은 자신의 손을 쥐었다 폈다.

[그게 바로 신력(神力)이다.]

마엘은 굳은 얼굴로 조금 전 감각을 되뇌는 카릴을 바라보며 말했다.

[네가 북부로 오길 기다렸다.]

마엘은 나직이 속삭였다.

[신력은 무슨 얼어 죽을. 마력이 있다고 누구나 다 마법사가 되는 줄 알아? 그건 네 힘이다. 네가 스스로 만들어낸 검술의 발전일 뿐이지.]

카릴은 알른의 말에 옅게 입꼬리를 올렸다.

'둘 다 수다스럽긴.'

하지만 이내 곧 신력의 부작용일까? 마치 마력 전부를 쏟아낸 것처럼 마력혈이 텅 빈 느낌이었다. 타는 듯한 갈증과 함께 전신의 기력이 빠진 듯 카릴이 비틀거렸다.

"주군!!"

에이단은 쓰러지는 카릴을 부축하기 위해 황급히 달려왔다. 하지만 이내 곧 카릴은 괜찮다는 듯 그에게 손을 저었다.

지금 이 순간. 적어도 그는 누군가의 부축을 받고 서 있어선 안 되었으니까.

"화린. 네가 이 정도로 죽을 것이라고는 생각하지 않는다. 너는 그 무구를 쓰기 이전에도 이미 괴물과 같은 전사니까."

"크…… 크큭."

"축제를 마무리해라."

바닥에 대(大)자로 쓰러진 화린이 몸을 움직일 여력도 없는 듯 카릴의 말에 그저 몸을 들썩이며 웃었다.

"북부여."

화린은 너부러진 채로 상공을 바라보며 소리쳤다.

와아아아아아아아-!! 와아아아아아-!

그러자 언덕 위 수백, 수천의 이민족들이 무기를 하늘 위로 뻗으며, 저마다의 부족 구호를 외치며 함성을 지르기 시작했다.

무릎을 꿇은 채 느껴지는 쌓인 눈의 차가움보다 카릴에게 당한 상처의 아픔보다 이민족의 수장들은 지금 함성의 전율이 더욱 자신의 가슴을 울리고 있음을 알았다.

화린은 나지막하게 말했다.

"새로운 대전사의 탄생을 알려라."

"정신이 드십니까?"

"……내가 얼마나 기절해 있었지?"

"꼬박 하루입니다. 화린이 대전사를 알림과 동시에 쓰러지셨습니다."

카릴은 눈을 뜨고는 천천히 침대에서 무거운 몸을 일으켰다.

"꼴사나운 모습을 보였군. 칭호를 받자마자 기절한 대전사라니 말이야."

"걱정 마십시오. 그 전투를 보고 누구도 뭐라 할 수 있는 자는 없을 테니까요. 주군과 싸운 화린은 아직도 누워 있으니까요."

"설마…… 내 독 때문인가?"

카릴은 지그라의 말에 살짝 인상을 찡그리며 되물었다. 얼음 발톱에서 느꼈던 마엘의 독기는 누구보다 자신이 잘 알았다. 블레이더의 무구 중 하나인 라이칸스로프의 의지를 사용할 수 있는 그녀는 중요한 전력이었다. 행여나 잘못된다면 큰 손실이 아닐 수 없었다.

"아닙니다. 그녀 스스로 치료를 거부했습니다. 잔나비 부족의 독술을 발전시킬 수 있는 기회라 말이죠. 다행이라면 그녀가 잔나비 부족의 수장이라는 것이죠. 다른 사람이었으면 이미 죽었을 겁니다."

지그라의 말에 카릴은 헛웃음을 짓고 말았다. 생사를 오갈 수 있는 위험한 순간에서까지 부족을 위해서 자신을 이용하는 그녀의 대담함에 두 손을 들 수밖에 없었다.

"하긴…… 그녀는 마스터 키를 쓰지 않아도 이미 괴물이었으니까."

"장로들도 이제 모두 주군을 인정한다는 의사를 표했습니다. 몇몇은 여전히 불만이 있지만 겉으로는 말할 수 없는 상황입니다. 그들을 따랐던 수장들이 먼저 그들을 설득했으니까요."

"그래?"

"이민족들 중에 대전사를 거절할 위인은 없습니다."

카릴은 고개를 끄덕였다.

찬바람부족, 무쇠일족, 묘족, 천둥일가는 모두들 전투력만 따지고 본다면 개개인의 능력은 잔나비나 붉은달, 호표와 검은눈에 비해 떨어질지도 모른다.

하지만 그들은 그들만의 특색이 있었다. 찬바람부족은 특유의 가벼운 몸으로 척후병의 역할을 할 수 있으며 무쇠일족과 천둥일가는 불과 쇠를 다루는 능력이 뛰어났다.

'북부에서 멀지 않은 서리고원으로 그들을 보내어 노움들과 협력을 하라고 해야겠군. 타투르에 있던 드워프들까지 한곳에 모으게 되면 골렘 개발과 속성석 세공이 훨씬 더 빨라질 테니까.'

이미 이스트리아 삼국에서 한 번 골렘과 새로운 무장을 한 비룡 부대를 봤던 카릴이었다. 전생에는 가질 수도 없었던 전력이 이제는 더욱 강화된 상태로 합류하게 되었으니 이것만으로도 훌륭한 결과가 아닐 수 없었다.

'칼립손의 세공 능력이라면 이제 곧 8각 속성석의 합성 결과가 나왔을지도 모르겠는데…….'

카릴은 교도 용병단의 고든 파비안과의 했던 거래를 잊지 않았다. 그리고 그의 힘을 얻기 위해서 이보다 더 완벽한 조건이 없다는 것 역시.

'5대 소드 마스터들은 저마다 특색이 있지만 그중에서도 고든 파비안은 어디로 튈지 모르는 자니까. 저번에는 목적이 같아 통했지만 다시 만났을 땐 어떻게 변할지 모르지.'

전생에는 그가 지병으로 단명을 하게 되어 이후의 교도 용병단이 제국 아래로 편성되었었다.

'하지만 이번에는 다르지. 고든이 살아 있고 내가 비공정의 시동석을 완성한다면 충분히 그와 거래를 할 수 있을 테니까.'

아직 올리번과 고든 파비안의 만남을 아직 알지 못하는 카릴은 이 정도로 교도 용병단과의 재회에 있을 준비로 충분하다 생각했다.

'하지만 쐐기를 박는다면 역시 미하일이겠지. 녀석이 여명회의 상아탑에서 이름을 각인시키고 돌아오게 된다면 제국 내의 마법사들의 눈도 달라질 텐데.'

비슷한 시기에 카릴은 에이단과 미하일을 각지로 보냈었다. 동방국으로 보냈던 에이단은 돌아왔지만 아직 상아탑에 간 미하일의 소식은 없었다.

'여기서 상아탑까지는 멀지 않으니……. 여차하면 그를 보러 가는 것도 가능한 일이야.'

일단은 미하일 본인에게 맡기기로 했다.

상아탑에는 그보다 더 높은 경지의 마법사들도 존재한다. 그런 상황에서 자신을 증명하고 인정받는 것은 결코 쉬운 일이 아닐 테니까.

"장로들을 만날 수 있겠나?"

"물론입니다."

"실세인 수장들이 그들을 설득했다고는 하지만 장로들 역시 이민족 내에서는 여전히 영향력이 있는 자들이야."

'그리고 천년빙동으로 가기 위해서는 그들의 도움이 필요하

기도 하고……'

카릴은 전생의 기억을 더듬으며 고개를 끄덕였다.

"주군의 생각과 통했나 봅니다. 장로들은 축제가 끝난 뒤부터 계속 기다리고 계십니다. 그리고 그곳에 스승님도 계십니다."

"으흠."

지그라의 말에 고개를 끄덕였다. 장로들을 만나려는 이유 중 가장 큰 이유가 바로 그가 언급한 스승을 만나기 위함이었다.

북부의 스승. 오직 그 명칭을 가질 수 있는 사람은 단 한 명뿐이며 앞으로도 없을 것이라 여겨지는 선구자.

"좋군."

카릴은 천천히 몸을 일으켰다. 천막 바깥에는 왁자지껄 소란스러운 소리가 들렸다. 비록 검 축제는 끝났지만 새로운 대전사의 탄생을 알리는 축제는 끝나지 않은 듯싶었다.

"카릴 님!!"

"오, 대전사시여……!!"

"드디어 깨어나셨다!! 몸은 괜찮으십니까?!"

막사의 천막을 걷자 여기저기 모여 있던 이민족들이 카릴을 바라보며 소리쳤다.

카릴은 그들을 향해 가볍게 손을 흔들었고 이민족들은 일제히 무릎을 꿇었다.

"주군께서 쓰러져 계신데 잘도 왁자지껄하더군요."

막사 밖에서 기다리고 있던 에이단은 그들의 모습이 못마땅한 듯 말했다.

"축제잖아. 죽음과 상관없이 축제 그 자체는 원래 이래야지. 그리고 누구도 죽지 않았으니 더 즐거운 일이지. 이민족은 제국인들처럼 누군가 죽는다고 애도의 기간을 가지지 않아. 슬퍼할 시간에 조금 더 먹고 마신다. 살아가기 위해서 말이지."

카릴은 에이단의 말에 옅은 미소를 지었다.

"북부란 그런 땅이지."

그는 이민족들을 지나쳐 장로들이 있는 언덕으로 걸어갔다. 그 뒤를 에이단과 지그라가 따랐다.

"오랜만…… 이라고 하기엔 좀 어색한 공기로군."

카릴은 눈앞에 앉아 있는 탁한 눈빛의 노인들을 바라보며 말했다.

"네가 정말 칼리악의 아들인가."

"나는 믿을 수가 없다."

"나 역시 마찬가지. 마력을 가진 자라니……. 북부인으로서 말도 안 되는 일이야."

화로 주위로 앉아 있는 장로들은 북부에서 자라는 옅은 독성을 가진 미얀초라는 풀을 말아 태우면서 문 앞에 서 있는 그를 바라봤다. 그들의 모습에 카릴은 역시나 하는 표정으로 어깨를 으쓱하고는 낮은 한숨을 내쉬었다.

"대전사의 칭호를 받기 위해 왔다. 결과는 모든 수장이 인정하는 바이니까. 증표를 당신들이 가지고 있다고 하던데."

"저런 무례한……!!"

"네게 '라크나'를 줄 것이라 생각하느냐!!"

"마력이 있는 자에게 이민족의 보물을 넘길 수 없다!"

장로들은 카릴의 말에 소리쳤다.

"왜?"

하지만 그런 그들을 향해 카릴은 오히려 차가운 비소를 지었다.

"어째서 이민족은 마력을 가지지 않는 것을 자랑으로 여기지? 그게 뭐가 대단한 것이라고."

"그, 그건……."

"제국인과의 차이이기 때문에? 웃기지 마. 당신들 역시 그저 그래왔기 때문에 그렇게 생각할 뿐이잖아."

카릴의 신랄한 말에 장로들의 낯빛이 어두워졌다.

"제대로 알지도 못하는 주제에 그저 내려오는 전통을 확인도 하지 않고 전통이라는 이름으로 그것이 그저 긍지라고 후대에게 주입하고 있잖아. 그러니 이민족이 제국놈들에게 이단이라는 오명을 듣는 것이다."

꽈악-

카릴은 장로들에게 한 걸음 다가갔다. 그러자 그들은 자신도 모르게 어깨를 움찔거렸고 누군가는 물고 있던 미얀초 담배를 떨어뜨렸다.

"제발 멍청한 소리 하지 말길."

"……!!"

장로들의 눈이 커졌다.

카릴은 쉬지 않고 거침없이 말을 계속해서 이어갔다.

"당신들은 오래 살았잖아. 그렇다면 조금 저 밖에 있는 어린 녀석들보다 더 세상을 직시할 노력을 해야지. 우리는 명백하게 패배했고 많은 희생을 겪었다. 마력의 유무는 중요한 것이 아니다. 우리가 마력을 잃게 된 이유를 알아야 이민족의 진실된 힘을 고양 시킬 수 있다."

"마력을 잃었다고……?"

"그게 무슨 말도 안 되는 소리……!"

"알고 싶다면 라크나를 내놔. 그것이 비록 아무짝에도 쓸모없는 유물이라 할지라도 아버지께서 죽기 전까지 꽉꽉 숨겨놓은 이유를 이제는 알 것 같으니까."

북부의 통치자였던 칼리악은 살아생전 두 가지의 무구를 가지고 있었다. 하나는 검은 눈 일족의 검, 아그넬이었고 또 하나는 대전사의 칭호와 함께 수여된 라크나.

하지만 카릴은 단 한 번도 자신의 아버지가 라크나를 쓰는 것을 본 적이 없었다. 아니, 정확히 말하자면 어떤 무구인지도 알지 못했다. 본 적이 없었으니까.

그러나 중요한 것은 그 라크나라는 것은 단순히 검은 눈 일족이라는 하나의 부족을 모으는 아그넬과 달리 대전사라는 칭호와 함께 북부의 모든 이민족을 집결시킬 수 있는 상징적인 힘을 가졌다는 것이다.

"……."

카릴이 공국이나 삼국을 흡수하는 것과 달리 스스로 검 축제에 참여한 것 역시 정당하게 라크나를 얻어 완벽하게 그들의 마음이 자신에게 향하도록 하기 위함이었다.

그는 손을 뻗어 장로들에게 말했다.

"시대착오적인 생각을 할 거라면 말리진 않겠다. 하지만 똑바로 앞으로의 미래를 직시하고자 한다면 내게 대전사의 유물을 다오. 그럼 당신들에게 이민족의 진짜 모습을 보여줄 테니까. 우리가 어떤 자들의 후손인지 우리의 몸에 어떤 피가 흐르고 있는지를."

어째서일까. 카릴의 말에 지금까지 적개심을 품고 있던 장로들의 표정이 누그러졌다.

"과감한 발언이군. 어릴 때 자네는 좀 더 조용한 아이였던 것으로 기억하는데……. 칼리악의 옆에서 그의 검술만 물끄러미 바라보던 모습과는 사뭇 다르군."

그때였다. 장로들의 뒤에서 들려오는 목소리.

"마력의 정당성에 관해서 자네는 잘못 알고 있네. 장로들은 누구보다 부족의 규율과 전통을 간직한 자들이야. 오히려 다른 사람들은 몰라도 그들만큼은 우리가 어떤 자들의 후손이고 어떤 피가 흐르는지 알아야 만 하는 자들일세."

거칠지만 차분하게 느껴지는 목소리는 신기하게도 올리번의 능력인 언령(言靈)을 듣는 것 같은 느낌이었다.

"뭐, 그들이 시대착오적인 생각을 한다는 것에는 나 역시 동의하지만 말이야. 고인 물은 언제든 결국 썩는 법이니 말이지."

가죽 두건으로 이마와 귀를 가리고 앞머리를 길게 늘어뜨린 그는 목소리와 어울리지 않는 새하얀 피부를 가지고 있었다. 북부의 추위에 이민족 대부분은 거칠게 마련인데, 그렇기에 그의 모습이 더욱 신비로워 보였다.

"크흠……."

"거…… 말이 좀 지나치십니다."

장난 섞인 그의 말에 장로들은 낮은 한숨을 뱉어낼 뿐 등 뒤에 사내에게 그들은 조금 전 카릴에게 했던 것처럼 날카롭게 쏘아내지 못했다.

"당신 말은 장로들이 비밀을 알고 있다는 말인가?"

"비밀이라고 할 것도 없지. 천년빙동을 가본 자는 알게 되는 사실이니까. 강함은 자칫 시야를 좁게 만들지. 장로들을 무시하지 말게. 어쨌든 그들은 이민족을 지켜오고 지금까지 유지해 온 공신들이니까."

"……."

카릴은 죽음의 기운이 가득한 장로들과 달리 생기가 넘치는 모습의 남자를 바라봤다. 그의 모습은 기껏해야 40대 정도로밖에 보이지 않았는데 놀라운 사실은 그가 이곳에 모인 장로들보다도 더 나이가 많은 자라는 점이었다.

80세가 넘는 장로들보다 더 오래 살았으며 다른 수장들과 마찬가지로 심지어 장로들 역시 그의 가르침을 받았다고 하니 그의 나이를 짐작할 수 없었다.

"물론, 자네가 어찌 천년빙동 안에 있는 비밀을 알고 있는지는 모르겠지만……. 저 위에 무덤에 가기 위한 자격을 얻기 위해 라크나가 필요한 것이겠지."

그는 나지막하게 말했다.

"오직 대전사의 칭호를 받은 자만이 선조들의 무덤이라 불리는 천년빙동에 갈 수 있으니 말일세."

"맞아. 라크나를 원한 이유가 바로 그것이다. 선조들의 무덤에는 이제 칼리악 역시 잠들어 있을 테니까."

"글쎄, 아비를 그리워하는 아들의 느낌은 없는데."

알테만은 피식 웃었다. 카릴은 그 말에 마치 자신의 속내를 그가 꿰뚫어 보는 듯한 기분이 들었다.

썩 좋지만은 않은 느낌. 오랜 세월 같은 젊음을 유지하는 그는 누군가는 드래곤이라 말하는 자도 있고 누군가는 신수의 피를 가진 자라고 하는 사람도 있었다.

"하나 여기에 온 목적은 하나 더 있다."

하지만 확실한 것은 북부에서 그가 장로들보다 더 깊은 지혜를 가지고 있으며 수장들보다도 더 높은 위치의 유일한 존재라는 것이었다.

"당신을 만나기 위함 말이야."

카릴은 장로들의 뒤에 서 있는 그를 향해 나지막하게 말했다. 북부의 스승 그리고 그의 또 다른 이명(異名).

"최초의 낚시꾼. 알테만."

카릴의 말에 그는 묘한 미소를 지었다.

"자네들. 저 아이에게 라크나를 내어 주게. 그는 검 축제의 우승자이니 대전사의 칭호를 받을 자격이 있어. 게다가 이미 다른 수장들도 그에게 마음을 빼앗긴 것 같던데."

알테만은 등 뒤를 가리키며 손짓을 했다.

동굴 뒤 가려진 천막 사이로 보이는 바깥에 이미 모든 수장들이 숨을 죽이고 그 앞을 기다리고 있다는 것을 알았다.

"저 아이의 말대로야. 받아들일 것은 받아들이는 게 앞서 살아왔던 자들이 해야 할 일이니까."

그의 말에 장로들은 마지 못해 고개를 끄덕였다. 이내 곧 동굴 안쪽에 석벽을 두들기자 그 안에서 기다란 벽돌이 빠져나왔다.

그그그극…….

당연한 일이지만 전생에는 대전사의 명맥이 끊겨 존재조차도 보지 못했던 이민족의 유물. 하지만 이민족으로서 살았던 어린 시절에도 존재 여부조차 불확실했던 무구가 지금 눈앞에 나타났다.

'……이게 라크나?'

카릴은 석벽 뒤에 숨겨진 상자에서 장로가 가져온 물건을 바라보며 살짝 당혹스러운 얼굴로 그들을 바라봤다.

"오랜 시간을 거쳐 오직 대전사에게만 전해지는 유물이다. 원래대로라면 칼리악이 보관했어야겠으나 어쩐 일인지 그는 죽기 전에 우리에게 이 무구를 맡겼다."

"……."

장로 중 가장 선두에 서 있는 노인이 말했다.

"자신의 죽음을 예감한 것인지는 모르겠으나 어찌 된 영문인지 아그넬이 아니라 라크나를 우리에게 맡긴 것은 지금도 이해가 가지 않는 일이지. 덕분에 검은 눈 일족은 큰 피해를 입었지. 만약 아그넬을 우리에게 놔두었다면 고집 센 그들이 끝까지 싸우지 않게 할 수 있었을 텐데."

그의 말에 카릴은 고개를 저었다.

"같은 이민족이라 하더라도 모두를 알지 못해. 지금 살아 있는 검은 눈들은 당신처럼 생각하지 않을걸. 그들은 그날 칼리악을 따라 죽지 못한 것을 후회하고 있을 텐데."

카릴은 장로의 손에 놓여 있는 라크나를 잡아 들었다.

"전장에서 살아남는 것이 검은 눈에겐 명예가 될 수 없으니까. 그들이 나를 따르는 이유가 그를 위한 복수도 포함되어 있겠지."

철컥-

라크나를 쥔 손이 제법 착 감기는 묵직한 느낌을 받았다.

"……검의 손잡이로군."

카릴은 나지막하게 감상을 뱉어내듯 말했다. 놀랍게도 장로들이 대전사의 유물이라 숨겨놓았던 것은 그의 말대로 손잡이였다.

검날은 존재하지 않았고 그저 특이한 은빛을 내는 손잡이 일부만이 남아 전해지는 유물. 언뜻 보기에는 부서진 검의 잔해 같아 아무짝에도 쓸모없어 보였다. 게다가 손잡이 부분 역시 세월의 흔적을 보여주듯 낡고 녹이 슬어 있었다.

이 무구가 그저 단순히 유적지에 잠들어 있는 유물이 아닌 지금도 살아 있으며 다른 무구들과 당장에라도 경쟁을 하고 싶어 하는 투지가 느껴진다는 것을 알 수 있었다.

"어째서 대전사였던 칼리악이 라크나를 쓰지 않았던 것인지 너라면 알 수 있겠지."

알테만이 라크나를 든 카릴을 향해 말했다.

"아니, 왜 지금까지 위대한 대전사의 보물이 세상에 나오지 않았는지라고 해야 하겠군."

"……."

카릴은 알테만의 말에 어이가 없다는 듯 헛웃음을 짓고 말았다. 그리고 그 이유를 알고 있다는 듯 장로들 역시 굳은 얼굴로 그를 바라봤다.

"그래. 손잡이를 잡는 순간 딱 알겠군."

그는 라크나를 흔들며 말했다.

"이런 이유라면 내게 라크나를 주지 않을 이유가 없는 것 아닌가? 오히려 나 이외에 이 무구를 쓸 수 있는 사람도 없을 것 같은데."

"인정하고 싶지 않았던 거지. 마력이 없다는 것은 우리가 이민족이라는 긍지니까 말이야. 비록 과거…… 역사에도 나와 있지 않은 신화 시대에 선대의 모습을 이 유물 하나로 설명할 수 있으니까."

철컥- 즈으으으응…….

카릴이 쥐고 있는 작은 손잡이의 윗부분의 기관이 움직이며 날카로운 날이 튀어나왔다. 푸른빛을 띠는 검날은 얼음 발톱의 냉기와는 사뭇 달랐다.

철크덕- 화르르르르륵……!!

다시 한번 라크나의 기관이 움직이자 이번에는 뜨거운 열기를 머금고 마치 대장간에서 지금 막 담금질을 하다 나온 것 같은 붉은 열기를 띤 검날이 손잡이에서 튀어나왔다.

"허……."

"이럴 수가."

"역시."

그 모습에 장로들은 자신도 모르게 감탄을 내뱉고 말았다.

"맞아."

카릴은 검을 들어 알테만에게 보이며 말했다.

"마력검(魔力劍)이로군. 황궁의 보고에서도 볼 수 없던 무구야. 어째서 이게 이민족에게 남아 있는지 신기하지만……."

그가 다시 한번 손잡이를 비틀 듯 잡았다.

"이건 단순히 한 속성을 가진 속성 무구가 아니라 사용자의 마력에 따라 검날의 속성까지 바꿀 수 있는 무구로군. 그렇다면."
콰직-!!
그러자 이번에는 지금까지와는 다르게 기관 속에서 튀어나오는 검날이 번쩍거리는 빛을 뿜어냈다가 튀어나온 검날이 그 빛을 다시 흡수했다. 날카로운 검날은 마치 칠흑 같았고 은은하게 뿜어져 나오는 검은 연기는 그저 바라보는 것만으로도 살을 에는 것 같은 깊이 모를 섬뜩함을 내뿜었다.
"이런 것도 할 수 있다는 말이군."
카릴은 만족스러운 듯 자신의 앞에 나타난 묵(墨)빛의 검날을 바라보며 말했다.
[두아트의 힘이로군!! 원래대로라면 인간이 가진 마력의 속성은 하나뿐이지. 하지만 네가 마력은 용마력으로서 무색.]
알른은 카릴의 검날을 향해 감탄했다.
[모든 속성을 쓸 수 있다는 것은 모든 것을 받아들일 수 있다는 것이니 정령들의 속성까지 네 속성으로 사용할 수 있겠군. 이 정도 경지까지 오다니…… 네 재능은 실로 7인의 원로회에 어중이떠중이보다 더 뛰어나구나.]
그는 진심으로 즐거운 듯 말했다. 자신의 마력을 다루는 것에 있어서도 결코 쉬운 일이 아닐진대 단순히 용마력을 쓴 것이 아니라 카릴은 거기에 정령력을 덧붙여 라크나의 검날을 완성한 것이었다.
[이건 칼날은 그저 마력으로만 이루어진 것이 아냐. 마치 손

잡이 안이 대장간 마냥 그 안에서 속성에 맡게 새로이 날이 제작되어 나온 것 같구나.]

알른은 라크나를 흥미롭게 살폈다.

[게다가 무구의 재질조차 특이하군. 청린도 아닌데 마력의 흡수률은 말할 것도 없거니와 뿜어내는 반발력은 그보다 더 강하니 사용된 마력보다 배의 위력을 내는군. 도대체 어떻게 생긴 구조지?]

그는 마치 당장에라도 라크나를 분해해 보고 싶어 하는 눈빛이었다. 허락할 리가 없지만 카릴 역시 볼품없어 보였던 낡은 검 손잡이가 이런 엄청난 물건일 줄은 생각하지 못했다.

[확실하게도 마도 시대엔 없었던 물건이다. 우리가 블레이더를 창설하고 최고의 무구를 만들겠다고 했을 때 만약 이런 것이 존재했다면 우리가 만든 5대 무구는 모두 쓰레기통으로 던져 버렸을 테지.]

카릴은 그의 말에 쓴웃음을 지었다. 지금 자신이 사용하고 있는 얼음 발톱 역시 그 5대 무구 중 하나였으니 말이다.

[신화 시대의 물건이로군. 마스터 키가 아님에도 불구하고 이런 무구가 존재한다는 것은…….]

"인간이 썼던 것이겠지. 도구를 사용하는 존재는 인간뿐이니까. 블레이더에 속해 있던 인간."

카릴은 나지막하게 말했다.

"천년빙동 속 우리의 선대(先代)."

그의 말이 끝남과 동시에 장로들의 얼굴이 굳어졌다.

그들의 반응을 마치 예상했다는 듯 카릴은 손목을 위로 탁 꺾으며 라크나를 움직이자 날카롭게 돋아났던 검은 검날이 사라졌다.

"확실히 알테만 당신 말대로 라크나가 이민족들에게 모습을 드러낼 수 없었겠지. 이민족의 대전사에게 주어지는 유물이 마력이 없으면 쓸 수 없는 무구라니……. 어느 누가 받아들이겠어. 이들은 마력이 없음을 긍지로 여기니까. 아무도 납득할 수 없는 일이지."

"맞아. 그리고 자네라면 이 유물이 뜻하는 게 뭔지 알 것 같은데."

카릴은 알테만을 바라보며 입꼬리를 올렸다.

"내가 아니더라도 누구나 알 수 있는 일이겠지. 이 무구가 우리의 선대가 사용했다는 것은 우리의 선대도 마력을 가졌었다는 것. 그 말은……."

모두의 시선이 카릴에게 꽂혔다.

"제국인과 이민족이 결국은 한 핏줄에서 시작되었다는 것을 뜻하겠지."

"그리고 어떤 이유에서 둘로 나뉘었다."

"그래. 한쪽은 마력을 잃고 한쪽은 마력을 유지한 채로. 마력을 가진 자들이 대륙을 통치하고 그들은 교단을 세우고 마력을 잃은 우리를 이단이라 칭했고."

"하지만 같은 시발점이었다면 과연 마력을 잃은 자만이

악(惡)인가?"

두 사람은 마치 서로 주거니 받거니 하는 것처럼 대화를 이어갔다.

"알 수 없는 일이지."

"그래. 하지만 그 역시 자네라면 알 수 있겠지. 이것만큼은 자네만이 알 수 있는 일이야."

알테만은 조금 전 그가 검날을 뽑았던 라크나를 가리키며 말했다.

"신화 시대의 증언을 들을 수 있는 정령왕들이 자네에게 있으니까."

그의 말에 카릴은 옅은 미소를 지었다.

"과연 우리 선대가 마력을 잃은 이유가 무엇인지……. 정말로 그것이 악의 길이었는지를 그들에게 알려주길 바라네. 우리들이 마력이 없는 것이 진실된 긍지가 될 수 있도록."

알테만은 목소리에 힘을 주었다.

"없는 것이 아닌 잃은 것에 대한 이유가 명예가 될 수 있도록 말이야."

"라미느."

화르르르륵-!!

"에테랄."

쩌적…… 쩌적……!

"두아트."

스으으윽-

카릴이 한 명 한 명의 이름을 부르자 그의 등 뒤로 각자의 힘을 발산하며 세 명의 정령왕들이 나타났다.

[클클…….]

알른은 그 모습을 바라보며 낮게 웃었다. 정령의 힘이 소실되어 가는 시점에서 대륙의 정령술사라고 해봐야 겨우 정령 하나를 소환할까 말까인데 카릴은 아무렇지 않게 세 명의 정령왕을 모두 소환하고 있었으니 그가 가진 정령력의 양도 더 이상 모자람이 없었다.

[이제는 정말로 정령계의 문을 열 수 있을지도 모르겠군.]

그는 나지막하게 말했다.

"너희들이 증인이 되어줘야겠다. 내가 가진 마력이 이민족의 적법한 수장으로서 걸림돌이 되지 않을 이유."

카릴은 장로들을 바라봤다.

"우리 선대가 마력을 가졌던 증거와 그것을 잃게 된 이유를 말이야."

[신령대전(神靈大戰).]

라미느는 담담한 목소리로 말했다.

[그리 긴 설명은 필요 없을 것이다. 너희가 마도 시대라 불리는 역사의 시작과도 같은 시대 이전에 역사에도 남아 있지 않던 시대에 일이니까.]

[정령과 인간은 신에게 대적했다.]

[그 결과 우리는 패배했고 정령은 봉인되었으며 인간은 마력을 잃었지.]

그의 말을 시작으로 나머지 정령들이 말을 이어갔다.

"하지만……."

장로들 중 한 명이 뭔가를 말하려다 굳은 얼굴로 카릴을 바라봤다.

"설마……?"

"맞아. 모든 인간이 인간의 편에 선 것은 아니겠지. 대륙에 남아 있는 마력은 신에 대한 헌신의 대가겠지. 하나 우리는 스스로를 위해 싸웠을 뿐이다. 비록 그 전쟁이 패배로 결착되었으나 그 의지는 결코 나약하지 않다."

쿵- 쿵-!!

장로들의 심장이 미칠 듯이 뛰기 시작했다.

"우리는 결코 이단이 아니다."

그들은 이 이야기를 들을 수 있도록 아직 살아 있음에 감사했으며 한편으로는 앞으로 싸워야 할 전쟁에 참여할 수 없음에 강인했던 젊은 시절이 한탄스러웠다.

"자랑스러워해도 된다. 마력이 없다는 것은 진실된 긍지이니까. 우리는 신살자(神殺者), 블레이더(Blader)의 피를 이어받은 진정한 자율의지의 인간이다."

그 순간 장로들은 모두가 무릎을 꿇고 카릴을 향해 고개를 숙였다.

▸Chapter 3◂

“너는 그걸 어떻게 알지?”

모두가 무릎을 꿇고 카릴을 경배하는 순간에도 알테만만큼은 담담한 목소리로 물었다.

“늙으면 눈물이 많아지지. 듣기 좋은 말로 감동을 받는 것도 그들에게는 쉬운 일이거든.”

이민족은 이단이 아닌 진정한 인간이다.

장로들은 듣고 싶어 염원하던 그 말에 감동을 받았지만 알테만은 카릴의 말을 감언이설이 아닌가 하고 꾸짖으며 장로들에게 경각심을 불러일으켰다.

“회색교장이라 불리는 7인의 원로회의 유적 속에서 나는 한 상자를 얻었다. 그리고 그 안에는 블레이더의 유물이 들어 있었지. 마도 시대에 장인들을 뜻하는 것이 아닌 진짜 블레이더. 조금 전 정령왕들이 말한 신화 시대를 함께했던 존재이기에 그 역시 이들이 증언할 수 있다."

카릴은 자신의 등 뒤에 있는 세 명의 정령왕들을 가리키며 말했다.

"확인이 필요한가?"

"설마……."

"그, 그럴 리가요."

알테만의 말이 있었지만 장로들의 태도는 이미 카릴을 자신의 수장으로 인정하고 있었다. 대전사의 칭호를 받은 순간부터 이미 그것은 확정된 일이었지만 라크나를 사용하고 더 나아가 정령왕들의 힘을 가진 이민족이라는 것에서 장로들은 더 이상 카릴을 불신할 이유도 받들지 않을 필요도 없었기 때문이다.

"그 안에는 블레이더라 불리는 신화 시대의 우리의 선조가 사용했던 무구, 마스터 키(Master Key)가 있었고 그중에서도 상자 안에 든 것은 특별한 놈이었지."

카릴은 알테만을 바라봤다.

"그래, 지금 화린이 가진 라이칸스로프의 의지와 같은 것이지. 블레이더의 유물이라는 것을 너희들도 알고 있었나?"

그의 물음에 알테만은 옅은 미소와 함께 고개를 끄덕였다.

"뭐, 그렇다면 내 말에 장로들이 이런 격한 반응을 보이는 것도 이해가 가는군. 그리고 내가 화린보다 마스터 키를 더 완벽하게 다룬다는 것도 그들 눈으로 봤으니……."

스르르륵……!

카릴의 손목을 타고 푸른 뱀이 휘감으며 나타났다 사라졌다.

"잘도 연기를 했군. 나를 인정하지 못한다는 둥 지금까지 했던 말은 장로로서 수장들에게 마지막 위엄을 보이기 위함일 뿐이었어."

그의 말에 장로들은 어색한 표정을 지었다.

"라이칸스로프의 의지가 그녀에게 있다는 것은 우리의 선대가 블레이더였다는 증거겠지. 하지만 그것을 입증해 줄 수 있는 자가 없었다. 알테만, 당신은 북부의 스승으로서 나를 기다린 것이겠지."

"하나부터 열까지 모두 꿰뚫어 보는군. 맞아. 이민족들은 지금 그들을 통합할 수 있는 한 명의 진정한 수장이 필요하다. 나는 그걸 기다린 것이다."

"칼리악으로는 부족했나?"

카릴의 말에 알테만은 쓴웃음을 지었다.

"안타깝지만 그렇다. 라이칸스로프의 의지를 관리하는 화린도 이민족의 수장으로는 마찬가지지. 이런 내막을 아는 우리들과 달리 평범한 이민족들에겐 본보기가 필요하니까."

"그것이 라크나로군."

"맞아, 지금까지 보이지 않았던 대전사의 유물을 쓸 수 있다면 그들은 의심의 여지 없이 수장으로서 모실 테니까."

"그리고 또 하나의 이유가 있겠지."

카릴의 말에 알테만의 얼굴이 살짝 굳어졌다.

"라이칸스로프의 의지를 봉인하고 있는 푸른 보석이 바람의 정령왕, 광풍(狂風) 사미아드의 힘이라는 것도 말이야."

"거기까지 알고 있었나."

"정령력을 가지고 있는 상태에서 그걸 알아차리는 것은 어려운 일이 아니니다. 물론, 화린이 그 힘을 쓸 순 없었겠지만."

[신령대전의 패배 이후 그 대가로 정령이 봉인의 수단으로 쓰이는 것은 비일비재한 일이지만…….]

[솔직히 굴욕적인 일이야.]

두아트와 라미느는 팔짱을 낀 채로 살짝 고개를 저으며 말했다. 그러면서 그들은 에테랄의 눈치를 살피는 듯 슬쩍 시선을 주었다. 특히나 그녀의 빙결은 봉인의 여러 의미로 사용되었기 때문이었다.

"뭐, 나쁠 건 없지. 한 번에 두 개의 힘을 얻는다면 굳이 찾아 헤맬 필요도 없다는 뜻이니까."

[하여간 잘도 바람의 정령왕을 조우하는 일을 아무렇지 않게 말하는군.]

해일의 여왕에 대한 배려인지는 모르지만 카릴은 오히려 잘되었다는 듯 말했다.

"화린이 바람의 정령을 다룰 수 있었다면 말이 달라졌겠지. 그녀가 라크나를 사용할 수 있는 것은 물론이거니와 사미아드를 통해 블레이더에 대한 것을 알 수 있었을 테니까."

"심증은 있지만 물증이 없는 상태였지. 수십, 아니, 수백 년이란 긴 시간 동안."

"그래서 화린이 다른 수장들과 달리 릴리아나를 보낸 것이겠고. 처음 잔나비 부족을 만난 것은 황궁에서였다. 그 당시에라도 설령 마스터 키의 존재는 몰랐다 하더라도 사미아드의 존재는 눈치챘을 테니까."

"맞아."

"그것도 당신 생각인가?"

"잔나비 부족은 대대로 그 목걸이를 수호했다. 그것이 마스터 키라는 것은 몰라도 화린은 자신이 가지고 있는 목걸이를 쉬이 보이지 않는 것이 옳다는 것엔 동의했지."

알테만은 살짝 어깨를 으쓱하며 카릴의 물음에 대답했다.

"그렇군. 그렇다면 마지막으로 한 가지만 묻겠다."

"뭐지?"

"이 정도로 이민족에 애정이 있다면 왜 당신이 수장이 되지 않았던 거지?"

"무슨 소리인지 모르겠군."

"그들은 모를지언정 날 속이진 못해. 마력을 가진 지도자를 기다린 것이라면……. 북부의 스승으로서 오랜 세월 동안 이민족들의 존경을 받았던 당신이 왜 수면 위로 나오지 않았느냐 말이야."

카릴은 차갑게 말했다.

"당신 역시 마력을 가지고 있잖아."

그의 한마디에 동굴 안의 공기가 일순간 무거워졌다. 하지만 여전히 알테만만큼은 그의 말을 기다리고 있었다.

"마지막으로 대전사의 칭호를 받기 전에 그에 대한 설명이 필요할 것 같은데. 뭣하면 저 밖에 있는 수장들까지 모두 불러들일까? 충분히 소란스러워질 것 같은데."

"하, 하하하……."

알테만은 그 말에 못 당하겠다는 듯 고개를 저었다.

"지금까지 잘도 속여왔어. 이민족들은 마력이 없으니 당신이 마력이 있는지 없는지 알 턱이 없으니까."

스윽-

카릴은 라크나를 들어 알테만에게 겨누었다.

펑……! 화르르륵……! 철컥-

등 뒤에 서 있던 세 명의 정령왕들이 사라짐과 동시에 라크나의 검날이 돋아났다. 검날은 아케인 블레이드를 보는 것처럼 보랏빛을 띠고 있었고 주위로 전격이 번뜩였다.

"이거야…… 대단하군. 그 짧은 사이에 정령 합성까지 가능한 건가? 완벽하지는 않지만 라크나를 매개체로 쓰고 검날이라는 단순한 형태로의 연성까지는 충분하군. 실로 6클래스의 반열에 오른 소드 마스터다워. 아니, 그렇다 하더라도 불가능하겠지. 천재라 불릴 재능이로군."

알테만은 카릴의 비전검을 보고도 그다지 놀라지 않은 표정이었다.

"닥치고 묻는 말에 대답이나 해."

카릴은 그에게서 시선을 떼지 않고 말했다.

"너, 정체가 뭐야."

촤르르륵-!!

알테만이 허리에 차고 있던 벨트를 잡아당기자 놀랍게도 유연하게 흔들리던 벨트가 날카로운 날이 되었다.

카릴은 그 모습을 보며 헛웃음을 지었다.

"지금 이게 무슨 뜻이지?"

알테만은 자신의 연검을 들어 천천히 머리 위로 올리고는 자세를 잡았다.

"……."

그 순간, 카릴의 얼굴이 굳어졌다.

"……!!"

그러고는 조금 전까지만 하더라도 여유가 느껴졌던 그에게서 끌어 오르는 마력이 솟구쳤다.

콰아아아아앙-!! 콰강-!!

동굴이 흔들릴 정도로 거세게 카릴의 라크나와 알테만의 연검이 부딪혔다. 곧게 펼쳐졌던 알테만의 검이 휘어지며 라크나를 감싸더니 검의 궤도를 바꾸며 검날을 튕겨냈다.

철컥-! 파앙!!

비틀거리며 카릴의 중심이 흐트러지는 순간 알테만의 연검이 다시 한번 곧게 세워지며 카릴의 뒤를 노렸다.

부웅-! 캉!!

하지만 카릴은 그것을 이미 알고 있다는 듯 한 치의 망설임 없이 라크나를 아래에서 위로 들어 올리며 알테만의 공격을 막았다. 그와 동시에 반대쪽 손으로 얼음 발톱을 역으로 쥐고서 횡으로 그었다.

콰가강!! 콰그가가극……!!

날카로운 검기가 동굴의 벽을 긁었고 후드드득 떨어지는 돌가루들에 장로들은 황급히 뒤로 물러났다.

"……당신이 어떻게?"

검을 털어내며 카릴이 날카롭게 알테만을 노려봤다. 벽에 밀려 기댄 채 멈춘 알테만은 옅은 미소를 지었다.

조금 전 그가 검을 들어 보여준 검의 자세. 놀랍게도 그건 카릴이 창안한 검의 다섯 자세 중 첫 번째인 왕관 자세(Crown Posture)였기 때문이다.

"쉽지 않군. 하나의 자세 속에 셀 수 없는 변화들이 담겨 있어. 평범한 자가 본다면 그저 대륙 검술에 기본 정도로 보이겠지만 말이야."

알테만은 연검을 거두며 말했다.

"검 축제에서 자네가 한 검술을 보고 비슷하게 따라 해본 것뿐이야. 혹시 자네가 만든 거라면 실로 그 재능이 놀랍군."

"검 축제에서 내가 펼친 검술을 보고 따라 한 것이라고?"

카릴은 그 순간 어이가 없다는 얼굴로 알테만은 노려봤다.

검의 다섯 자세가 어떤 검술이던가. 그가 시간을 거슬러 올라오며 파렐 속에서 억겁의 시간 동안 검을 휘두르며 끝내 완성한 극의였다. 대륙제일검이라 불리는 크웰 맥거번조차 단 한 번 보는 것만으로 자신의 검 자세를 따라 한다는 것은 불가능한 일이었다.

'검을 거두기는 했지만 결코 어설프게 따라 한 게 아냐. 자세 속에 담긴 의미까지 파악하고 있었어.'

"당신…… 혹시 엘프인가?"

"왜 그런 걸 묻지?"

"그렇지 않으면 설명이 되지 않거든. 적어도 엘프 정도의 수명을 가진 종족이 검에 매진하지 않은 이상 이 극의를 이해할 수 없을 테니까."

"그 검술에 자부심이 대단하군."

"장로들보다 나이가 많다느니 이민족들이 탄생하던 그때부터 북부의 스승은 존재했다는지 하는 소문들은 그저 어린아이들에게 경외심을 느끼게 하려는 어른들의 말장난이라고만 생각했었거든."

"그런데?"

"지금 이걸 보니 그 말이 진짜일 것 같다는 생각이 들지 뭐야. 그것도 아주 진하게 말이야."

알테만은 카릴의 말에 피식 웃었다.

"검 축제에서 내 검술을 보고 했다고? 백번 양보해서 북부의 스승이라 불리는 당신이 뛰어나서 그랬다 쳐도 왕관 자세는 아니지."

미소를 띠는 그와 달리 카릴은 잡아먹을 듯 노려보며 차갑게 말했다.

"놀리려 하는 헛소리니까."

스윽-

카릴은 검을 들어 올렸다.

"난 검 축제에서 왕관 자세를 취한 적이 없다. 진실을 얘기해. 당신 정체가 뭐지?"

[카릴.]

그때 목소리가 들렸다.

[이제야 알겠다.]

알른의 목소리가 어쩐지 불안하게 들렸다.

'뭐가?'

카릴은 알테만이 듣지 못하게 머릿속으로 대답했다.

[어쩐지 내가 너의 검술을 처음 봤을 때 의아한 느낌이 들었던 이유를 말이야.]

'그게 무슨 말이야?'

[기억할지 모르겠지만 네가 처음 쌍두수리의 둥지에서 만났던 마계의 마물 있지 않느냐.]

'아그마?'

[그래, 그놈을 죽일 때 검의 다섯 자세를 처음 취했지. 그때 나는 네게 물은 적이 있다. 그 검식이 정말로 네가 만든 것이냐고.]

카릴은 기억을 더듬었다. 그 당시에는 별 의미 없이 생각했던 터라 크게 개의치 않았던 물음이었다.

'확실히…… 그때 당신은 뭔가 석연치 않은 느낌이었지. 그게 왜?'

[그때 내가 네게 물었던 이유는 네 검식을 어디선가 본 적이 있었던 것 같아서 말이지.]

알른은 목소리에 힘을 주었다.

'당신이……?'

[네가 없는 마도 시대에.]

"……."

카릴은 알른 자비우스의 말에 얼굴이 굳어졌다.

[내가 왜 이것을 놓쳤을까. 이제야 기억이 났구나. 마도 시대에서도 너무나 오래되어 흐릿한 이야기로만 남았던 존재였으니……. 그래, 그의 이름은…….]

알른은 마치 탄식을 하듯 한 이름을 내뱉었다.

[검귀(劍鬼).]

'검귀(劍鬼)?'

카릴은 고개를 갸웃거렸다.

들어본 적 없는 이름.

[이봐, 네가 어째서 그의 이름을 알고 있는 거지?]

[마도 시대라니. 말도 안 되는 소리. 그의 존재는 훨씬 더 이전부터 존재했었다.]

하지만 의아한 카릴과 달리 정령왕들의 반응은 의외로 냉소적이었다.

'너희들도 알고 있는 자인가?'

[물론.]

[모를 수가 없는 자이니까.]

[그렇게 말하니 나 역시 궁금하군. 마도 시대에도 풍문으로만 들리던 존재를 어째서 신화 시대의 당신들이 알고 있는지 말이야. 아니지. 얼마나 대단한 자면 신화 시대부터 그 존재가 내 생전의 시대까지 그 위명이 전해질 수 있는지 말이야. 그리고…….]

알른은 물었다.

[마도 시대에까지 살아 있을 수 있는지.]

그의 말에 카릴 역시 고개를 끄덕였다.

[카릴, 예전에 내가 화룡의 거처에서 널 처음 만났을 때 네게 했던 말이 있다. 너 이외에 정령력과 용마력을 썼던 사람이 한 명 더 있었다고.]

카릴은 라미느의 말에 대답했다.

'혹시 그 위대한 마법이란 극의에 도달했던 자를 말하는 것인가?'

[맞아.]

꿀꺽-

카릴은 그 순간 자신도 모르게 마른침을 삼켰다.

위대한 마법. 신조차 죽일 수 있는 마법이라 일컬었던 폭염왕의 말이 기억났기 때문이었다.

[그가 바로 검귀이다.]

'그럼 그자도 블레이더였나?'

[맞다. 하지만 아니기도 하다.]

'그게 무슨 애매한 말이야?'

[그는 우리에게 신에게 대적할 수 있도록 길을 열어준 선구자였으나 우리와 함께 블레이더로서 신령대전에 참가하지는 않았다. 신령대전이 시작되었을 때 그는 사라졌으니까.]

[솔직히 말해서 마도 시대에 그의 존재를 알고 있는 것은 우리로서 더 의아한 일이다.]

[그 당시에 우리는 봉인되어 있었으니까.]

라미느의 말을 이어 두아트와 에테랄이 덧붙였다.

'알른, 그렇다면 마도 시대에는 검귀라는 사람이 살았던 거란 말이지? 당신은 그를 만난 적이 있는가?'

[물론. 그렇지 않으면 네 검술을 알아볼 리가 없지. 안타깝게도 검술에 문외한인 나는 검귀의 검술과 네 검식이 유사하

다는 것을 알아차리지 못했군. 딱 한 번뿐인 조우였거든.]

아쉬운 듯 말하는 알른의 말에 카릴은 살짝 눈을 찡그리며 알테만을 바라봤다.

"당신이 검귀(劍鬼)인가?"

카릴은 검을 거두었다. 실제로 알테만이 자신과 싸우려는 것이 아니라 그에게 의문을 주기 위함이라는 것을 알았기 때문이다.

"하하……. 자넨 나를 계속해서 놀라게 만드는 군. 설마 그 이름마저 알고 있는 건가?"

카릴의 물음에 그의 얼굴이 살짝 굳어졌지만 이내 곧 자연스럽게 웃었다.

"정령왕들이 그러더군. 검귀라는 존재는 신화 시대를 이끌었던 블레이더라고. 하지만 마도 시대 이전의 고대부터 살아있던 자가 아직도 있을 것이라고는 믿기지 않는데."

알테만은 그의 말에 고개를 저었다.

"그래, 정령왕들의 말이 맞아. 난 검귀가 아니네. 하지만 한때 그 이름을 빌려 썼었지. 나는 마도 시대를 살았던 사람이긴 하거든."

"천 년 전을?"

그것으로도 충분히 놀라운 일이었다.

"그래. 마도 시대는 멋진 시대였지. 그 시절은 마법이 찬란했던 시기니까."

그는 어쩐지 씁쓸한 표정을 지었다.

“7인의 원로회. 그 당시에 그들의 존재는 참으로 대단했지. 덕분에 마법이 정립되었으니까.”

[흥…….]

알른은 알테만의 말이 썩 싫지만은 않은 듯 헛기침을 하며 자랑스러운 듯 팔짱을 꼈다.

“하지만 찬란하다고 해서 꼭 아름다운 것은 아니지.”

스르륵-

알테만은 지금까지 하고 있던 가죽 두건을 풀었다. 그러자 위로 묶은 긴 머리카락이 어깨 아래로 떨어졌다. 그가 머리를 가볍게 헝클자 부드러운 머리카락이 흔들렸고 머리카락 사이로 조금 특이한 귀가 보였다.

[…….]

화상을 입은 듯 뭉뚝하게 문드러진 귀는 그저 본다면 상처라 대수롭지 않아 보였다.

[슬레프(Slelf)였군.]

하지만 알른은 그의 귀를 보고는 조금 딱딱한 목소리로 말했다.

‘슬레프? 그게 뭐지?’

[노예 엘프를 말한다. 카릴, 네 예상대로야. 저자가 어째서 마도 시대에 살 수 있었는가 하면 엘프였기 때문이다.]

“그래, 맞아. 마법의 축복을 받은 우리들은 마도 시대에 인간이 마법을 정립할 수 있도록 도운 동료이자…… 실험재료였지."

알테만은 검은 연기의 형체로 카릴의 뒤에 있는 알른을 바라보며 말했다.

"그중에서도 7인의 원로회는 끔찍한 연구를 많이 했지. 그들의 손에 죽어 나간 엘프만 하더라도 수천은 족히 될 거다."

[그게 어때서? 승자가 그 위에 군림할 수 있는 것은 만고의 진리이다. 종족의 입장에서 나는 엘프보다 인간을 배려해야 할 것이고 인간의 미래를 위해 마법을 발전시켰다.]

"그래, 덕분에 백금룡에게 당했지."

[놈……!]

알른 자비우스가 알테만의 도발에 그에게 달려들려 하자 그의 앞에 있던 카릴이 막아섰다.

"틀린 말도 아니잖아. 쓸데없이 열을 내지 마. 그 복수 때문에 나와 함께하고 있는 거니까."

[흥…….]

카릴의 말에 알른은 혀를 차고는 돌아섰다.

"이미 지난 일. 7인의 원로회에게 악감정이 있는 것이 아니다. 시대의 흐름일 뿐이니까. 그의 말대로 전쟁에서 패자는 승자를 따를 수밖에 없는 일이이지."

그의 말에 정령왕들은 침묵했다.

패배의 대가. 그 말은 정령왕들이 카릴에게 했던 말이었고 알테만의 모습에서 오랜 세월 봉인으로 인해 자신들도 저런 패자의 기운을 품고 있었던 것일까 하는 생각이 들었다.

"그래서 하고 싶은 말이 뭐지? 검귀의 이름을 빌려 썼다는 것은 알겠다. 하지만 당신이 마도 시대를 살았던 엘프라 하더라도 검의 다섯 자세를 알고 있는 것에 대한 것은 설명이 되지 않아."

카릴은 차갑게 말했다.

"그 검술은 어디서 익힌 거지? 신화 시대를 살았던 것도 아닌데 검귀에게 배웠을 리는 없고."

알테만은 자신의 귀를 보고 놀라기는커녕 아무렇지 않게 묻는 카릴의 모습에서 피식 웃고 말았다.

"마도 시대는 마법이 융성했던 시기지만 그렇다고 검술이 사라진 시대도 아니었다. 자네도 알다시피 마력을 검술로 승화시킨 무색기검 49식. 훌륭한 검식이야. 그것은 마도 검술 중에 마력이란 개념에서 가장 뛰어난 검술이지."

그는 카릴을 향해 나지막한 목소리로 말했다. 그러고는 자신의 연검으로 가볍게 검을 꺾자 검 축제에서 카릴이 썼던 무색기검의 기본자세가 자연스럽게 묻어났다.

"물론, 검식이라는 개념에서 본다면 49식 안에는 불필요한 자세들이 있지. 하나 마도 검술은 한쪽에만 치우쳐진 것이 아닌 마법과 검술을 융합한 것. 검의 눈으로만 무색기검을 바라보면 안 되지."

"……."

"마법이란 개념에서 주문을 외우는 캐스팅 과정이 필요하듯 마도 검술 역시 위력을 발휘하기 위해서는 일련의 모든 행위들이 순차적으로 필요하거든."

카릴은 그의 말에 살짝 눈썹을 찡그렸다. 확실히 자신 역시 알른에게서 무색기검을 익혔을 때 7개의 검식을 제외한 42가지의 검식이 겉치레라고 말했으니까.

"마력이 없는 이민족의 눈으로 본다면 쓸모없는 것이지만 마력이 있는 자의 눈엔 다르지."

알테만은 마치 카릴이 무색기검에 대해 내렸던 평가를 예상하기라도 하듯 말했다.

"물론, 그 역시 경지에 도달하지 못하면 불가능한 일. 낮은 마력은 가지고 있느니만 못하니까."

알테만은 카릴을 향해 물었다.

"넌 어떻지? 단순히 검만이 아닌 마력이 남긴 마나 블레이드로서의 검술에서 지금까지와는 다른 느낌을 받은 적이 없던가?"

"그건……."

있었다. 지금까지는 전력을 써서 싸울 일이 없었다. 실제로 대륙제일검이라 불리는 크웰 맥거번과의 일전에서도 그는 힘을 아꼈으니까.

하지만 화린과의 대결에서 자신의 전력을 쏟아부었을 때 느꼈던 마력혈의 공허함. 그리고 일순간이지만 새로운 검식에 한 발자국 더 나아 갈 수 있을 것 같았던 느낌까지.

"훌륭하다."

알테만은 카릴의 표정만으로도 충분하다는 듯 고개를 끄덕였다.

"자넨 이제 이민족의 시각에 국한되어 있던 검술에서 새로운 시야를 가지게 된 것이니까. 그건 아무리 검을 휘둘러도 이민족은 절대로 닿을 수 없는 영역이지."

그는 말을 이었다.

"검으로서 마법을 해석하고 마법을 통해 검을 나아가는 것. 그것이 널 한 걸음 더 진보하게 해줄 것이다. 네 생각대로 나는 검귀는 아니지만 우연한 기회에 신화 시대에 검귀라는 존재가 남긴 검술을 익힐 순 있었지. 물론, 나 역시 겉핥기식일 뿐이지만."

"어떻게?"

"7인의 원로회와 같은 이유다."

"……설마."

카릴은 엉킨 실타래를 마치 조종이라도 하는 것처럼 회귀 이후 한 번도 만나지 못했던 그의 이름을 이렇게 지겹게 언급하게 될 줄은 몰랐다.

"나르 디 마우그."

"맞아."

알테만은 고개를 끄덕였다.

백금룡(白金龍).

카릴은 낮은 한숨을 내쉬었다.

“그놈은 도대체 어딜 가나 끼어 있는군. 어째 단 한 번도 보지 않았는데 가장 오랫동안 본 사이 같게 느껴지는걸.”

그러고는 차갑게 말했다.

“곧 보게 되겠지. 그리고 이제는 진실을 확인할 수 있겠지. 녀석의 목덜미를 잡아 바닥에 처박게 만들 수 있을 것 같거든.”

그가 주먹을 꽈악- 쥐었다. 7인의 원로회부터 우든 클라우드, 망령의 성 그리고 케이 로스차일드의 영입까지 나르 디 마우그의 손이 닿지 않은 일은 없었다.

신령대전에서 인간이 아닌 신의 편에 섰던 드래곤. 하지만 신탁이 내려지고 타락들과의 싸움에서 드래곤 중 유일하게 인간의 편에 선 백금룡.

카릴은 그의 입장이 어떤 것인지 확신하지 못해 지금까지 조심스러웠다. 그리고 그건 지금도 마찬가지였다.

현생의 나르 디 마우그가 벌여 놓은 일련의 일들은 신과 관련된 것들이었다.

그렇다면 그가 신의 편에 선 드래곤일까? 모른다.

지금까지의 일들을 모두 무시 할 정도로 중요한 증거가 있었으니까. 바로, 전생에 카릴이 파렐에 도전하는 것을 묵인했다는 것이었다. 실패할 것이라 생각하고 인간의 강자를 제거하기 위함으로 허락한 것일까. 아니면 그가 진실로 인간의 편이었던 것일까.

때문에 카릴은 때를 기다렸다. 진실을 알기 위해서는 힘이 있어야 하니까. 드래곤조차 무릎 꿇릴 수 있을 강한 힘이.

그리고 이제 그때가 왔다고 생각했다. 이민족이 자신들의 긍지를 눈으로 보고 싶어 하는 것처럼 그 역시 뜬구름 잡는 식의 의문 말고 확실한 증거를 확인하고 싶었다.

제국과의 전쟁. 그 속에서 분명 백금룡을 만나게 될 것이라는 것을 카릴은 확신했다.

"슬레프들은 노예로서 마법사들의 실험체가 되어 엘프 특유의 순도 높은 마력을 빼앗겼다. 마력을 가지고 있지만 쓸 수 없지. 대신 백금룡은 내게 검술을 가르쳐 주었다. 어째서인지 모르지만 지금 생각해 보면 내가 오랜 세월을 살 수 있는 생명이기 때문이 아닐까 한다."

"어째서?"

"글쎄, 검귀의 검술을 전수해 주기라도 하라는 뜻일지도 모르지. 날 찾아온 자네처럼 말이야."

알테만은 쓴웃음을 지으며 말했다.

"허튼소리. 나를 만날 줄 어떻게 알고."

카릴의 말대로 전생에 그는 이민족들과의 연이 없었다. 그리고 이번에도 제국과의 전쟁에서 이민족들의 힘을 얻기 위해 오지 않았더라면 이런 사실도 알지 못할 일이었다.

"백금룡 그자가 이렇게 확률이 낮은 도박에 수를 건다고? 그럴 리 없어."

"마치 그를 잘 알고 있는 것처럼 말하는군. 하지만 전체를 알지는 못하는 것 같군. 드래곤은 절대로 현자가 아니야. 그들은 높은 지식을 가지고 있지만 지혜롭지 않지. 진리를 추구하기보다는 흥미로운 일에 더 관심을 가질 뿐이니까."

"무슨 뜻이지?"

"꼭 완벽한 일이라서 하는 게 아니라는 뜻이지. 언제든 그들은 인간의 편에 설 수도 혹은 신의 편에 설 수도 있거든. 그게 진실되거나 정의롭지 않더라도 말이야."

[그 말엔 동의한다.]

[나 역시.]

신령대전에서 신의 편으로 돌아섰던 드래곤에 의해 막대한 피해를 입었던 정령왕들은 알테만의 말에 고개를 끄덕였다. 그들의 말에 카릴은 더욱더 백금룡의 행동에 의심이 갔다. 전생에 그는 분명 파렐에 대하여 알지 못한다 했다.

하지만 실제로 신령대전이 존재했다는 것을 알게 된 지금 그 전쟁에 백금룡이 참가했다면 파렐과 타락에 대해서 그가 모를 리가 없었다. 자신이 파렐로 들어가는 것을 막지 않은 이유가 뭘까. 인류를 위해서가 아니라 정말로 알테만의 말대로 호기심에 의한 것일까.

카릴의 머릿속이 복잡하게 생각으로 얽혔다.

"라크나를 뒤집어 보게."

손잡이의 아래쪽엔 선명하게 각인 되어 있는 탑 모양이 있었다. 그 문양을 보자 어쩐지 자신이 거슬러 왔던 파렐과 똑같이 생겼다는 생각이 엄습했다.

"나는 지금껏 라크나의 주인을 기다렸다. 진실된 이민족의 수장으로서 라크나를 쥘 수 있는 자를 말이지. 이제 네게 검귀의 검술을 가르쳐 줄 수 있겠어. 그로서 내 과업도 끝나겠지."

알테만은 옅은 미소를 지었다.

"네가 아인헤리에서 용의 심장을 먹은 순간부터 우리의 만남은 정해진 것일 테니까. 그렇지 않다면 다음 생에서나 가능했겠지. 하하."

"……뭐? 당신이 그걸 어떻게 알지?"

농담처럼 말하는 그와 달리 카릴은 아인헤리란 이름이 나오자마자 놀란 표정으로 그를 바라봤다.

"당연히 알 수 있지. 카이에 에시르에게 아인헤리를 만들어 준 것이 나니까."

"……뭐?"

"마도 시대부터 살아왔던 나지만 250년 전에 잠시 유희를 하기도 했었지. 꽤나 즐거운 시간이었다."

"서…… 설마."

알테만은 손가락으로 자신을 가리키며 말했다.

"그 녀석의 유언에 아마 나도 있었을 것 같은데. 나 역시 카이에 에시르의 동료였으니."

"하, 하하……."

카릴은 그 말에 자신도 모르게 헛웃음을 짓고 말았다. 일전에 나인 다르혼이 말했던 불멸회를 찾아왔었던 카이에 에시르의 동료 중 다른 한 명인 검사가 바로 북부의 스승일 줄이야.

"정말…… 하나같이 당신들은 전부 다 별난 놈들이로군. 한 명은 죽은 엘프를 언데드로 되살리질 않나……. 다른 한 명은 마도 시대부터 아직까지 살아 있질 않나."

그를 바라보며 카릴은 고개를 저었다.

"미처 거기까지는 생각 못 했어. 그럼 당신이 2대 검귀이자 내가 찾던 카이에 에시르의 마지막 동료라는 말이잖아."

그의 말에 알테만은 쓴웃음을 지었다.

"2대 검귀라……. 그저 이름을 몰래 가져다 쓴 2대라는 이름이 어울릴지는 모르겠으나 250년 전에는 이제 슬레프들마저도 거의 사라진 시기긴 하지만……. 귀가 이렇게 된 이후 나 스스로가 엘프의 이름을 쓰고 싶지 않았지."

카릴은 뭉그러진 그의 귀에 잠시 눈을 돌렸다가 관심 없는 듯 말했다.

"어쨌든 지금 현시대가 기억하는 검귀는 당신이라는 말이잖아. 그게 중요한 것이지."

"나를 기억하는 사람이 있기나 할까."

"있다."

알테만은 고개를 들었다.

"그것도 대륙에서 가장 유명한 자가 당신을 기억하고 있지. 바로 크웰 맥거번."

카릴의 말에 알테만의 눈빛이 흔들렸다.

"그가 내게 말했지. 맥거번가의 가전 검술이 탄생하게 된 영향을 준 자가 검귀라고."

카릴은 헤임에서 크웰이 했던 말을 떠올렸다.

"맥거번의 검술이 대륙제일이 될 수 있었던 이유를 알겠어. 당신의 검술이 곧 신살자(神殺者)의 검술이니 말이야. 신을 죽이기 위한 검술이 고작 인간의 검술에 질 리가 없지."

"물론, 나 역시 완벽한 것은 아니다."

알테만의 말에 카릴은 고개를 끄덕였다.

"당신과 갈드 로스차일드도 이럴진대 카이에 에시르가 남긴 유산은 더욱 쓸 만하겠지. 솔직히 말해서 나는 그가 남긴 것들이 더 궁금한데?"

"……못 당하겠군."

그의 말에 알테만은 황당하다는 듯 피식 웃었다.

"신화 시대의 검귀에 대한 얘기를 듣는 이 와중에도 카이에 에시르의 유산마저 탐하려는 생각을 하다니 말이야."

"도구는 쓰지 않으면 아무런 의미가 없으니까. 남겨 준 그의 유지를 받들어주는 것이니 오히려 그가 내게 감사히 여겨야지. 탐하라. 그것이 너희들의 신조가 아니던가?"

"그래. 그래 봐야 자네만 하겠어. 아마 지금까지 그리고 앞으로도 자네 같은 존재는 없을 걸세."

하지만 오히려 알테만은 그런 그를 바라보며 말했다.

[크…… 크큼.]

[그것도 옳은 말이로군.]

그 말에 정령왕들과 알론은 피식 웃고 말았다.

"마지막으로 한 가지 더 묻지. 당신의 검술이 완벽하지 않다는 것은 당신의 자질 부족을 뜻하는 건가? 아니면 당신을 가르쳐 준 백금룡조차 검귀의 검술을 모두 익히지 못했다는 것을 의미하는가."

"흘려듣지 않았군."

"물론."

알테만은 지나가는 듯 나지막하게 말했던 마지막 말조차 예리하게 기억하는 카릴을 바라보며 옅은 미소를 지었다.

"날 따라오게. 그 질문에 대한 답은 여기가 아닌 다른 곳에서 알 수 있을 거니까."

그는 손짓을 했다.

"천년빙동(千年氷洞)으로."

"그다지 놀라지 않는 눈치로군. 용의 심장을 먹으면 감각도 무뎌지는 건가?"

"장로의 거처 뒤에 동굴로 가는 비밀 샛길이 있는 게 뭐가 놀랄 일이지?"

"넌 정말 이민족이지만 이민족 같지 않은 녀석이로군."

알테만은 불 한 점 없는 어두운 길을 걸어 오르면서 자신의 뒤를 아무렇지 않게 따라오는 카릴을 보며 낮게 혀를 찼다.

"북부의 장로들은 수장들보다 오히려 가장 보호를 받아야 하는 존재들이지. 그런 그들의 거처와 연결된 뒷길이 있다는 것은 이민족의 윤리에 어긋나는 일이잖은가. 비밀 통로는 탈출을 위한 것이지만 반대로 비밀이 누설된 순간 암살의 위험이 극도로 높아지니까."

그의 말에 오히려 카릴은 코웃음을 쳤다.

"장로들이 누가 약하대?"

"……음?"

"그 노인네들도 결국은 한 부족의 수장이었던 자들이다. 노쇠했다고 하지만 기사들에게도 쉽사리 죽을 위인들이 아닌 것을. 그 인간들 그냥 힘든 척하는 늙은 너구리들인데."

"크…… 큭."

알테만은 카릴의 말을 이해한다는 듯 고개를 끄덕였다.

"장로들에 대해서도 잘 아는군. 하긴, 볼수록 영악한 아이야. 하시르에게 내 이름을 팔았다지? 칼리악의 아들이라는 이유로 하시르도 넘어간 모양이지만……. 우린 만난 적이 없는데 잘도 날 이용했군."

"노인네들이야 보지 않아도 충분히 알 수 있는 일이었고 처음에는 하시르에게 내가 이민족이라는 것을 쉬이 밝힐 수 없었으니까. 북부의 스승은 적어도 이민족이 아니면 알 수 없는 존재니."

"흐음. 그렇군."

"나중에 가서는 이민족이든 아니든 그게 중요한 문제는 아니게 되었지만 말이야."

카릴을 바라보며 알테만은 웃었다.

"그렇군."

"이럴 줄 알았으면 케이를 데리고 올 것 그랬군."

"케이?"

"로스차일드 가문의 생존자. 당신 동료의 후예지. 그녀 역시 인형술사거든."

"어차피 과거의 인연일 뿐이야. 인간의 수명은 가끔 아쉽지. 기껏해야 백 년도 채 제대로 살지 못하는 자들이니까."

알테만의 말에 카릴은 낮게 웃었다.

"그런 게 아니야. 애틋한 상봉 같은 걸 기대해서 얘기한 것이 아니라 그녀의 인형 속에 들어 있는 원령에 대해서 말하려는 것이었다."

"원령?"

"그 안에 들어 있는 원령이 바로 망령의 성의 주인인 위치 자르카 호치거든."

"……."

카릴의 말에 알테만은 아무런 대답 없이 그저 앞을 걸었다. 하지만 그의 등 뒤에서 느껴지는 기운이 내색하지 않으려 노력했지만 흔들린다는 것을 카릴은 알 수 있었다.

"자르카 호치……. 오랜만에 들어보는 이름이군. 우리가 같은 엘프라고 해서 뭐 특별한 관계라도 있을 것이라고 생각하진 말게. 호치가(家)는 한 명을 제외하고는 패쇄적인 자들이었거든."

"그래도 인간인 나보다는 엘프인 당신이 나보다는 더 알겠지."

"무엇을?"

"망령의 성에서 자르카 호치를 처음 만났을 때 그는 작은 액자를 하나 가지고 있었다. 내가 깨버렸지만."

"허……."

알테만은 카릴의 말에 자신도 모르게 탄식을 터뜨리고 말았다. 그러고는 깜짝 놀란 듯 황급히 입을 가렸다.

"반응을 보니 묻길 잘한 것 같은데? 자르카는 그런 내게 화를 냈었지. 액자에는 여인의 그림과 함께 이름이 적혀 있었다."

"퓌렐(Furrel)."

카릴의 말에 오히려 알테만이 먼저 대답했다.

"티누비엘가의 꽃."

"맞아."

앞만 보고 걸어가던 알테만이 처음으로 걸음을 멈추었다.

"그녀의 이름마저 알고 있는 건가. 참으로 인연이란 묘한 법이야. 게다가 그 액자를 부수고도 자네와 함께하고 있다니……. 수완이 대단한 것인지 아니면 자르카가 호치가(家)의 명예를 잊어버린 것인지……. 후자는 절대 아닐 테니 전자겠군."

카릴은 아무렴 어떠냐는 듯 어깨를 으쓱했다.

"티누비엘 가문은 엘프의 나라, 엘븐하임의 통치자를 배출해 온 곳이지. 그리고 호치가(家)는 티누비엘 가문의 영토이자 엘븐하임의 수도인 에리얼 우드(Aerial Woods)를 관리하는 관리자이자 오직 그 가문만을 모시는 자들이었다."

"그래서 그렇게 화를 냈던 것이로군. 결국 과거의 주인에 대한 충성이었군. 딱히 놀라운 일은 아닌걸."

"놀라운 일이지. 호치 가문은 오직 여왕만을 위해 살아왔는걸."

"죽었으니 주인을 바꿔도 괜찮지."

"농담은……."

알테만은 쓴웃음을 지으며 고개를 저었다.

"그럼 내가 묻고 싶은 게 뭔지 알겠군. 왜 내가 자르카 호치의 이름을 말했는지."

"퀴렐 여왕에 대해서 묻기 위함이 아닌가?"

"아니지."

카릴은 자신을 바라보는 그를 향해 날카롭게 물었다.

"당신 말대로면 에리얼 우드는 엘프 왕가의 성도라는 말이잖아. 죽어서까지 왕가에 충성을 바치는 자르카를 봤을 때 그들이 반란을 꾸린 것도 아닐 텐데. 왜 그 모양이 되어버렸냐는 뜻이지."

그의 물음에 알테만은 입을 다물었다.

"이유를 알면서 확인을 하려는 건가? 아니면 정말로 내게 그 이유를 묻는 건가."

"후자는 아니지."

카릴의 대답에 알테만은 결국 고개를 저으며 낮은 한숨을 내쉬었다.

"나르 디 마우그에 대한 이야기로군."

"별거 아냐. 엘프국을 망하게 만든 장본인에게 당신은 도움을 받았지. 어떤 엘프는 죽어서까지 왕가에 충성을 하는데 천 년이나 살아온 엘프는 딱히 충성심이 없어 보여서 궁금해서 말이야."

"쓴소리를 정말 아무렇지도 않게 잘하는군."

"쓴소리도 할 때는 해야 하니까."

"아쉽게도 그것에 대해서는 자네에게 해줄 수 있는 이야기는 별로 없군. 단지…… 아무리 엘프라도 천 년은 살 수 없다라는 것이네."

그 말을 끝으로 알테만은 다시 몸을 돌려 앞으로 걸어가기 시작했다.

'……엘프라도 천 년은 살 수 없다?'

카릴은 그가 한 말을 곱씹으면서 인상을 찡그렸다.

'나르 디 마우그에게 받은 것은 단순히 검술만이 아니라는 뜻인가.'

생명의 연장. 그것을 가능케 하는 방법은 여러 가지가 있었다. 절대자와의 맹약에서부터 마족과의 계약 혹은 약물로 인한 비술까지.

알테만이 어떠한 방법으로 지금까지 살 수 있었는지는 알 수 없지만 적어도 그가 남긴 말 속에서 카릴은 그의 목숨을 쥐고 있는 것이 백금룡이라는 것만큼은 알 수 있었다.

"다 왔네."

카릴이 그의 뒷모습을 살피며 생각을 하던 도중 알테만이 걸음을 멈추고서 앞을 가리켰다.

휘이이이잉- 휘이잉-

눈이 덮인 메마른 나뭇가지들로 둘러싸였던 어두운 길을 나오자 두 사람의 이야기는 거기서 끝이 나고 말았다. 하지만 어느 한 사람도 이야기가 끝난 것에 아쉬워하지 않았다. 눈앞에 있는 거대한 동굴 속에 더 중요한 비밀이 그들을 기다리고 있었기 때문이다.

"대전사의 의식을 치르지도 않고 이곳에 온 사람은 자네가 처음일 거야. 하긴, 자네에겐 의식이 그다지 큰 의미를 가지지 않을 것 같지만 말이야."

지금까지 그 누구도 대전사의 유물이라 불리는 라크나를 쓸 수 있었던 사람은 없었으니까.

"놀라지 말게. 이 앞에 무엇을 보더라도 말이지."

알테만은 지금까지와는 달리 살짝 긴장된 목소리로 카릴에게 말했다.

"검귀의 검술이 이런 동굴 속에 있는 건가?"

카릴의 물음에도 알테만은 그저 묘한 미소를 지을 뿐 동굴 안으로 걸어 들어갔다.

"……."

말하지 않았지만 카릴은 동굴을 훑으며 복잡 미묘한 감정이 뒤엉켰다. 전생에서 그가 회귀하고자 결심을 하게 된 가장 큰 이유가 바로 이곳 얼음 기둥에 봉인되어 있는 선대(先代)를 만났기 때문이었다.

'처음은 아버지가 내게 비밀을 알려줬기 때문이었지.'

이제 크웰 맥거번을 아버지라 부르는 것이 이상해진 기분이 들어 카릴은 쓴웃음을 지으며 기억을 더듬었다.

'제국인인 그가 내게 이 비밀을 털어놓은 이유는 과연 무엇일까. 죽기 전에 회개일까 설마 파렐이 시간을 거슬러 오를 수 있다는 것을 알고서는 아니겠지.'

후자의 가능성은 희박하다고 할 수 있겠지만 언제나처럼 백금룡이 걸렸다. 전생에서 신탁 전쟁에서 끝까지 제국과 함께했던 자가 바로 그였으니 제국의 충신인 크웰이 혹시라도 백금룡에게 뭔가를 들었을지도 모른다는 가능성.

아주 작지만 이제는 부정할 수 없는 의심이었다.

'올리번과 크웰. 모두 백금룡과 관련된 제국인이다.'

한 명은 천년빙동 속의 비밀을 알려주었고 또 한 명은 자신을 죽이려 했던 존재.

카릴은 미래를 바꾸고자 했다. 그리고 그 방법을 알려준 것 역시 나르 디 마우그였다.

'하지만 설사 그가 무슨 계획을 가지고 있다 하더라도 시간을 거슬러 오른 것은 나뿐. 나르 디 마우그는 아니다.'

혹시라도 자신 이외에 회귀자가 있을지도 모른다는 의심은 하지 않았다. 파렐 안을 겪어본 그만이 알 수 있는 사실.

억겁의 시간, 그곳에서 있는 동안 카릴은 모든 감각이 탑과 공유됨을 느꼈다. 그 때문에 혹시라도 또다시 파렐의 문이 열리고 다른 자가 침입했다면 그 안에 먼저 있었던 자신이 눈치챘을 것이었으니까.

"무슨 생각을 그리 하지?"

"음?"

알테만의 목소리가 들렸다.

"검귀는 하나의 이름에 불과하다. 누구 한 명을 지칭하는 것이 아니라더군. 신화 시대부터 마도 시대를 거쳐 현대를 거쳐 선택받은 사람만이 가질 수 있는 이름이었다."

생각에 빠져 있던 카릴이 그의 말에 고개를 들었다.

"검귀의 또 다른 이름. 블레이더(Blader)."

"……역시."

카릴은 그의 말에 고개를 끄덕였다. 신화 시대에 신령대전을 일으키며 신에게 대적했던 존재인 블레이더는 아이러니하게도 그들의 후예가 아닌 제국인들에게 그 이름이 역사에 이어져 마도 시대에 와서 알른 자비우스를 비롯해서 엘프와 드워프 등 최고의 무구를 만들고자 했던 괴짜들의 이름으로 탈

바꿈되었다. 하지만 정작 진실 된 블레이더의 후예인 이민족들은 그 이름을 쓰지 못하고 사라졌다.

어쩌면 정령왕들이 봉인된 것처럼 블레이더란 이름을 쓰지 못하게 한 것이 패배의 대가일지도 모른다.

"검귀……. 그 이름이 블레이더의 숨겨진 유지(遺志)로군. 북부의 스승에게 검술을 남기고 그 이름을 존속하게 만드는 것이었나."

하지만 신살자(神殺者)들은 자신들의 명맥을 끊어지게 하지 않기 위해 이름을 바꾸어 후대에게 남긴 것이었다. 카릴은 처절할 정도인 그들의 저항에 전율을 느꼈다.

"맞아. 네가 그 이름의 유지를 이어받을 수 있을지 없을지는 스스로 쟁취해야 할 일이겠지만."

우우우우웅…….

알테만이 알 수 없는 주문을 외우자 그의 손바닥 위로 작은 마법진이 생성되었고 그 위로 탑의 형태를 가진 문양이 나타났다.

그러자 눈앞에 어둠이 사라지고는 그 앞에 거대한 얼음 기둥이 나타났다.

화아아아악……!

차가운 냉기가 일순간 그들을 덮쳤다.

꽈악-

카릴은 전생에 자신이 보았던 그 얼음 기둥을 떠올리며 자신도 모르게 주먹에 힘을 주었다.

"……!!"

그때였다. 카릴은 거대한 얼음 기둥을 바라보며 당혹스러운 듯 떨린 목소리로 물었다.

"……이게 뭐야?"

알테만은 그럴 줄 알았다는 듯 고개를 끄덕였다.

"놀랄 거라 생각했다. 아무리 강심장이라도 이 광경을 보면 놀라지 않을 수 없을 테니까."

그가 천년빙동에 들어오기 전에 카릴에게 했던 말이 사실은 지금의 이 얼음 기둥을 보여주기 위해 일부러 했던 것이기도 했다.

"수천 년, 아니, 언제 일지 모를 이민족의 선지자가 이 안에 봉인되어 있다는 것은 상상도 하지 못할 일일 테니까."

얼음 기둥 안에 검을 쥐고 있는 검은 눈의 한 남자.

알테만은 그를 가리키며 말했다.

"아니, 아니야."

"……음?"

하지만 카릴은 손을 들어 그가 놀라는 것을 이해한다는 듯 말하는 알테만의 말을 끊었다. 그러고는 생각할 시간이 필요한 듯 조용히 하라는 제스처를 취했다.

"……."

알테만은 갑작스러운 그의 반응에 의아한 듯 그를 향해 고개를 갸웃거렸다.

카릴은 고개를 들어 다시 한번 얼음 기둥을 바라봤다. 몇

번이나 눈을 씻고 쳐다봐도 그의 앞에 서 있는 얼음 기둥의 모습을 그대로였다.

"하……."

카릴은 낮은 탄식을 지었다. 그의 그 목소리 안에는 수많은 감정이 뒤엉켜 있는 듯 보였다.

모든 것의 시작. 전생에 카릴은 크웰로부터 이곳의 얼음 기둥에 대한 이야기를 들었다.

하지만 감회가 새롭다라던 지 뭉클하고 애틋한 그런 느낌이 절대 아니었다.

당혹 그리고 의혹. 혹은 의심과 경계가 가득 담긴 첫 인상이었다.

봉인되어 있던 선대인 검은 눈의 신살자(神殺者)를 보고서 카릴은 파렐을 통해 미래를 다시 바꾸고 대륙의 진정한 주인이 자신들임을 증명하기 위함이었다. 그렇기 때문에 올리번이 자신을 죽이려 했던 것이라 생각했다.

그런데…… 다르다.

전생에 그가 봤던 천년빙동 속 얼음 기둥이 아니었다.

"왜……."

카릴은 자신도 모르게 마른침을 꿀꺽 삼켰다.

"두 명이지?"

얼음 기둥 속엔 전생에는 보지 못했던 또 한 명이 있었다.

"어째서…… 둘이지?"

"어째서라니?"

"아니, 아무것도 아냐……."

카릴은 떨리는 눈으로 얼음 기둥에서 시선을 떼지 못한 채 알테만에게 대답했다. 봉인되어 있는 검은 눈은 분명 자신이 전생에 보았던 이민족의 선대자였다.

하지만…….

'저 옆에 있는 남자는 누구지.'

얼음 기둥 안에는 검은 눈의 선대가 검을 들어 누군가를 죽일 듯이 달려드는 모습으로 얼어붙어 있었다.

[놀랍군. 그가 봉인되어 있을 줄이야.]

[에테랄, 이 봉인 역시 당신의 힘이 개입된 것인가?]

[아니. 이건 신이 직접 봉인한 것이야. 물론, 이 세계 속에서 형태를 유지하도록 물의 힘이 들어간 것은 맞지만……. 솔직히 말하면 봉인이라기보다는 환영에 가깝군.]

'환영?'

[봉인이란 존재 자체를 유지시켜 시간이 흘러도 다시 깨어나게 만드는 것이라면 이건 그렇지 않아.]

[하긴.]

[그렇겠군.]

에테랄의 말에 라미느와 두아트가 동의한다는 듯 대답했다.

'그게 무슨 뜻이야?'

설명을 재촉하듯 카릴이 되물었다.

[봉인을 풀게 되면 저 둘은 사라질 거라는 뜻이야. 저건 존

재 자체를 봉인한 것이 아니라 마치 한 장면의 시간을 정지해 놓은 듯한 그림처럼 찍어놓은 것이거든.]

"……."

카릴은 얼음 기둥을 다시 한번 바라봤다.

'그럼 너희들. 저 사람이 누군지 알고 있겠지.'

[물론.]

[모를 리가 없지.]

그의 물음에 정령왕들이 말했다.

"최초의 블레이더."

마치 그들의 대화를 듣기라도 한 듯 물음에 대한 대답은 알테만에게서 나왔다. 카릴이 그에게 시선을 두자 그는 옅게 웃었다.

"비록 귀가 잘리긴 했지만 나도 엘프니까. 정령과의 친화력은 인간보다 높지. 정령왕들과의 대화 중이었지? 아, 물론 들을 순 없으니 걱정 말게. 그저 그들의 기운을 어느 정도 느낄 수 있어서니까."

알테만은 카릴이 묻지도 않았는데 먼저 발을 빼듯 말했다.

"상관없어. 뭐 죄지은 것도 아닌데. 적어도 당신은 이 일에 관해서는 들을 자격이 있기도 하니까."

카릴이 담담하게 대답했다. 그러자 그의 등 뒤로 세 명의 정령왕들이 나타나 얼음 기둥을 둘러쌌다.

[그의 말이 맞다. 아마도 알테만 너 역시 이 안에 있는 존재에 대해 궁금해서 그렇겠지. 역사에는 남아 있지 않지만 그는

신화 시대에 우리를 이끌었던 블레이더지.]

[우리를 이끌었던 리더인 그는 블레이더 최초로 검과 마법 그리고 정령을 다루었던 존재다.]

[그의 이름은 주덱스(Judex).]

그때였다.

[뭐? 주덱스?]

조용히 경청하던 알른이 황당하다는 듯 소리쳤다.

"왜? 그에 대해서 아는 것이라도 있어?"

[다들 무슨 헛소리를 하는 거야. 주덱스라고? 신화 시대의 블레이더를 이끌었던 자의 이름이? 봉인당해서 뭐가 뭔지도 모르는 거 아냐?]

[무엄한 놈!!]

[감히 인간 주제에 균열에서 탄생한 우리에게 그따위 망발을 하다니. 지금 당장에라도 네 영혼을 소멸시킬 수 있다.]

라미느와 에테랄이 알른의 말에 날카롭게 으르렁거렸다.

[하든지 말든지. 그럼 어둠의 정령왕도 사라질걸. 카릴과 나는 영혼 계약을 맺고 있다. 비록 내가 그에게 종속되어 있긴 하지만 반대로 내 힘이 사라지면 카릴 역시 타격을 입는다는 뜻이기도 하지. 그대들도 잘 알겠지.]

그들의 위협에도 알른은 오히려 콧방귀를 뀌었다.

[신에게 확실한 타격을 줄 수 있는 존재는 오직 2대 광야뿐이라는 것을. 그토록 염원하던 일을 이루기 위해서는 내가 있

어야 한다는 말이지.]

결국 그의 말에 두 정령왕은 입을 다물고 말았다.

"그만하고 말해봐. 알른, 당신이 주덱스에 대해서 뭘 알고 있는 건데?"

[주덱스. 그 명칭이 신화 시대는 블레이더의 수장으로 불리었을지 몰라도 지금은 교단이 말하는 최고위 존재를 가리키는 단어다. 적어도 신화 시대보다 내가 살았던 마도 시대가 더 현대에 가까우니 그 뜻은 크게 변하지 않았겠지.]

"……교단?"

카릴은 알른의 말에 알테만을 바라봤다. 그러자 그 역시 당혹스러워하는 얼굴로 고개를 끄덕였다. 오랜 세월 천년빙동을 지켜온 그조차도 이 안에 잠들어 있는 선대의 이름이 그것일 줄을 몰랐던 모양이었다.

"그의 말이 맞아. 솔직히 놀라서 말이 나오지 않는군……. 주덱스라……. 심판자 혹은 단죄자(斷罪者)라는 뜻의 이명으로 교단의 주교보다 더 높은, 오직 신만을 위해 싸우는 존재를 칭하는 말인데. 어째서 이 이름이 신살자(神殺者)와 공존할 수 있는 거지."

완전히 다른 두 단어. 하지만 그 말이 가리키는 사람이 같은 존재라는 것에 모든 이들이 침묵하고 말았다.

"주덱스? 지금도 있는 건가?"

"아니. 현재는 존재하지 않는다. 검귀와 마찬가지로 말 그대로 명칭일 뿐이니까. 주교조차 내릴 수 없는 이명이며 신이 직접 지목한다는 말이 전해질 뿐이지."

"흠."

[카릴, 너는 알고 있을 거다. 신령대전에 참가한 블레이더는 패배의 대가로 마력을 잃었다는 것. 하지만 마력을 잃지 않은 자들도 있지.]

카릴은 알테만의 말에 고개를 끄덕였다.

바로, 대륙인. 북부와 남부를 제외하고 대륙의 중앙에 위치한 그들은 태어날 때부터 마력을 가지고 있으며 마력이 없는 이민족들을 이단이라 칭했다.

"모든 인류가 블레이더의 편에 든 것은 아니겠지. 아니면 그 안에서 배신자가 있었던 것일지도 모르고."

카릴은 알른의 말에 얼음 기둥 안에 두 사람을 가리켰다.

[그래, 우리는 지금까지 대륙인들이 신의 편에 서서 싸운 배신자라 여겼고 이민족이 신과 대적한 인류라 믿었다. 그런데 그게 모두 거짓이었다면?]

"거짓이라니?"

[자신의 편에 선 자들에게 마력이란 상을 준 신이 과연 주덱스라는 이명을 교단에게 남긴 이유가 뭘까. 애초에 블레이더를 이끈 수장이 신의 편일지도 모른다는 얘기다.]

[말도 안 되는 소리.]

[고작 천 년의 시간밖에 모르는 영혼 따위가 세상을 규율짓는 격변의 전쟁을 판단하려 하다니!]

알론의 말이 끝남과 동시에 정령왕들에게서 무서운 기세가 느껴졌다.

[정령왕들이여. 당신들이 목숨을 걸고 싸웠던 전쟁을 허투루 얘기하려는 것은 아니다. 하지만 진실을 찾고자 한다면 무엇이든 의심을 해볼 필요는 있단 말이지.]

하지만 셋 중 단 한 명. 두아트만큼은 오히려 처음과 달리 침착했다.

"그렇다면 이자는 누구지? 당신들의 수장이 죽이려고 하는 이 남자 말이야."

카릴은 검은 눈의 남자가 마주하고 있는 금빛 눈의 남자를 가리켰다.

[모른다. 신화 시대에 없던 자야.]

[우리가 봉인된 이후에 일일지 모르지. 신령대전에서 패배 이후 우리는 블레이더들 보다 먼저 봉인되었으니까. 그들이 어떻게 되었는지는 알지 못한다.]

"문제는 저 둘이 싸우고 있다는 것이겠군. 알론의 말대로라면 누가 진짜 아군인지 모르는 상황에서 진실도 모호해져 버렸으니까."

[누가 아군이긴. 검은 눈이야말로 신살자의 증거이다. 그것만큼은 명백해.]

[글쎄.]

침묵을 지키던 두아트가 반박했다.

[꼭 그렇지만도 않겠지.]

[그게 무슨 뜻이지?]

[너희는 2대 광야(光夜)를 잊은 것인가. 어둠이 있다면 빛도 존재한다. 균열에서 태어난 존재 중에 유일하게 신의 힘과 같은 힘을 가진 정령왕.]

[설마.]

그의 말에 라미느가 떨리는 목소리로 말했다.

[그래, 빛의 라시스. 그의 힘을 가진 자는 검은 눈이 아니잖아.]

[두아트. 네 말은 저자가 라시스와 관련된 인간이라는 말인가?]

[모르지. 나 역시 너희들과 함께 봉인되었는 것을. 하지만 만약 그렇다면 라시스만은 진실을 알겠지. 율라(Yula)는 라시스의 힘을 부담스러워했다. 그렇기에 가장 은밀하게 봉인했을 터. 그의 봉인 장소는 신의 힘이 가장 강한 곳. 교단일 가능성이 높겠지.]

"라시스라……."

카릴은 빛의 정령왕의 이름을 곱씹으면서 나지막하게 말했다.

[그의 봉인을 풀게 되면 적어도 가능성은 있겠지. 신화 시대와 마도 시대 그리고 현시대를 각기 살았고 살고 있는 자들이지만 서로 간의 간극은 너무나도 길지. 그런 우리가 서로 머리를 맞대고 있어봐야 그 어떤 것도 확실한 것은 없다는 말이지.]

"잘 말해줬다. 이곳에 와서 이걸 본 것이 적어도 헛된 일은 아니었어. 적어도 다음 해야 할 일은 나왔으니까. 빛의 정령왕을 되찾는 일."

[그래, 뭘 고민해. 어차피 할 일이었으니 크게 달라지지도 않았군.]

"맞아."

카릴은 알른의 말에 피식 웃었다.

'다만…… 그렇다면 전생에 봉인이 풀렸다는 말인데. 어떻게 된 일인지는 모르지만 문제는 크웰이 내게 천년빙동의 비밀을 알려주었을 때 그가 이 봉인이 풀렸음을 알고 있었는지 없었는지가 중요하다.'

카릴은 혹시 모를 봉인된 존재의 부활 가능성을 생각해 봤지만 봉인에 대한 에테랄의 설명에서 미뤄 짐작해 봤을 때 그럴 가능성은 희박했다.

하지만 그의 머릿속에 든 결정적인 의문. 함께 봉인되어 있던 두 사람 중 어째서 한 명만 사라진 것인지 그리고…….

누가? 어째서? 왜?

이 봉인을 해제하였는가였다.

모든 의문이 아직 풀리지 않았다. 아니, 오히려 가중되었다. 신탁을 곧 맞이해야 하는 지금 카릴은 단순히 이민족의 오명을 씻고 진실된 대륙의 주인이 되기 위한 자신의 확고한 여정이 점차 파고들면 파고들수록 그 안에 숨겨진 비밀들이 잔뜩 있었기 때문이다.

"당신에게 검귀의 검술을 가르쳐 준 자가 백금룡이라고 했지?"

"그렇지."

"최소한 녀석은 이곳의 비밀에 대해서 알고 있었다는 말이겠군."

카릴의 말에 알테만은 고개를 끄덕였다.

"검은 눈이든 황금 눈이든 결국 인류를 갈라놓으려 했던 것이 신의 농간이라는 점은 바뀌지 않는다."

의혹은 깊어져도 분명한 것은 있다.

"차라리 잘 되었어. 이로써 내가 더욱 제국을 섬멸하고 대륙을 통일해야 할 이유가 확실하게 생긴 거니까. 수천, 수만의 사람들에게 일일이 이 비밀을 설명할 순 없다. 신살자의 피나 단죄자의 피나 그들 역시 원류를 좇는다면 같은 인간. 저 검은 눈의 선대가 사실은 가짜이거나 배신자라 할지라도 상관없다는 말이지."

카릴은 나지막하게 말했다.

"내가 다시 시작하면 되니까. 새로운 왕이 되어 대륙의 권좌에 오르면 더 이상 우리의 태생이 무엇인지 핏줄이 무엇인지 상관없게 될 일이야."

알테만은 이 복잡한 상황을 단 하나. 자신이 왕좌에 오르면 된다는 정의로 끝내 버린 카릴의 모습에 자신도 모르게 감탄을 하고 말았다.

"신의 농간 따위 철저하게 무시해 버리면 돼. 처음부터 나는 이민족의 왕이 될 생각이 없었으니까. 한 부족에 국한된 것이 아니라 대륙이 모두 나의 것이 된다면 나라는 존재 아래 그들이 하나가 될 테니까."

"인간의 왕……."

그는 마치 탄식처럼 그 말을 내뱉었다.

▸Chapter 4◂

"인간의 왕이라……. 한 나라의 왕이 되는 것도 쉬운 일이 아닐진대 참으로 대단한 얘기를 하는군."

마도 시대부터 천 년을 살아온 엘프조차 단 한 번도 그런 생애를 생각해 보지 못했다.

"당신 말대로 한 나라의 왕이 되는 일은 쉽진 않지. 하지만 나는 타투르와 공국 그리고 이스트리아 삼국을 비롯한 야만족의 수장이다. 이제 북부의 모든 이민족들 역시 나를 따르겠지."

카릴은 보란 듯이 그의 말에 대답했다. 표정 하나 변하지 않고 그렇게 말하자 알테만은 이제는 피식 웃고 말았다.

"봉인은 어떻게 할 생각이지?"

"에테랄의 말대로라면 이 봉인을 푸는 순간 각인되어 있는 그들의 환영이 사라진다고 했다. 이 장면 속에 어떤 의미가 숨겨져 있는지 궁금하지만 조금 더 기다리도록 하지."

"왜?"

"내가 지금까지 뼈저리게 느낀 것 중 하나가 한쪽의 말만을 믿고 일을 해서는 안 된다는 것이야. 저 금발이 라시스와 관련된 자라면 2대 광야가 모두 모이고 난 뒤에 이 봉인을 푸는 것이 더 좋을 거니까. 어떤 장면이 봉인 이후에 나올지 모르는 상황에서 완벽한 해석이 불가능할 수도 있으니 말이야."

알테만은 자신도 모르게 감탄을 하고 말았다.

'이제 겨우 성인식을 치를 때가 가까워져 오는 소년에 불과해 보이는데…… 이 정도까지 깊게 생각할 수 있다니. 단순히 용맹과 지식만 뛰어난 것이 아니라 현인의 지혜마저 가지고 있구나.'

카릴은 떨리는 눈동자로 자신을 보고 있는 알테만을 향해 물었다.

"알테만 혹여 얼음 기둥의 봉인을 풀지 못한다면 검귀의 검술을 볼 수 없는 건가?"

"그건 아니라네. 그랬다면 내가 검귀의 검술을 배우고 난 뒤에 이 얼음이 사라졌겠지."

"하긴……."

알테만의 대답에 카릴은 고개를 끄덕였다.

"사실 검귀의 검술은 어떤 하나의 형태가 있는 것이 아니야. 어찌 보면 이민족의 검술과 비슷하다고 할 수 있겠지."

"하지만 당신은 내 검의 다섯 자세를 했었잖아?"

"그걸 다섯 자세라 부르는가? 나는 검식을 구분 짓지 않고 그저 자네가 했던 검술을 스스로 해석했던 것뿐이네."

그는 카릴을 향해 옅은 미소를 지었다.

"왜냐면 그의 검술을 얻는 것은 본인 스스로의 몫이기 때문이지. 해석에 따라 천차만별이 될 수 있거든. 어떤 이에게는 삼류 검술이 될 수 있고 어떤 이에게는 극상의 검술이 될 수 있지."

그 말을 끝으로 알테만은 얼음 기둥 뒤에 있는 벽으로 카릴을 안내했다.

좌아아악……!!

마치 장막을 걷는 것처럼 기둥 뒤로 시야를 가리던 차가운 안개가 알테만의 발걸음과 동시에 양옆으로 갈라졌다.

끝을 알 수 없는 거대한 벽. 놀랍게도 그곳에는 정교하게 세공되어 있는 엄청난 규모의 벽화 하나가 있었다.

정확히는 그림이 아닌 일일이 벽면을 깎아서 만든 것으로 조각들은 마치 살아 있는 것처럼 생동감 느껴졌고 그 웅장함에 카릴은 자신도 모르게 압도되는 느낌이었다.

"이건……."

하늘을 가릴 정도로 거대한 용들이 하늘 위로 날갯짓을 하고 있었고 그 아래는 희뿌연 형체들이 인간들을 덮치고 있었다.

타락(墮落). 비록 색이 입혀지지는 않았지만 카릴은 그것들이 무엇인지 단번에 알 수 있었다.

그들에 맞선 빛무리가 하늘을 향해 뛰어오르고 있었으며

대지에는 몬스터들과 수많은 인간들이 뒤엉켜 잔혹할 정도로 싸우고 있었다.

"신령대전……."

비록 자신이 겪어보지는 못했지만 눈 앞에 펼쳐진 벽화만으로도 그는 인류가 얼마나 위대한 전쟁에 참여했던 것인지 알 것 같았다.

"자네도 알겠지. 신령대전은 후보자가 현재의 신을 죽이려 했던 싸움."

카릴은 그의 말에 고개를 끄덕였다.

"물론, 그 반란은 실패했고 율라(Yula)는 여전히 차원을 지배하지만 말이야. 그녀 역시 인간의 반란은 달갑지 않은 일이지. 왜냐면 신 역시 유일한 것이 아닌 블레이더와 마찬가지로 경합을 통해 일궈낸 자리니까."

"태초의 신에게 있었던 넷의 자식. 그 자식 중 하나는 사라졌고 셋 중 둘이 만나 새로운 자식이 태어났다. 그렇게 태어난 자식들은 차원을 두고 경쟁하였고 열일곱의 신 중 살아남은 자가 바로 지금의 신인 율라라는 것."

"잘 알고 있군. 교리를 공부하기라도 한 것인가?"

"딱히."

알테만은 카릴의 말에 살짝 놀란 듯 물었고 카릴은 어깨를 으쓱하며 말을 아꼈다.

처음 이 구절을 알게 된 것은 화룡의 거처에서 라미느의 봉인을 풀기 위함이었다. 사제인 조이 요한셀과 유린 휴가르에 의해 봉인의 비석에 써 있던 구절을 해독했었고 그 구절이 단순히 신에게만 적용된다는 것이 아님을 알았다. 그다음 회색 교장에서 얻은 상자에서 마엘에게 그 경합이 신화 시대 블레이더의 직위를 얻는 과정과 같다는 얘기를 들었다.

'블레이더의 균열.'

신령대전이 실패한 이유는 바로 그 때문이라 들었다. 신을 지키는 친위대에서 신을 죽이기 위한 신살자로 나머지는 여전히 신을 지키는 친위대로 남았으리라.

블레이더(Blader)와 주덱스(Judex). 처음의 뿌리는 같았겠지만 후대로 갈수록 둘은 나뉘어졌으며 신의 친위대로 남았던 블레이더들은 주덱스라는 이름으로 새로이 역사에 기록된 것일 터였다. 여기까지가 카릴이 유추한 이야기였다.

다만 얼음 기둥 속 선대라 생각했던 검은 눈의 그가 진실 된 블레이더인지 주덱스로서 동료를 속인 배신자인지는 확인해 볼 일이지만 말이다.

"이 벽화는 그들의 전쟁을 담아 둔 것임과 동시에 검귀의 검술을 찾을 수 있는 단서이기도 하다."

"이 벽화가?"

"그래."

알테만은 조용히 벽화 속 한 남자를 가리켰다.

"검귀(劍鬼). 비록 단편적이지만 그가 전쟁에서 사용했던 검술을 볼 수 있으니까."

확실히 그의 말대로 벽화 속에 조각되어 있는 남자는 얼음 기둥에서 봤던 그였다.

"당신이 어째서 검귀의 검술이 삼류가 될 수 있다는지 알겠군. 단 한 장면을 보고 그의 검술을 유추해 내야 하는 것이니 말이야."

"맞아. 결코 쉬운 일은 아니지만 검술에 극의를 아는 자네라면 다르겠지. 하나의 식(式) 속에 파생되어 나올 수많은 검술을 담아내는 것은 이미 자네도 해낸 일이니까."

카릴은 그의 말에 옅은 미소를 지었다. 그의 말대로 그가 파렐 안에서 창안해 낸 검의 다섯 자세 역시 단순히 다섯 가지에 국한된 것이 아니었으니까.

"내가 보여줄 것은 여기까지네. 이제 마지막으로 네게 내가 익힌 검귀의 검술을 전수해 주도록 하지."

알테만은 자신의 허리를 감싸고 있던 벨트와 같은 연검을 뽑아내었다.

"낚시꾼은 특이한 비약을 만들 수 있다던데. 혹시 회복약을 가지고 있는 게 있나?"

"회복약? 체력이라면 마법으로 가능할 텐데."

"마력을 소모하는 것이 부담스러워서 그런 건 아니야. 낚시꾼의 비약 중에 정신력과 집중력에 관련된 약도 있다고 하던데."

"흐음……. 큰 효과를 주는 것은 아니지만 약간의 도움을 주는 것은 있지."

알테만이 입고 있는 조끼의 안쪽을 보이자 그 안에는 새끼 손가락만 한 작은 약병들이 주르륵 달려 있었다. 그는 그중에서 노란 액체가 담겨 있는 병 하나를 꺼내어 카릴에게 주었다.

"정신력이란 마력과 같은 수치로 나타낼 수 있는 것이 아니라서 어떨지는 모르겠지만 머리를 맑게 해주고 집중을 하는데 도움이 될 거다."

"고맙군. 이런 것은 마법으로 할 수 있는 것이 아니라서 말이지."

"창피할 일은 아니지. 할 수 있는 것은 모두 동원한다 이런 건가? 나쁘지 않아."

알테만은 마치 기특한 학생을 대하는 것처럼 카릴에게 말했다.

"고맙군. 당신 도움은 이것으로 충분해."

"음?"

카릴이 비약을 받아 들고는 손짓을 하자 그는 당황스러운 듯 되물었다.

"돌아가도 좋아. 이 벽화 안에 그가 남긴 검술이 남아 있다는 것은 알겠으니까. 지금부터는 내가 알아서 하지."

"알아서? 말도 안 되는 소리하지 말게. 자네는 지금까지 내가 한 이야기를 허투루 들은 겐가? 검귀의 검술은 백금룡의 도움으로도 겨우 익힐 수 있었을 만큼 심오하단 말일세."

"그래. 알고 있어."

"……그런데?"

카릴의 말에 알테만은 어이가 없다는 듯 약간 신경질적으로 그에게 말했다.

"당신이 한 말대로야. 백금룡의 도움으로도 수박 겉핥기식으로밖에 익히지 못했다면서. 당신은 그런 불완전한 검술을 내게 가르쳐 줄 생각이야?"

"……뭐?"

"호의를 무시하는 것은 아니지만 그건 가르쳐 주는 것이 아니라 오히려 방해가 되는 일이지. 이미 좁혀진 시야로 알고 있는 것만 배우는 것보다 처음부터 시작해 보는 게 낫다는 뜻이야."

"……."

"게다가 백금룡 역시 검귀의 검술을 모두 아는 것은 아닐걸. 그 역시 이 벽화를 보고 알아낸 것일 터. 자신이 해석한 대로 당신에게 검술을 알려준 것이니 어쩌면 당신 역시 더 나은 검술을 익힐 기회를 놓친 것일지도 몰라."

"어떻게 확신하지?"

"그냥."

애매모호한 그의 대답에 알테만은 난처한 표정을 지었지만 그가 회귀를 한 것을 알고 있는 알른을 비롯한 다른 존재들은 옅은 미소를 지었다.

"당신은 이제 돌아가서 대전사의 칭호를 내리기 위한 회합(會合)을 준비하도록 해. 내가 동굴에 나온 뒤에 바로 시작할 테니까."

"……그게 언제지?"

"그리 오래 걸리진 않을 거야. 벽화 속에 담긴 검식은 내가 쓰던 것과 비슷하지만 확실히 그 안에 마력의 운용법이 다르니까. 조금 연구를 해야겠지만 다행히 여기엔 나보다 더 마력에 정통한 자가 있거든."

카릴은 알른을 가리키며 말했다.

"또한 그는 정령력까지 사용했던 모양인데. 다행히도 내게는 정령에 관해서 누구보다 잘 알고 있는 존재들이 있잖아."

그러고는 정령왕들을 향해 말했다.

"알테만. 당신은 한 명의 스승에게 가르침을 받았지만 나는 그보다 훨씬 더 많은 존재에게 도움을 받을 테니 걱정 말도록."

알테만은 끝내 고개를 끄덕였다.

[갔군.]

라미느가 알테만이 사라진 뒤에 나지막하게 말했다.

[이제 어떻게 할 생각이지?]

당당하게 서 있던 그들은 어쩐 일인지 그가 떠나고 난 뒤에 조금은 난감한 듯 보였다.

[네가 호언장담했던 것과 달리 어려운 상황이야.]

[맞아. 카릴, 너라면 알겠지. 이 벽화 속에는 나조차도 이해할 수 없는 마법의 오의가 담겨 있다는 걸.]

알른이 그제야 조심스럽게 얘기했다.

[정령술 역시 마찬가지다. 너는 우리와 계약을 했지만 그 힘을 빌려 쓸 뿐 제대로 된 술법은 모르니까. 이 안에는 신묘한 정령술들이 담겨 있다.]

정령왕들 역시 알른과 같았다. 각각의 술법들만 따로 놓고 봐도 극상의 것들인데 이것을 하나로 융합한다는 것은 결코 쉬운 일이 아니었기 때문이었다.

서로의 힘이 반발 되지 않고 조화를 이루는 것. 비전력을 만든 알른이야말로 그것이 얼마나 어려운 일인가를 누구보다 잘 알고 있었다.

"알아. 검술 역시 마찬가지야. 파렐 속에서 그 많은 괴물들을 썰어버리며 창안한 내 검식이 이 그림을 보니 창피할 정도로 부족하게 느껴지는걸."

카릴은 벽화에 손을 가져가며 어루만졌다.

"하지만 단순히 검식의 뛰어남 때문만은 아냐. 왜냐면 이건 하나로 생각하면 안 되니까. 검술도 마법도 정령술도 아니란 말이지."

[확실히…….]

[그렇지.]

"만약 전생의 나였다면 몰랐겠지. 마력과 정령력을 얻은 지금에서야 본질을 느낄 수 있으니까."

[네가 알테만의 도움을 거절한 이유도 그 때문이로군.]

라미느가 말했다.

"맞아. 이거야말로 극의(極意)라 부를 수 있겠지. 이 벽화를 보자마자 나는 확신했다. 전생에는 닿을 수 없었지만 지금은 할 수 있으리라고. 바로 화룡의 거처에서 너를 처음 만났을 때 네가 말했던 그것 말이야."

화르르륵……!! 화르륵……!

카릴의 말에 라미느가 팔짱을 낀 채로 몸을 부풀리자 어두운 동굴 안이 환하게 밝혀졌다.

[그래.]

카릴은 나지막하게 읊조렸다.

"위대한 마법."

그것은 신을 죽일 수 있는 힘.

[위대한 마법이라…….]

라미느는 탄식을 하듯 낮은 목소리로 말했다.

[확실히 그의 힘이라면 그것을 빼놓고 논할 수 없는 일이겠지.]

[하지만 과연 인간이 그 힘을 찾아낼 수 있을까?]

카릴을 잘 알고 있는 정령왕들조차 위대한 마법이란 이름 앞에 어쩐 일인지 회의적인 모습으로 말했다.

"왜? 내가 못할 것 같은가?"

[…….]

대답을 하지 못한 채 침묵하는 그들을 보며 카릴은 헛웃음을 지었다.

"너희들 반응이 오히려 더 전의를 불태우게 만드는걸."

카릴은 얼음 기둥에서 봤던 신화 시대의 블레이더가 도대체 어느 정도의 힘을 가졌기에 이들이 자신과 그를 비교했을 때 그 누구도 자신에게 손을 들어주지 않는가 의아할 따름이었다.

[솔직히 말해서 나 역시 네게 과연 도움을 줄 수 있을지 모르겠다. 위대한 마법이라……. 과연 그 이름에 어울리는 것 같군. 마법만큼은 자신 있던 나지만 이건 단순히 마법 하나로 해석할 수 없는 것이니까.]

[정령술 역시 마찬가지다. 우리가 네게 해줄 수 있는 것은 정령력을 증폭시키는 데 도움을 주는 정도겠지. 그것을 어떻게 해석하고 접목시키느냐는 네 몫이니까.]

"그 정도는 알고 있어. 처음부터 쉽게 얻을 수 있으리라고는 생각하지 않았으니까. 검술 하나를 만드는 데에도 엄청난 노력이 들어가지. 마법 역시 마찬가지고 높은 정령과 계약을 하기 위해 한 단계 뛰어오르는 것도 결코 쉬운 일이 아니지."

[그런데 그 세 가지를 한꺼번에 해야 한다.]

[하나라도 균형을 잃게 된다면 그 여파는 오히려 네게 올 것이고 말이지.]

검과 마법 그리고 정령. 융합한다는 것은 말이 쉬운 일이지 사실상 완전히 다른 세 개를 뭉치는 일이었다.

"라미느. 내가 전에 네게 정령의 힘을 하나로 합치겠다는 얘기를 했었지."

[맞아. 처음에는 헛소리처럼 들렸지만 이미 너는 비전력을

기반으로 우리의 힘을 쓰고 있지.]

"그런데 나는 지금까지 잘못 이해하고 있었던 것 같다."

[뭐?]

카릴은 라크나를 꺼냈다. 양손을 위로 올린 첫 번째 왕관 자세에서 두 발은 미동하지 않고서 검을 잡아당기면서 두 번째 외뿔 자세로 이어지며 카릴의 검날에 마력이 깃들었다.

파앙-!!

내지르는 일점 공격의 검 속에서 아케인 블레이드가 폭발하며 카릴은 다리를 내리며 마치 공격을 쳐내듯 세 번째 긴 울음 자세를 취했다. 휘둘러지는 칼날은 마치 벽화 속 전쟁을 지휘하는 사나운 폭군처럼 사나웠다.

카강! 카가가강……!!

검이 이어질수록 카릴은 마치 무아지경에 빠진 듯 그의 검세는 더욱더 날카로워졌다. 4번째 여울 자세에서 그는 바닥을 박차고 뛰어오르며 무색기검의 검식을 펼쳤다.

손등에 있던 라미느의 힘이 깃든 아인트리거가 빛을 발했고 검날에서 뜨거운 열기가 피어올랐다. 하지만 격렬한 검은 쉬지 않았고 이어서 에테랄과 두아트의 힘까지 라크나의 검날에 깃들자 보랏빛의 아케인 블레이드는 이제 형용할 수 없는 기묘한 색깔로 변했다.

지직…… 지지지직……!

검은 전격이 튀어 오르며 위태로워 보이는 아케인 블레이드는 더 이상 보랏빛이 아니라 묵빛으로 변해 있었다.

"후읍……!"

카릴이 마지막 5번째 똬리뱀 자세를 하려는 순간 라크나의 검날이 일렁거렸다.

"크윽?!"

콰아아아아앙……!!

검날이 폭발하면서 카릴의 손에 굉음과 함께 뜨거운 열기가 솟구쳤다.

[조심해!]

그 광경을 지켜보던 알른이 다급히 외쳤다.

[마력과 정령력이 뒤엉켜 자칫 잘못하면 동굴이 무너질 뻔했단 말이다.]

하지만 알른의 핀잔은 들리지도 않는 듯 카릴은 시커멓게 변해 버린 손바닥과 떨어뜨린 라크나를 바라보며 생각에 잠겼다.

'검의 자세를 유지하지만 호전적인 마력을 버리지 않는다.'

그러고는 다시 벽화를 바라봤다.

'그럼에도 정령의 힘을 간직하고 있어.'

벽화 속 블레이더는 비록 실물이 아니더라도 그 안에서 뿜어내는 기세가 어떤 것인지 카릴은 느낄 수 있었다.

"이게 정말 사람이 할 수 있는 건가?"

[거봐라.]

[너 역시 그리 생각하는군…….]

카릴의 감상을 이해한다는 듯 정령왕들이 말했다.

하지만 알른 때처럼 카릴은 역시나 그들의 말을 무시하고는 여전히 벽화를 어루만지며 마치 검귀의 행동 하나하나를 찾아내기라도 하려는 듯 깊은 생각에 빠졌다.

"이건 살아서는 절대로 익힐 수 없는 검술이야."

취릭- 취릭-

그의 팔에서 나타난 푸른 뱀이 그의 몸을 휘감듯 한 바퀴 돌면서 사라졌다.

[대단하군. 거기까지 추론해 낼 줄이야.]

그 순간 침묵하던 마엘이 처음으로 말을 꺼내었다.

"역시 너는 알고 있었군. 영악한 놈 같으니."

[그의 검술은 알려줘서 익힐 수 있는 것이 아니니까. 모르면 모르는 대로. 그 낚시꾼 수준이 되는 거겠지.]

"내가 익히지 못하면 네가 날 노릴 기회가 더 높아지기 때문은 아니고?"

[그건 그것대로 좋겠지. 제대로 쓸 수 없는 몸뚱이라면 내게 넘기는 것도 좋아. 신은 내가 죽여주지.]

"미친놈."

마엘은 장난스럽게 말했다.

[그게 무슨 말이지? 살아서는 익힐 수 없는 검술이라니.]

"말 그대로야. 사자(死者)의 검이라는 뜻이지."

[죽은 자의 검술이라니?]

카릴은 알른의 물음에 차갑게 대답했다.

"검술을 이루는 육체. 마법을 발현하는 마력 그리고 정령을 다루기 위한 영혼까지. 삼위일체가 하나가 되었을 때 비로소 완성할 수 있는 극의(極意)."

파즈즉-! 우우웅……. 화르륵……!

카릴의 검날에 아케인 블레이드가 생성되었고 반대쪽 손에 라미느의 화염이 일었다.

"하지만 이 세 개의 요소는 각기 서로 다른 극의를 가지고 있고 그 길마저 다르니 하나로 융합되는 것은 사실 불가능한 일이라 할 수 있지."

[으흠.]

"영혼을 극상의 단계로 끌어올리기 위해서는 결국 육체를 버려야 한다. 하지만 육체를 버리면 검술이 불가능해지고 반대로 검술에 집중하게 되면 마력이 약해지게 되지."

[그 말대로라면 삼위일체는 애초에 실현 불가능한 일이라는 말이잖느냐.]

"그래. 목숨이 한 개라면 말이지."

[그게 무슨 뜻이지?]

"신화 시대를 살았던 블레이더의 존재성에 대해서 생각해 봐야 할 일이라는 말이야."

[……뭐?]

"검과 마법 그리고 정령은 각기 위격(位格)은 서로 달라도 극의라는 본질을 서로 공유하기에 존재할 수 있되 그것을 발현하는 육체는 걸림돌이 될 수밖에 없지. 그건 신과의 전쟁에서도 마찬가지. 그는 육체를 버리고 영적 존재로서 이걸 완성한 것이겠지."

[죽어서야 익힐 수 있는 감각이라니…… 생자(生者)가 사자(死者)의 영역을 어찌 안다는 말이냐.]

"그래. 모르지. 그래서 나르 디 마우그도 알테만에게 알려준 검귀의 검술이 반쪽짜리에 불과한 것이야."

카릴은 옅게 웃었다.

"죽음이라는 것."

그의 눈이 빛났다.

"시간을 어긋 내고 거스르는 것은 죽는 것과 같다. 그런 의미에서 나는 살아 있는 자들 중에 누구보다 죽음을 가장 깊게 겪어봤지."

[설마…….]

"보통의 사람이라면 불가능한 일이겠지."

카릴은 알른의 물음에 대답했다.

"하지만 내게 있어서 그저 오래된 감각을 끄집어내는 정도에 불과하지."

새로운 각성(New Sense). 인간이 가지는 감각을 한계까지 끌어올렸을 때 비로소 자신이 가지고 있는 벽을 허물게 되는 법이다. 그 한계를 뛰어넘기 위해서는 육체를 초월하는 경지에 도달해야 하는 법.

하지만 시간을 뛰어넘는 과정에서 이미 그것을 겪었던 카릴이었다.

"하지만 나는 가능하지."

그는 라크나를 다시 잡았다.

"주군께서 천년빙동에 들어간 지 얼마나 되셨지?"

"이제 삼 일째로군."

"괜찮으시겠지?"

이민족의 수장들은 검 축제 이후 모습을 볼 수 없는 카릴이 걱정스러운 듯 언덕을 바라보며 말했다.

"혹여 장로들과 무슨 문제라도 생긴 것은 아니겠지."

"그럴 리는 없을 거야. 천둥일가의 삼 형제들이 그가 알테만과 함께 나오는 것을 확인했다고 하니까. 그들뿐만 아니라 검 축제에 참가했던 다른 수장들 역시 이제는 주군을 따르기로 마음먹었으니 장로들도 허튼짓은 하지 못하겠지."

늑여우 부족의 하시르는 비록 장로들의 거처에는 갈 수 없었지만 그 특유의 넓은 시야로 멀리서부터 혹시나 있을지 모를 상황에 대비하여 감시를 하고 있었다.

"흐음……. 하지만 천년빙동에서 돌아오신 것은 스승님뿐인 것이 걸려."

"대전사가 치러야 할 시험이라 하셨잖아. 그가 거짓말을 할 리는 없으니 믿어야겠지."

"얼마나 걸릴까?"

"글쎄……."

릴리아나의 물음에 하시르는 대답하지 못했다.

"우리가 알고 있는 것은 상상할 수 없을 정도의 시련이라는 것. 스승께서도 말씀하시길 언제 끝날지 그조차도 가늠할 수 없다 하셨잖아."

"후우……. 갈 길이 멀군."

"그러게 말이야."

두 사람의 대화를 들으며 쿤타이와 파툰 역시 낮은 한숨을 내쉬었다.

"화린은?"

"몸 안에 있던 독기를 이제 모두 몰아냈어. 아직 회복 중이지만 곧 수장님께서 직접 움직이실 거야."

"그런 맹독에 살아 있는 것도 용한데 경이적인 회복력이군. 잔나비의 독이 수장의 희생으로 인해 만들어지는 것이라는 말이 거짓은 아니야."

"아쉽게도 그가 썼던 독기를 만들 수 있으면 좋겠지만…… 몸소 겪어본 수장님조차 현존하는 그 어떤 재료로도 불가능할 것 같다고 하시더군."

릴리아나의 말에 하시르는 고개를 끄덕였다.

"확실히 그 힘은 특이했지."

"단순히 마법으로 치부할 수 없는 것이었으니까. 신력이라 부르는 힘이라지? 확실히…… 그 정도의 독기라면 그런 이름을 붙여도 될 듯싶군."

"그 정도로는 안 되지."

그때였다. 심각하게 천년빙동의 정상을 바라보고 있던 수장들이 뒤를 돌아봤다.

"비록 손속에 정을 두셨지만 신을 죽일 정도라면 스치기만 해도 죽어야겠지."

"말이 심하군."

릴리아나는 자신의 수장의 죽음을 너무나도 쉽게 얘기하는 에이단을 날카롭게 바라봤다.

"오해는 하지 말아. 아직은 부족하다는 뜻이야. 우리에게는 말도 안 되는 일일지라도 변신한 당신의 수장을 이길 정도라면 주군께서는 정말로 신마저 죽일 수 있는 힘에 도달해도 이상하지 않으니까."

"……."

에이단의 말에 다른 수장들은 긍정의 침묵을 했다.

"그렇기 때문에 주군 역시 천년빙동에 가신 것이겠지. 우리에게 보여준 것과는 비교도 할 수 없는 엄청난 것을 가지고 돌아오실 거야."

"너는 우리보다 더 오랫동안 그를 알았을 텐데도 아무런 걱정이 없나 보군."

"알기만 하겠어. 당신들보다 오래 모셨기 때문에 내가 가장 먼저 깨달은 것이 바로 주군을 우리의 잣대로 생각해서는 안 된다는 것인걸."

"으흠……."

"걱정하지 않아도 돼. 우리가 걱정하는 것 자체가 우스운 일일 테니까. 이해는 돼. 전에도 비슷한 일이 한 번 있었지."

에이단은 피워 놓은 모닥불 근처에 자리를 잡고서 앉았다. 그러고는 들고 있던 술병의 술을 입안으로 털어 넣었다.

"크……."

이민족 특유의 독한 술이 목을 타고 화끈거리듯 넘어갔다. 검 축제가 끝난 뒤 이민족들은 며칠째 축제의 분위기를 이어갔다.

하지만 삼 일이 지난 뒤. 이민족들은 언제 그랬냐는 듯 경건한 분위기로 카릴이 나타나기를 기다렸다.

엄숙한 그들과 달리 에이단은 여전히 혼자서 축제를 이어가는 것 마냥 느슨한 분위기였고 수장들은 그런 그의 태도가 썩 마음에 들지 않았다.

"비슷한 일?"

굳은 얼굴로 릴리아나가 그에게 되물었다.

"회색교장을 다녀오신 직후였었지. 마법 도시라 불리는 아조르의 모든 마법사들도 공략하지 못했던 7인의 원로회가 남긴 마지막 유적지. 열이면 열 모두 주군께서 그곳에서 죽을 것이라 생각했지.”

“그런데?”

“보란 듯이 그곳에서 돌아오신 주군은 믿을 수 없는 힘을 얻어 돌아왔었지.”

에이단은 그때의 일을 떠올리며 마치 감회가 새롭다는 듯 말했다.

카릴이 회색교장에서 돌아온 후. 알른과 함께 무의식의 공간에서 무색기검을 수련하던 과정에서 에이단은 그저 앉아 있는 카릴을 보는 것만으로도 본능적으로 기가 눌려 마치 도망치듯 자리를 떠났었다.

지금에 비한다면 그 정도는 놀랄 것도 아닐지 모른다. 하지만 그의 뇌리엔 아주 찰나에 불과했지만 최초로 카릴의 힘을 느꼈던 경험이기에 가장 깊게 남아 있었다.

“그때도 그렇고 지금도 그렇고. 주군은 아무렇지 않게 저 길을 따라 내려오실 거야. 그리고 자신이 얻은 힘을 우리에게 보여주겠지.”

하지만 그의 말에도 불구하고 수장들은 심각한 얼굴을 쉬이 풀지 못했다.

“걱정하지 않아도 돼. 적어도 당신들은 나보다 주군의 위대함을 더 잘 알잖아? 그때의 난 뭣 모르는 천치였으니까. 주군을 의심했으니 호되게 당했지.”

에이단은 이해한다는 듯 말했다.

그때였다.

"크…… 큰일 났습니다!!"

천년빙동 아래는 오직 수장들만 들어올 수 있게 허락된 장소였다. 하지만 다급하게 울리는 목소리에 그들은 뒤를 돌아 입구를 바라봤다.

콰앙-!!

"거기까지. 누구의 허락으로 여기까지 올라온 것이지? 네놈 규율을 모를 리 없을 텐데?"

가장 먼저 호표 부족의 수장인 쿤타이가 들고 있던 도끼를 있는 힘껏 내던졌다. 그러자 요란한 소리와 함께 언덕 입구에 솟아 있는 거대한 바위에 정확히 박혔다.

"이곳은 대전사가 탄생할 중대한 자리다."

"죄, 죄송합니다. 하지만 워낙 급박한 상황인지라 다른 수장들께서 출입을 허락하셨습니다."

"다른 수장들? 설마 찬바람 일족도 네가 이곳에 오르는 것을 허락했단 말이야?"

칼리악을 가장 따랐던 찬바람 일족이기에 이런 중요한 자리를 그들이 방해하도록 허락했다는 것이 이해가 안 가는 듯 붉은달의 파툰은 언덕 아래에 있는 부족원에게 말했다.

"바보 같은 질문이야. 물을 필요 없어. 봐. 저자가 찬바람 부족의 일원이다. 그를 보낸 것이 알샤르라는 말이지."

파툰의 말에 하시르는 나지막하게 대답했다.

"맞습니다. 수장님들의 말씀처럼 규율을 따라야 모든 수장들의 허락을 받아야 하나 지금은 상황이 급박하여 알샤르 님께서 저를 올려보내셨습니다. 다른 수장들 역시 현재 전투 준비로 모두 자리를 비우신 상태입니다."

"전투 준비라니?"

"여기 계신 수장님들을 제외하고 대다수의 부족이 현재 전투 준비를 하기 위해 각자의 부족으로 흩어진 상태입니다. 흔적을 지워야 하기에 현재 늑여우는 찬바람과 함께 붉은달은 무쇠일족과 그리고 호표부족은 천둥일가와 같이 움직이고 있습니다. 잔나비는 화린 님께서 직접 이끄시고 계십니다."

"흔적을 지우다니. 북부로 누가 온다는 말이냐!"

파툰이 신경질적으로 소리쳤다.

"물어서 뭐 해? 딱 보면 알겠는걸. 북부의 이민족들을 끔찍이 싫어하는 자는 대륙에 하나뿐이잖아……."

"설마…… 제국이?"

에이단의 말에 수장들은 모두 부족원을 바라봤다.

"맞습니다. 제국 기사단이 현재 북부 초입에 도달했다는 보고입니다."

"어떤 자들이지?"

"녹색의 갑옷을 입은 기사들로 보아 가헬이 이끄는 녹기사단으로 보입니다."

"빌어먹을 제국 놈들……. 틈을 주지 않는군."

"생각보다 빨라."

"하지만 아직 주군이 천년빙동에서 나오시지 않으셨다. 이제 겨우 삼 일이 지났을 뿐이야. 알테만의 말로는 언제 나올지 모를 만큼 어려운 시험이라 하셨는데……."

"안 되겠다. 우리들도 준비를 하러 가야겠다. 에이단 이곳은 네게 맡기겠다. 주군께서 돌아오신다면 이 소식을 바로 전해 드리도록."

하시르는 상황이 급박하게 흘러간다는 것을 알았다. 그는 서둘러 망토로 얼굴을 가리며 말했다.

"그럴 필요 없어."

하지만 에이단은 여전히 여유 만만한 모습으로 그의 말에 대답했다.

"술에 취하기라도 한 거야? 지금이 무슨 상황인지 이해가 가지 않는 건가?"

척-

그 순간 에이단은 술병을 뒤로 던져 버리고는 천천히 앞을 가리켰다.

"그럴 리가. 술은 지금부터 더 마셔야 할걸. 축배를 들 시간이니까."

적의 습격을 보고 받은 이 시점에서 무슨 헛소리를 하는 거냐는 듯 에이단을 바라보는 그와 달리 하시르의 표정은 살짝 굳어졌다.

"당신 눈이면 보이겠지."

에이단은 천년빙동의 끝을 가리켰다.

비록 마력변형을 통한 것이지만 소드 마스터의 반열에 올랐었던 에이단의 오감은 이미 극도로 발달된 상태였다. 특히 암연 출신인 그는 살수로서 기본기가 다져졌기에 소드 마스터만이 쓸 수 있는 만환(卍環)을 쓰지 않아도 그의 시야는 거의 소드 마스터에 근접한다고 볼 수 있을 것이다.

"……릴리아나, 쿤타이, 파툰. 하산할 준비를 하자."

하시르는 입꼬리를 올리며 말했다.

천년빙동의 입구에 검은 인영 하나가 보였다.

"섬멸(殲滅)의 시간이다."

"주군. 변하셨습니다."

에이단은 가장 먼저 천년빙동 아래로 내려오는 카릴을 향해 말했다.

"그래?"

가까이 서 있는 것만으로도 이따금 피부가 찌릿찌릿한 느낌이 들었다.

'도대체 무슨 일이 있었던 걸까.'

죽음에 가장 가까운 살수인 그였음에도 불구하고 에이단은 카릴이 마치 생기를 느낄 수 없을 정도로 침전되어 있는 듯한 기분이 들었다.

“제국군인가?”

카릴은 아무렇지 않게 말했다.

“어찌 아셨습니까?”

그런 그를 바라보며 하시르가 되물었다.

“딱히 놀랄 일도 아니지. 하시르. 이걸 매달아 전서구를 띄워라. 아마 지금쯤이면 닿을 수 있을 테니까.”

“알겠습니다.”

카릴이 건넨 붉은 속성석을 바라보며 하시르는 의아했지만 굳이 되묻지 않았다.

‘언제 이런 준비를…….’

불현듯 조금 전 에이단이 했던 말이 떠올랐다.

자신들의 잣대로 판단하면 안 된다. 이미 몇 수를 내다보는 그에게 자신들의 걱정은 기우에 불과한 것이었다.

“제국군은 내가 막는다. 대신 너희들은 따로 할 일이 있어. 릴리아나 너는 내려가게 되면 화린에게 내 말을 전해라.”

“어찌하면 될까요?”

“때가 되었다.”

카릴의 말에 그곳에 있는 사람들은 자신도 모르게 낮은 탄성을 지르고 말았다.

"파툰, 쿤타이. 너희 둘은 제국군과 싸우고 있을 이민족들을 한곳에 집결시키도록 하라. 이제 더 이상 이민족들은 제각각이 아니라 대전사의 이름 아래 하나로 뭉칠 것이니."

"받들겠습니다."

"가자."

두 사람은 카릴의 말에 허리를 숙이고는 조금 전 소식을 알려 온 부족원과 함께 떠났다.

"성취는 어떠십니까."

"글쎄. 확인해 보면 알겠지. 적당한 상대가 마침 알아서 와 주니 좋은 일이지 않겠어."

에이단의 물음에 카릴은 낮은 미소를 지었다.

"녹(綠)기사단이라……. 청기사단이 올 것이라 생각했는데. 올리번이 급하긴 급했나 보군. 피아스타에 있는 기사단을 급파한 걸 보니 말이야."

원래대로라면 북부에서 가장 가까운 기사단은 청기사단일 것이다. 그런 그가 청기사단이 아니고 녹기사단을 북부로 보낸 이유는 간단했다. 크웰 맥거번은 곁에 두기 위함이었다.

'그런 잔머리는 황제와 같군.'

황제는 과거에 1황자인 루온을 재판하는 과정에서, 피아스타에서 레이지 남작의 비밀 장부를 조사하는 과정에서도 청기사단이 아닌 녹기사단에게 명령했다. 그 역시 황제가 올리번에게 힘을 실어주지 않기 위함이었는데 올리번 역시 자신의 안위를 위해 그들을 이용하고 있었다.

'이래저래 가헬도 고생이야. 무슨 사건만 터지면 뒤처리를 하는 신세니.'

카릴은 녹기사단의 단장을 떠올리며 쓴웃음을 지었다.

"뭐, 뒤처리도 이제 마지막이겠지만."

그는 천천히 손바닥을 펼쳤다가 주먹을 쥐며 말했다.

쩌적…… 쩌저적…….

그 순간 그의 주먹에서 지금까지 볼 수 없었던 묘한 은회색의 빛이 뭉쳤다가 사라졌다.

* * *

"공격하라!!"

북부의 눈보라를 뚫고 거침없는 함성이 들렸다.

와아아아아아-!! 와아아아-!

선두에 선 거구의 기사가 철퇴를 머리 위로 원을 그리며 있는 힘껏 외쳤다.

격노의 가헬. 녹(綠)기사단의 단장인 그의 이명답게 거대한 철퇴는 그의 앞을 가로 맞는 모든 것을 부술 듯 으르렁거렸다.

선두에 선 기사들이 달리기 시작했다. 그들의 갑옷은 청명한 푸른빛이 감도는 녹색이었지만 유독 가헬의 철퇴만큼은 붉은빛에 가까울 정도로 녹이 슬어 있었다. 그것은 적군의 피가 씻기지 않을 정도로 들러붙어 변해 버린 것.

녹(綠). 같은 글자지만 다른 뜻.

적어도 가헬에게 있어서 녹기사단은 갑옷의 색깔이 아니라 자신이 부순 자들의 피의 양을 상징하는 것일지 모른다.

"폐하의 명령을 받들어라! 더러운 이민족들을 섬멸하고 제국의 안정을 찾아라!!"

예상치 못한 기습. 녹빛의 물결이 북부의 눈보라를 뚫고 질주하기 시작했고 그 뒤를 따라 병사들이 무기를 들고 달리기 시작했다.

"미친놈들. 여기가 어딘 줄 알고……!"

"하필 이럴 때에……!!"

하지만 우왕좌왕할 것 같았던 북부 입구를 지키는 이민족들은 침착히 망루에서 일제히 화살을 당겼다.

솨악-! 촤자자작-!!

비록 마력이 없는 화살이었지만 그들의 예리한 공격은 병사들의 갑옷 사이를 정확히 꿰뚫었다.

"아악!!"

"으아아악-!!"

제국군 병사들이 비명을 지르며 쓰러졌지만 녹기사단은 아랑곳하지 않고 달렸다.

콰앙!!

가장 선두에 선 가헬의 철퇴가 망루의 기둥을 때렸고 우지

끈! 하는 소리와 함께 한쪽이 무너졌다.
"우악?!"
"아아악……!!"
무너지는 망루와 함께 이민족의 병사들이 그대로 바닥으로 추락했다. 북부의 산세는 분명 험했지만 안타깝게도 마력을 가진 기사들에게는 큰 위험이 되지 않았고 이민족들이 세워 놓은 목책들은 기사들을 막기엔 너무 허술했다.
"정상을 점령하라!!"
안쪽 깊숙이 들어온 녹기사단을 필두로 제국군이 하나둘 망루를 부수기 시작했다.
"저것 봐. 족히 수만은 될 거 같아."
"쳇, 엄청난 수로군……."
"언제부터 준비한 것일까?"
"마치 주군이 북부로 향하는 것을 기다렸던 것처럼 공격해 오는군."
수장들은 밀물처럼 밀려들어 오는 제국군들을 바라보며 치가 떨리는 듯 말했다.
"본대를 기다릴 필요도 없다!! 2차 이단섬멸령은 우리로서 끝을 내는 것이다!!"
저 아래에서 들려오는 가휄의 외침에 화린은 살짝 눈썹을 찡그리며 입술을 깨물었다.
"더 이상 놈들이 북부 안쪽으로 들어오게 할 순 없지. 내가 나가겠다."

"아서라. 당신은 몸이 아직 회복되지 않았잖아. 선두는 내가 맡겠다."

비틀거리며 일어서는 화린을 막으며 무쇠일족의 수장이 말했다.

"우리가 시간을 벌겠다. 저 정도의 숫자는 잔나비의 독으로도 막을 수 없어. 이건 우리가 약한 것이 아니라 그들의 수가 너무 많은 것뿐이야."

수장은 해머를 들고 천천히 아래로 걸어가며 소리쳤다.

"공격하라!!"

그의 외침에 이민족들이 일제히 무기를 들었다.

"더러운 새끼들을 모두 죽여라!!"

하지만 제국군에 비한다면 그를 따르는 병력의 수는 미약할 정도였다.

"우리도 가겠다. 타이밍이 좋지 않았을 뿐이야. 이민족의 가장 큰 약점은 한 명의 수장 아래 통합되지 못하고 있다는 것이었으니까."

"그 기대를 칼리악에게 했었지만 그 역시 실패했고. 이제 다시 기대볼 만하다 생각했는데……. 제국은 우리에게 기회를 주지 않으려는군."

"하지만 쉽게 질 순 없지."

천둥일가의 세 가주들 역시 저마다의 무기를 들어 무쇠일족의 뒤를 따르기 시작했다.

"기껏해야 몇천에 불과하다!! 되받아쳐라!!"

가헬은 양쪽에서 공격해 오는 이민족들을 바라보며 코웃음을 치며 외쳤다.

콰직!!

그때였다. 조금 전까지만 하더라도 목책을 날려 버리고 망루를 가차 없이 부수며 마력이 담긴 철퇴를 휘두르며 소리치던 가헬의 머리가 사정없이 흔들리며 뒤로 처박혔다.

"컥……!"

단말마의 비명과 함께 그의 몸이 눈 바닥에 쓰러졌고 황급히 다시 일어나려는 그의 안면을 누군가 지그시 밟았다.

"읍……!! 우읍……!!"

죽음을 무릅쓰고 수만의 제국군 사이로 뛰어들려 했던 무쇠일족과 천둥일가의 병사들은 황당한 표정으로 걸음을 멈추었다. 달리던 녹기사단들 역시 진격을 멈추고 쓰러진 가헬을 바라봤다.

"단장님!!"

그의 옆에 있던 기사가 다급한 목소리로 외쳤다.

촤아악……!!

툴썩-

하지만 방금 전까지만 하더라도 달려 있었던 기사의 머리가 하늘 위로 빙그르르 돌며 떠올랐다 바닥에 떨어졌다.

주륵…… 주르륵……. 푸스스스……!

잘린 목 위로 핏물이 뿜어져 나왔고 남은 기사의 몸뚱이는 검을 뽑으려던 그 자세 그대로 부르르 떨다가 바닥으로 고꾸라졌다.

"너희들."

무쇠일족과 천둥일가의 병사들이 짧은 그 한마디에 전율하듯 마른침을 꿀꺽 삼켰다.

즈즉…… 즈즈즈즉……!

'저게 뭐지?'

가휄을 밟고 서 있는 남자가 고개를 돌리자 검은 눈동자 안에서 마치 빛이 번뜩이는 것처럼 섬광이 스치듯 나타났다 사라졌다.

"수의 열세가 패배의 이유인가?"

나지막하게 들리는 목소리.

서걱- 차아앙!!

그와 동시에 뽑아낸 검이 마력을 뿜어냈고 주변에 있던 기사들의 사지가 조각조각 갈렸다.

"괴물이 더 괴물이 되었군……."

그 광경을 본 화린은 자신도 모르게 헛웃음을 터뜨리며 중얼거렸다.

"괴물이 아니다."

그녀의 등 뒤에서 들리는 하시르의 목소리. 그리고 그의 어색한 얼굴로 서 있는 릴리아나가 있었다.
"도대체 천년빙동에서 무슨 일이 있었던 거야?"
"나도 모르지. 하지만 분명한 것은 우리가 바라마지 않던 진실 된 대전사가 나타났다는 것이지."
"그분의 전언입니다."
릴리아나는 그저 무릎을 꿇은 채 화린에게 말했다.
"때가 되었다."
그 순간 수만의 적군 앞에 선 카릴은 자신을 보라는 듯 무쇠일족과 천둥일가를 향해 말했다.
"변명의 여지를 내가 없애주지."
삐이이이이익-!!
카릴이 손을 뻗자 하시르가 허리를 꺾으며 하늘 위로 화살을 쏘아 올렸다.
'저건?'
화린은 조금 전에도 저런 빛을 뿜어내는 화살이 날아갔던 것을 기억했다.
"그거 네가 날린 건가? 하시르."
"맞아."
"어째서?"
"보면 알겠지. 나 역시 그저 명령에 따를 뿐이니까."
화살촉에 달린 속성석이 불타면서 날카로운 소리와 함께 붉은 빛을 뿜어내며 궤적을 그리며 날아갔다.

와아아아아아아아-!!

북부의 언덕 아래에서 또다시 들리는 함성.

연이은 그 소리에 이민족들은 어리둥절했으며 공격을 하던 제국군들마저 당황스러워하기는 마찬가지였다.

"무, 무슨 일이야?!"

"도대체 뭐지?"

서로의 물음이 뒤엉킨 순간. 그들을 둘러싼 또 다른 검은 인영들이 모습을 드러냈다.

'……도대체 언제?'

비록 격전 도중이라 하더라도 이렇게까지 가까이에 올 때까지 기척을 느낄 수 없었던 강자들.

화린은 믿을 수 없다는 듯 눈동자가 흔들렸다.

"제길, 더럽게 춥네."

신경질적인 목소리가 병사들의 귀에 꽂혔다.

"남부완 차원이 다르잖아. 여기서 사람이 산다고? 나 같으면 하루도 못 살아."

팔짱을 낀 채로 병사들의 사이를 유유히 걸어오는 한 여인의 목소리에 제국군은 경악을 금치 못했다.

"디…… 디곤 일족?!"

"말도 안 돼……!!"

"남부에 있는 그들이 어째서!"

여기저기에서 웅성거리는 소리가 들렸다.

"어떻게 우리와 똑같이 북부에 도착할 수 있는 거지? 네놈……! 어떤 수작을 부린 거야!"

바닥에 쓰러졌던 가헬이 믿을 수 없다는 듯 소리쳤다.

"컥!!"

카릴이 지그시 그의 뺨을 짓눌렀다.

'무, 무슨 힘이……!!'

제국 내에서도 내로라하는 완력의 소유자인 가헬은 자신보다 훨씬 작은 체구의 소년에게서 옴짝달싹할 수 없는 상황이 믿어지지가 않았다.

"수작은 무슨. 올리번이 북부를 노릴 것은 뻔한 일이지. 놈은 전면전을 벌이기엔 부담스러운 나 대신 북부를 먼저 공격한 거겠지. 그 정도는 세 살짜리도 생각할 수 있어."

"크, 크윽……!"

"놀랄 것도 없지. 애초에 너희가 북부를 향하기 이전에 이미 야만족들은 열심히 이곳을 향해 왔으니까."

이스트리아 삼국을 갔던 에이단만이 유일하게 디곤의 행보를 알고 있었기에 카릴의 말에 피식 웃었다.

"제2차 이단섬멸령? 올리번 그놈이 그리 말하던가?"

"네…… 네놈!"

바닥에 쓰러진 가헬은 얼굴이 짓눌린 채로 바둥거렸다.

"그 명령."

그런 그를 다시 한번 지그시 지르밟고서 카릴은 허리를 숙여 한쪽 무릎에 팔을 얹어 그를 정면으로 내려다봤다.

"이제 정정해야 할 거야."

스릉-

카릴은 나지막하게 말했다.

"지금부터 내가 제국섬멸령을 내릴 것이니."

와아아아아아아아-!! 와아아아-!

그의 말이 끝남과 동시에 병사들이 소리쳤다.

조금 전 제국군의 함성과는 비교도 할 수 없는 대지를 떨게 만들 거친 야만의 외침이 북부를 울리기 시작했다.

▸Chapter 5◂

"포위당한 건가?!"

"도대체 언제……."

"말도 안 돼!"

언덕 위에서 나타난 디곤들의 모습에 제국군은 우왕좌왕하기 시작했다.

"동요하지 마라!!"

카릴의 발에서 벗어나 일어난 가헬이 얼굴에 묻은 흙을 털어내며 소리쳤다.

"기껏해야 야만족 수천 명이 더 합세했을 뿐이다! 우리의 수가 배는 더 많다! 놈들을 쓸어버려!!"

그가 미친 듯이 외쳤다.

소드 마스터가 두 명.

하지만 적의 숫자는 이민족의 수 배가 넘었다. 일기당천의 힘을 가진 소드 마스터라 할지라도 혼자서 수만 명을 죽일 순 없다.

가휄의 말이 틀린 것은 아니다. 물론, 평범한 소드 마스터를 상대로 하는 것이라면 말이다.

소드 마스터에게 붙는 수식어로 평범한이라는 단어가 얼마나 아이러니한 일이겠느냐마는 카릴과 밀리아나. 두 사람은 이제 확실히 단순히 소드 마스터에 국한된 잣대로 판단할 수 있는 존재들이 아니었다.

하지만 그런 가휄을 바라보며 밀리아나는 한심스러운 듯 코웃음을 쳤다.

"카릴, 저놈은 네가 마음만 먹었다면 이미 목이 달아났을 것을 모르나? 저런 실력으로 기사단장이라니……. 제국의 기사단들도 실력을 다시 확인해 봐야 할 일이야."

그녀는 쌍검을 뽑았다.

"내가 처리할까."

"아니."

카릴은 밀리아나의 물음에 고개를 저었다.

"가휄은 제법 쓸 만한 기사다. 비록 소드 마스터의 반열에는 오르지 못했지만 그가 가진 순수한 완력은 고든 파비안과 맞먹을 정도니까."

"힘만 센 멍청이란 말이군."

"뿐만 아니라 제국에 대한 충정심도 높지. 타이란 슈테안이

1황자를 잡을 때 그를 썼던 이유도 그 때문이고."

피아스타의 비밀 장부를 조사하라는 명령을 받았을 때 가헬은 누구보다 황제의 명령을 따랐다. 고지식할 정도의 충성심은 이제 황제가 죽고 그 뒤를 잇는 올리번에게 이어졌다.

"가헬. 기사로서 네 모습을 인정한다. 그렇기에 더욱 너는 출진의 제물이 되기 충분하지."

카릴이 라크나를 고쳐 쥐었다. 자세를 잡는 그를 보며 밀리아나는 역시나 하는 표정으로 고개를 끄덕였다.

"단장의 목은 내가 벤다. 밀리아나, 너는 병사들을 지휘하도록 해. 저자의 말대로 적의 수는 우리의 배는 되니까. 제압하는 데 쉽진 않을 거야."

"그러지."

그녀가 카릴의 말에 고개를 끄덕이고는 손을 들어 올렸다.

"어딜!!"

가헬이 떠나려는 그녀를 향해 외쳤다.

그의 뒤에 있던 기사가 황급히 그녀를 향해 달려들었다.

피융-!!

그 순간 하늘 위로 뻗은 손을 아래로 내리깔자 집게손가락이 가리키는 방향을 따라 날카로운 화살이 쏘아졌다.

"컥!"

기사는 다급하게 자신을 향해 날아오는 화살을 튕겨냈다. 공격을 막은 것도 잠시, 한 발의 화살을 시작으로 소나기처럼 쏟아지는 화살비가 정신없이 기사를 노렸다.

하지만 기사는 아랑곳하지 않았다.

일반 병사라면 모를까 평범한 화살로 마력으로 보호하는 기사에게 피해를 입힌다는 것은 거의 불가능한 일이었으니까.

기사들이 저돌적으로 전장을 누빌 수 있었던 가장 큰 이유가 그 때문이었다.

"크윽……!"

그러나 놀라운 일이 벌어졌다.

처음에는 손쉽게 튕겨내던 화살이 갑자기 무겁게 느껴지더니 점차 화살을 쳐내는 기사의 동작이 둔해지기 시작했다.

"흡?!"

몇 개의 화살을 쳐내던 기사는 오히려 들고 있는 검마저 무거운 듯 휘청거렸고 결국 그의 목덜미에 화살이 박혔다.

"……!!"

가헬은 그 광경에 놀라지 않을 수 없었다. 자신의 기사가 마력이 부여되지 않은 화살에 당하고 말았으니 말이다.

그는 바닥에 떨어진 화살을 집어 들었다.

칠흑처럼 검은 화살촉. 표면은 무척이나 거칠어서 마치 광석을 그대로 깨서 만든 것 같은 조잡한 모습이었다.

'이런 걸로 기사가 죽었단 말이야?'

'저게 뭐길래…….'

병사들은 담금질도 제대로 되어 있지 않은 화살에 기사가 죽었다는 것이 이해가 되지 않는 모습이었다.

"그 안에 얼마나 많은 기술이 들어가 있는 것인지 모르겠지."

밀리아나는 패닉에 빠진 그들을 바라보며 낮게 말했다.

"비궁족까지 함께 온 건가?"

"맞아. 키누 무카리의 부대가 언덕 주변에 배치되어 있어. 조암석으로 만든 화살이지."

"제법이군."

"두샬라가 북부로 오기 전에 비궁족들을 무장시켰다고 하더군. 전에 네가 불멸회에 보냈던 조암석들 중에 남은 것들을 화살촉으로 만든 거라던데?"

"역시."

카릴은 수완이 좋은 두샬라의 준비에 만족스러운 듯 고개를 끄덕였다.

"나인 다르혼이 조암석의 특성이 암흑력을 높이는 것 이외에도 마력을 흡수하는 것을 찾아내서 지금은 타투르에서 청린과 함께 대(對) 기사전에 사용할 무기로 만들었지."

그녀는 쓰러진 기사를 가리키며 말했다.

"효과는 보는 대로."

그 말이 끝남과 동시에 언덕 위에서 검은 비처럼 화살들이 쏟아지기 시작했다.

슈슈슈숙……! 슈숙……! 쇄아악……!!

기사들은 다급히 화살을 막았지만 화살을 튕겨낼수록 자신들의 마력이 사라지고 있다는 것을 느꼈다.

"수가 많다고 승리가 보장된 건 아니지. 그 반대 역시 마찬가지고 말이야."

밀리아나는 마치 이민족들에게 보란 듯이 말했다.

"크아아아……!!"

순식간에 전세가 역전된 상황에서 가헬은 카릴에게 달려들며 있는 힘껏 철퇴를 내질렀다.

즈앙……!

카릴이 라크나를 머리 위로 들어 올렸다. 날아오는 거대한 철퇴를 검으로 가볍게 비틀자 파가각!! 소리와 함께 불똥이 튀었다.

카릴은 마치 둥근 철퇴를 따라 검을 이어 가듯 표면을 가볍게 라크나로 감싸자 조금 전까지만 하더라도 매서운 소리를 내던 철퇴가 맥없이 떨어졌다.

'변했다?'

밀리아나는 그런 그의 모습을 유심히 지켜봤다.

지금까지와는 다른 모습. 자신이 알고 있는 카릴은 유연함보다는 강맹함을 우선시하는 검술을 쓰는 남자였다.

조금 전 가헬의 공격 역시 흘려내기보다는 그대로 철퇴를 반으로 쪼개 버렸을 것이다.

"부드러움은 강함을 이긴다는 건가. 강함의 극을 이루었고, 그 안에 부드러움을 심으니 가늠조차 할 수 없겠군."

그녀 역시 디곤 일족의 수장으로서 자신만의 검식을 구축한 사람이었다. 가헬의 공격을 막는 것 정도는 어려운 일이 아니었다. 그 공격을 막는 과정에서 보여준 과정이 중요했다.

"조금 따라 왔나 싶었는데……. 카릴 넌 한 걸음 더 멀리 나갔군."

에이단이 느꼈던 것처럼 그녀 역시 카릴의 변화를 이미 직감하고 있었다.

턱-

카릴은 가헬의 철퇴를 집어 들고는 물끄러미 바라봤다.

"흡!!"

그러고는 짧은 외침과 동시에 쥐고 있던 철퇴의 머리를 마치 공처럼 쥐고서 그대로 가헬의 안면에 처박았다.

"커억……!!"

비명과 함께 가헬의 얼굴이 뭉개지며 사방으로 피와 철퇴에 돋아 있는 가시들에 찢긴 얼굴 살점들이 떨어져다.

"아악!! 아아아악!!"

가헬은 자신이 전쟁을 지휘해야 할 단장이라는 것도 잊은 듯 고통에 몸부림치며 비명을 질렀다.

푸욱!

그런 그에게 카릴은 가차 없이 바닥에 떨어져 있는 수많은 조암석 화살을 몇 개씩이나 박아 넣기 시작했다.

팔과 다리, 어깨와 허리까지.

카릴의 손에 들린 화살은 조금 전과 달리 가헬의 갑옷을 그대로 뚫어버리고 마치 대못처럼 바닥에 박혔다.

화살을 부러뜨리려고 했지만 마력을 머금은 화살대는 강철처럼 단단했고 몸에 박힌 조암석 화살촉은 계속해서 가헬의 마력을 빨아들였다.

"헉…… 허억……."

그는 덩치와 어울리지 않는 신음을 내뱉으며 공포에 떠는 얼굴로 카릴을 바라봤다.

"……."

그런 그를 향해 카릴은 들고 있던 철퇴의 마력을 가득 담아 있는 힘껏 내리찍었다.

퍼억-!!

수박이 쪼개지는 것 같은 소리와 함께 가헬이 쓰고 있던 투구가 그대로 산산조각이 났고 바닥에 박힌 철퇴와 바닥 사이에 핏물이 고였다.

꿀꺽-

밀리아나는 그런 그를 보며 자신도 모르게 마른침을 삼키고 말았다.

"역시 넌 그런 사람이지."

부드러움이 뭐고 강함이 뭐고 하던 자신의 오지랖이 부끄럽다는 듯 그녀는 쩝- 하고 입맛을 다시며 말했다.

"두 발로 서 있는 사람이 답인 것을."

서걱-

그녀는 한 바퀴 원을 그리며 몸을 회전하며 두 자루의 쌍검, 아크와 게일을 교차하며 그었다. 주위에 있던 기사 두 명이 그대로 반토막이 나며 잘려 나갔다.

[왜 천년빙동에서 깨달은 것을 쓰지 않지?]

알른은 조용히 카릴에게 말했다.

[새로이 얻은 것을 확인해 보고 싶은 것은 인간의 당연한 욕구인데 말이지.]

"나도 그래. 내가 도달한 극의(極意)가 제대로 된 정답인지 궁금해. 하지만 쉽게 보이기엔 아깝거든. 지금 호시탐탐 내 모습을 노리는 놈이 있어서 말이야."

[음?]

카릴은 손가락 두 개를 둥글게 말아 입에 넣고 휘파람을 불었다.

삐이이익-!!

날카로운 소리가 북부의 산세 깊숙이 울려 퍼졌다.

[크르르르르……!!]

저 멀리에서 날갯짓을 하며 날아오는 붉은 비늘의 드레이크가 마치 카릴을 기다렸다는 듯 다가왔다.

"영악하게도 북부에 온 건 우리만이 아닌 것 같거든."

"그게 무슨 말이야?"

드레이크의 눈동자 속에서 마치 소용돌이처럼 휘감는 기류가 보였다. 카릴이 비룡의 머리 위에 손을 얹자 조금 전 그 기류와 똑같은 것이 그의 눈동자에도 생겼다.

'우월한 눈.'

밀리아나는 그 마법이 무엇인지 알았다.

"이스라필에게 시켜 비룡에게 마법을 걸어두었지. 이 녀석의 시야를 공유할 수 있도록 말이야. 제국군의 숫자가 많기는 하지만 아무리 멍청한 작자라도 북부를 이런 식으로 정면으로 치진 않아. 뒤를 노리겠지."

하시르는 그의 말에 자신도 모르게 낮은 탄성을 질렀다.

'역시……. 북부로 오기 전에 이미 제국의 생각을 읽으신 것이겠지. 주군은 수의 수를 뒤집는 것조차 예상하셨구나.'

그는 다시 한번 평범한 자신들의 잣대로 판단해서는 안 된다는 말을 실감했다.

"비룡의 눈으로 뭐라도 본 거야?"

"물론. 그것도 꽤 재밌는 걸 봤지."

그때였다.

촤아아아아악……!!

카릴의 말이 끝남과 동시에 강렬한 바람과 함께 그들의 머리 위로 그림자가 드리워졌다.

"비공정……?"

밀리아나는 날개 아래로 뿜어 내는 새하얀 눈보라를 바라보며 믿을 수 없다는 듯 중얼거렸다. 하지만 카릴은 갑작스러운 그 등장에도 불구하고 담담한 표정으로 가헬의 시체를 잡아당겼다.

쿠웅……!

비공정의 문이 열리고 그 안에는 낯익은 두 사람의 모습이 보였다.

“고든 파비안.”

카릴의 눈빛이 차갑게 빛났다.

저벅- 저벅- 저벅-

“다시 만나는군.”

비공정의 엔진 소리가 점차 잦아들며 들리는 목소리에 카릴의 얼굴이 살짝 굳어졌다.

착-! 차악-!!

전투가 한창이었던 기사들이 질서정연하게 가슴에 각자의 무구를 올리고서 몸을 돌렸다.

“다시 만나는군.”

비공정의 엔진 소리가 점차 잦아들며 들리는 목소리에 카릴의 얼굴이 살짝 굳어졌다.

“이런 식으로 재회할 줄은 몰랐는데……. 아무래도 이 상황에 대해서 설명을 듣고 싶군. 교도 용병단이 지금 제국의 편에 섰다는 것으로 해석해도 되는 건가?”

처음 말을 한 사람은 올리번. 놀랍게도 교도 용병단의 비공정에서 내려온 사람은 다름 아닌 제국의 황제였다.

그의 등장에 공기가 달라졌다. 모두의 시선이 그에게로 꽂혔지만 카릴은 그의 존재 자체는 신경도 쓰지 않는다는 듯 등 뒤에 서 있는 거구의 사내를 향해 쏘아붙이듯 말했다.

"글쎄. 그저 제국이 먼저 우리에게 의뢰한 것뿐이지."

"그 이전에 나와의 거래가 있을 텐데."

"맹약을 얻기 위해서라면 그전에 네가 약속한 것부터 이행을 했어야지. 내 비공정은 몇 년 동안 계속해서 시동석을 갈아주며 날고 있는걸."

고든은 카릴의 말에 아무렇지 않게 대답했다.

"시동석의 개발은 곧 끝난다. 조금만 더 기다리도록 해. 약속은 분명히 지킨다."

"그건 그때 가서 얘기하면 될 일이겠군."

"교도 용병단이 고작 생명의 은인에게 이따위로 뒤를 치는 시정잡배들이 모여 있는 곳은 아닐 텐데?"

"우릴 이용하려면 그에 상응하는 값을 치러야지. 언제까지고 무료로 쓸 수 없는 것 아니겠나. 미하일만 하더라도 충분히 제 몫을 하고 있는걸."

고든은 어깨를 으쓱했다.

카릴은 그런 그를 흘겨보며 말했다. 그가 알고 있는 고든은 적어도 손해 보는 바보 같은 곳에 자신의 패를 거는 남자가 아니었다.

'올리번 녀석에게 승산이 있다는 말인가?'

아닐 것이다. 고든은 타이란 슈테안을 제국의 황제로 인정하긴 했지만 올리번을 인정한 것은 아니었다. 그렇기 때문에 크로멘과 함께 남부를 왔던 것이기도 했으니까.

"무슨 꿍꿍인지 모르겠군."

그의 말에도 불구하고 고든은 여전히 표정을 알 수 없는 굳은 얼굴로 일관할 뿐이었다.

"뭐, 좋아."

쿵-

카릴은 머리가 뭉그러진 가휄의 시체를 집어 던져 올리번의 앞에 떨어뜨렸다.

"하나든 둘이든 상관없지."

어느새 병장기가 부딪치던 소음도 사라지고 여기저기에서 터져 나오던 함성이 잦아들었다.

침묵의 전장에서 그의 목소리가 울렸다.

"죽으러 왔나?"

"크…… 크하하하하!!"

당혹감과 정적이 공존하는 가운데 고든 파비안의 웃음소리가 들렸다.

카릴의 일침에 모두가 당황한 표정이었지만 오직 그만이 허리를 젖히면서 신나게 웃었다.

"들었어? 제국의 황제 앞에서 저런 말을 할 수 있는 사람은 대륙에서 저 녀석뿐이라고 장담하지."

신나게 웃는 그와는 달리 올리번의 얼굴은 굳어 있었다.
"수만 명의 제국군 앞에서 잘도 그런 소리를 하는군. 일국의 수장이라면 적어도 자신을 따르는 자들의 안위를 생각해야 하는 것인데."
철컥-!! 콰아아앙-!!
올리번의 말이 끝남과 동시에 녹기사단의 기사들이 다시 검과 방패를 들어 올렸다. 단장의 죽음으로 혼란에 빠질 수 있었던 것도 잠시 황제의 등장에 그들은 전열을 가다듬었다.
"여전히 제국에 대항할 헛된 생각을 품고 있다니……."
"헛된 생각? 너야말로 자신을 따르는 자들의 안위를 생각해야지. 귀한 기사 단장을 북부의 제물로 갖다 바친 게 누군데."
카릴은 라크나를 들어 가휄의 시체를 가리키며 말했다.
우우우웅…….
그의 마력으로 만들어진 라크나의 검날이 마치 우는 것처럼 일렁거렸다.
"내가 다 널 생각해서 하는 소리야."
"크…… 크큭."
고든은 카릴의 말에 다시 한번 웃었다. 하지만 그런 그를 바라보며 카릴은 차갑게 말했다.
"고든, 당신도 마찬가지야."
"……말이 좀 짧다?"
은은하게 흘러나오는 기세에 이민족, 제국군 할 것 없이 갑자기 어깨가 짓눌리는 듯한 기분을 받았다.

'마력의 양이 더 짙어졌군.'

5대 소드 마스터은 모두 강자지만 그중에서도 크웰과 고든은 규격 외라 불릴 정도의 존재들이었다. 검술에 있어서는 크웰이 육체와 강인함에 있어서는 고든이 압도적이었는데 놀랍게도 육체파로 보이는 그였지만 실제로 마력의 양은 크웰보다도 높았다. 애초에 이미 5클래스를 상회하는 마력을 보유하고 있었던 그였으니까.

그 후 시간이 흘렀고 고든 파비안의 행보를 알지 못하는 상황에서 그가 어떤 기연이 있었는지 알 수 없는 일이었다.

'크웰 역시 전생과 달라졌다. 이미 죽었어야 할 그이니 지금 어떤 일이 있어도 이상할 게 없지.'

다만.

"당신이 적이라면 더 이상 예우를 해줄 필요는 없지. 나는 내 사람은 아끼지만 검을 드리우는 놈에겐 가차 없거든."

자신을 방해한다면 쓰러뜨린다는 것엔 변함이 없는 일이었다.

"너무하는군. 망령의 성에서 나름 생사고락을 함께한 사이인데 말이야."

"생사고락을 함께한 인간이 내 뒤를 쳐? 지금 여기가 다과회라도 열리는 화기애애한 자리라고 생각하는 것은 아니겠지. 당신."

카릴의 말에 고든은 여전히 웃을 뿐이었다.

여전히 속내를 알 수 없었다.

"제국과 붙게 되면 대륙이 전쟁으로 휩싸이게 될 것이다. 수많은 사람이 죽겠지. 유례없는 대전쟁이 될 것이다. 수만의 목숨을 사라지게 만든 패자는 역사에 지워지지 않을 원망을 받겠지."

"그래서?"

"자신 있나? 그들의 원망을 어깨에 짊어질 용기 말이야."

올리번은 카릴에게 도발적으로 물었다.

카릴의 대답은 냉소뿐이었다.

"미친놈."

카릴은 코웃음을 쳤다.

"헛소리하려고 멀리 여기까지 왔나? 쓸데없는 수작 부릴 것 없이 여기서 붙을까?"

"일국의 수장이란 자가 한없이 가볍군."

"가벼운 것이 아니라 진실된 것이지. 나는 누구처럼 뒤를 치지 않거든. 가족을 죽이고 친우를 죽이려는 짓 따위는 말이야."

그의 목소리에 자신도 모르게 분노가 섞였다.

올리번은 그의 뜻을 절반밖에 알아듣지 못할 것이지만 카릴에게 있어서는 전생의 삶과 현생의 삶 모두 그가 겪었던 일이었다.

"뭘 망설여?"

그 순간 밀리아나가 말했다.

"오만방자한 여유를 부리는 것도 여기까지다. 전쟁이란 어차피 적의 머리만 잡으면 끝나."

스캉-!

밀리아나가 섬광처럼 움직였다.

"옳은 말. 내가 주의를 끌지."

생각을 읽은 듯 화린이 자신의 목걸이를 움켜쥐었다.

"카아아악!!"

주위의 기사들을 뿌리치며 라이칸스로프로 변신한 화린이 그대로 양팔을 들어 올리번의 옆에 있는 고든에게로 달려들었다.

"재밌는 능력이로군."

변신한 화린의 완력이라면 고든 파비안에게도 절대로 밀리지 않을 것이었다. 거의 자신의 체구만큼이나 커다란 라이칸스로프를 흥미롭게 바라보며 고든이 양 주먹이 서로 부딪혔다.

카강!!

마치 쇠붙이가 충돌하는 소리와 함께 그의 전신에 두꺼운 갑옷이 생겨났다.

오토마타. 토(土) 속성의 절대 방어술이자 그의 전매특허인 갑주 형태의 마법이었다.

"흐읍!!"

두 사람의 주먹이 서로 부딪혔다.

콰아아앙!!

지축이 흔들리는 듯한 굉음과 동시에 화린의 아래에서 밀리아나가 튀어나와 고든을 노렸다.

두 사람은 처음 만났는데도 불구하고 마치 오래전부터 호흡을 맞춘 듯 밀리아나의 검이 고든의 옆구리를 노리며 쇄도했고 빈틈을 놓치지 않고 저 멀리 키누 무카리의 화살이 고든의 목을 노렸다.

타앙!!

"이 녀석들."

신경질적으로 지암석으로 된 화살을 튕겨내며 그가 으르렁거리듯 고든은 자신의 아래에 있는 밀리아나의 머리를 있는 힘껏 내려쳤다.

쿵!! 콰가가강!!

아슬아슬하게 몸을 틀자 고든의 주먹은 그녀를 비껴 나가며 바닥을 때렸다.

사방으로 돌 파편들이 튕겨져 나왔다. 그가 주먹을 휘두르자 화린과 밀리아나는 날카로운 풍압에 뒤로 물러났다.

카릴은 그런 세 사람의 격돌을 바라보며 어쩐 일인지 미동도 하지 않았다.

"에이단."

"네."

"녀석을 향해 검을 던져봐."

에이단은 순간적으로 마력 변형을 일으켜 단검 안에 마나 블레이드를 응집시켰다. 제국의 황제를 직접 공격한다는 것은 지금까지의 신경전과는 전혀 다른 무게를 가지는 일이었지만, 그의 명령이 떨어짐과 동시에 에이단은 한 치의 망설임도 없이 올리번을 향해 품 안에 쥐고 있던 단검을 있는 힘껏 날렸다.

쇄악!!

육안으로 좇을 수 없는 엄청난 속도.

"폐하!!"

기사들은 다급한 목소리로 외쳤지만 소드 마스터급의 암살자가 된 그의 공격을 막을 수 있는 사람은 없었다.

까앙-!!

하지만 놀랍게도 마력을 머금은 에이단의 단검은 올리번에게 다가가지 않고 그대로 튕겨져 나갔다.

"……!!"

기사들은 놀란 눈으로 그를 바라봤다.

'역시. 그가 있었군.'

카릴은 올리번의 앞에 서서 에이단의 단검을 막은 남자를 바라봤다. 창백한 피부에 머리가 아닌 입 주위를 가린 특이한 투구를 쓰고 있는 그는 에이단이 던진 단검을 지그시 밟아 부러뜨렸다.

'알터 볼튼.'

카릴은 예상했다는 듯 남자를 바라봤다. 회귀한 이후 카릴은 지금까지 전생의 제국 7강이라 불리던 인재들을 찾아 만났었다. 개중에는 자신의 동료가 된 자도 있고 그렇지 못한 자도 있었지만 일곱 중 한 명만큼은 지금까지 만나지 못했었다. 아쉽게도 전생에도 그 한 사람이 어떻게 제국의 기사가 되었는지 알지 못했기 때문이었다.

바로 눈앞에 있는 이 남자. 제국 7강의 마지막 한 명인 전쟁광(戰爭狂) 알터 볼튼.

"호위가 있었군요."

"당연한 일이야."

"주군이시라면 상관없지 않습니까."

카릴은 에이단의 말에 알 수 없는 미소를 지었다.

"밀리아나. 물러나."

"……?!"

그의 말에 오히려 밀리아나가 이해할 수 없다는 표정을 지었다.

"무슨 소리 하는 거야? 고작 이제 막 소드 마스터에 발을 들여놓은 애송이 하나 때문에 절호의 기회를 버리겠다는 말이야?"

"저 덩치는 우리가 막을 수 있다. 전쟁으로 갈 필요 없이 지금 저놈의 목을 베면 그만이야."

그녀의 말에 동의한다는 듯 화린 역시 말했다.

"수장들. 병력을 물려라. 밀리아나 너 역시."

"도대체 왜?!"

"안 느껴져?"

"……뭐?"

"적어도 너는 알아차려야 하지. 올리번의 진짜 호위는 따로 있다. 고든과의 전투에 빠져서 주위를 놓치면 안 되지."

"따로 있다니?"

그 순간 밀리아나의 얼굴이 굳어지더니 황급히 뒤를 돌아봤다.

그때였다. 조금 전 비공정과는 비교도 할 수 없는 거대한 그림자가 북부의 언덕을 덮쳤다.

"저, 저기……!!"

"말도 안 돼."

누군가의 외침이 울렸다.

"드…… 드래곤이다!!"

카릴은 굳은 얼굴로 그들이 바라보는 곳을 바라봤다. 마치 눈처럼 은백의 아름다운 날개를 펄럭이며 날아오는 한 마리의 거대한 드래곤.

웅성- 웅성-

언덕에 모인 이민족과 야만족들은 어두워진 상공을 바라보며 호전적이었던 지금까지와는 달리 두려운 듯 시선을 떼지 못했다.

"소문이 사실이었던가?"

"설마……."

신음과 같은 탄식이 여기저기에서 들렸고 그들의 모습을 바라보며 밀리아나가 소리쳤다.

"소란 피우지 마라-!!"

하지만 그녀의 독려에도 불구하고 병사들의 떨림은 쉬이 가시지 않았다.

"북부의 이민족들이여!!"

그 순간 기다렸다는 듯 올리번의 목소리가 병사들의 귀에 꽂혔다.

"그리고 남부의 야만족들이여."

분명 큰 소리는 아니었는데 신기하게도 저 멀리에 있는 병사들에게까지 들리는 것 같았다.

언령(言靈). 그의 특유의 억양은 음률을 만들어냈고 그것은 마치 귀로 들리는 것이 아니라 심장 깊숙한 곳을 직접 때리는 느낌이었다.

"지금까지 우리는 많은 오해와 불신 속에서 오랜 세월 간 끝없는 싸움을 했다. 지금까지 제국이 해왔던 만행을 잘 안다. 전 황제인 타이란 슈테안이 벌인 일에 대해 진심으로 유감을 표한다."

[크르르르르르르…….]

날카로운 울음소리가 그의 말에 대답하듯 머리 위에서 들려왔다.

"하지만 나는 다르다. 그대들이 진실된 마음으로 나와 함께 간다면 나는 그대들을 받아들이겠다. 하나!! 잘못된 왕의 독단으로 죽음을 선택한다면 그대들은 지금 눈으로 보는 이 힘과 싸워야 할 것이다."

[카아아아아아아아……!!]

고막이 찢어질 것 같은 날카로운 포효.

병사들은 자신도 모르게 귀를 틀어막고 주저앉았다.

[놈. 영악한 짓을 했어.]

두아트의 힘을 빌려 검은 영체로 나타난 알른이 올리번을 바라보며 혀를 찼다.

[제국이 마도 시대부터 수호룡과의 맹약을 아직까지도 맺고 있을 줄이야……. 놈은 백금룡을 보이는 무대를 만든 거였군.]

그의 말에 카릴은 살짝 굳은 얼굴로 고개를 끄덕였다.

"맞아. 기습이 목적이 아니었어."

올리번이 어째서 자신에게 유리한 전장이 아니라 불필요하게 북부에까지 급하게 진격을 했는지 말이다.

승리를 위한 기습이 아니었다. 진짜 목적은 모두가 모인 이곳에서 드래곤의 존재를 보여주기 위함이었다.

그리고 그 효과는 확실했다. 드래곤이라는 존재는 인간에게 있어서 여전히 압도적인 존재였으니까.

"평화롭게?"

밀리아나는 올리번의 말에 코웃음을 쳤다.

"웃기는 소리 하고 있네. 평화 협정을 맺자는 놈이 이딴 식으로 먼저 기습을 해? 공격이 성공했으면 그대로 이민족들을 몰살시켰을 녀석이. 그게 막히자 최후의 수단을 꺼낸 거면서 대화 같은 소리 하고 있네. 이게 협박이 아니고 뭐야?"

하지만 그것이 대화이든 협박이든 중요한 것이 아니었다. 중요한 것은 그들의 눈앞에 드래곤이 있다는 것과 이제 그 위대한 마물이 자신들의 적이 되었다는 것이었다.

제국이라는 적 하나로도 결코 쉬운 상대가 아니었는데 엎친 데 덮친 격으로 드래곤까지…….

[크르르르르르…….]

카릴의 비룡은 백금룡의 등장에 겁을 먹은 듯 경계하듯 낮게 울기 시작했다.

"이번이 제국이 그대들에게 주는 마지막 호의다. 생명을 가볍게 여기지 말길 바란다."

촤아아아악-!!

드래곤이 있는 힘껏 날개를 펼치자 마치 함선의 돛처럼 거대한 커다란 날개가 흔들리며 매서운 강풍을 만들어냈다.

우우우우웅……!!

백금룡의 머리 위에 올라탄 올리번이 하늘을 날아오르자 비공정이 서서히 떠오르기 시작했다.

"제국으로 돌아간다!!"

제국군의 병사들이 일사불란하게 흩어지기 시작했지만 누구도 그들의 뒤를 쫓지 못했다.

"나르 디 마우그……."

상공으로 사라지는 백금룡과 비공정을 바라보며 카릴이 나지막하게 중얼거렸다.

드래곤이 나타났을 때 시종일관 침묵하던 카릴이 못마땅하다는 얼굴로 밀리아나가 말했다.

“왜 그래? 설마 드래곤을 보고 얼어붙기라도 한 건 아니겠지?”

하지만 우려와 달리 카릴의 얼굴은 평온 그 자체였다.

“크…… 크큭.”

오히려 그는 웃음을 터뜨렸다.

꿀꺽-

갑작스럽게 카릴에게서 뜨거운 살기가 느껴지자 밀리아나는 자신도 모르게 긴장하고 말았다.

“에이단.”

“전에 했던 얘기 기억나?”

“혹시 망령의 성 때의 일이십니까?”

“맞아.”

어쩐 일인지 에이단 하밀 역시 겁을 먹기는커녕 카릴과 같이 여유로운 얼굴이었다.

“물론입니다. 저도 드래곤을 보자마자 딱 그 생각을 했는걸요. 이제 더 이상 동방국을 지나는 데 어려움이 없으니 더 빠르게 도착할 수 있을 겁니다. 제국이 드래곤을 부리다니……. 솔직히 좀 놀랐네요. 수호룡은 그저 전설인 줄 알았는데 말이죠.”

“하지만 우리에겐 기회지.”

“지당하신 말씀입니다.”

“수호룡? 고작 드래곤 한 마리일 뿐이야. 놈이 제국의 편에서서 날뛴다면 그러라고 해. 과연 이렇게 해도 놈이 제국을 위해 전장에 나서서 싸우는지 보지."

모두가 백금룡의 등장으로 겁에 질려 할 때 카릴의 생각은 달랐다. 그는 입꼬리를 올리며 뒤를 돌아서서는 나지막하게 말했다.

"우리는 빈집(Lair)을 털러 간다."

[검을 참은 건 잘한 일이다.]

한 차례 습격 이후 전선을 정비하느라 밤중에도 분주하게 움직이는 이민족들을 지켜보던 카릴은 알른의 말에 옅은 미소를 지었다.

"참은 건 나뿐만 아니라 당신도겠지."

[흥…….]

"천 년 만에 그토록 바라던 백금룡을 본 소감이 어때?"

[소감? 그런 게 있을 리가 있겠나. 놈의 꿍꿍이가 궁금할 따름이지. 우습게 들릴지 모르지만 너와 함께하면서 복수에 대한 분노보다 오히려 그놈이 하려던 것이 뭔지 그리고 그 계획 속에 우리의 죽음도 포함되어 있는 것인가 하는 의문이 들었거든.]

알른은 나지막하게 말했다.

[내가 살았던 시대. 천 년 전, 마도 시대. 놈은 7인의 원로회라 불리는 우리를 가르쳤고 또한 죽이기도 했다.]

카릴은 그의 말을 조용히 듣다가 한마디 했다.

"죽은 건 당신이지. 그리고 백금룡이 죽였다기보다는 동료에게 죽임당한 거잖아?"

[……]

못마땅한 표정에 카릴은 재밌다는 듯 피식 웃었다.

"물론 나르 디 마우그의 사주를 받아서 벌어진 싸움이지만 말이야."

[흥, 어쨌든 놈이 숨기려고 했던 것이 마엘이란 열다섯 번째 마스터 키가 봉인되어 있는 상자라는 것은 이제 알게 되었지. 그리고 알테만을 본 이후 조금은 놈의 생각도 알 것 같아. 녀석이 하려고 한 게 뭔지 말이야.]

"그게 뭔데?"

[고민 끝에 내린 결론은 놈이 우리를 가지고 실험을 했다는 것이다.]

"실험이라니?"

[각 종족의 취약한 점을 자신이 보완해 줌으로써 놈은 뭔가를 확인하려던 게 아닐까?]

"흐음……."

[놈은 우리들뿐만 아니라 알테만, 엘프인 그에게 검술을 가르쳤다. 육체가 뛰어난 인간에게 마법을 가르치고 마력이 뛰어난 엘프에게 반대로 검술을 가르쳤지. 효율을 따진다면 반대가 되어야 하는데 말이지.]

알른에게서 옅은 분노가 느껴졌다.

[덕분에 초대마법부터 마도검술까지 여러 가지 인간에게 유익한 것들이 탄생하게 되었지만……. 과연 놈이 순수하게 그런 것을 예상하고 엘프와 인간에게 검술과 마법을 가르쳐 준 걸까? 난 아니라고 본다.]

"당신은 나르 디 마우그가 확인하려는 것이 뭔지 알 것 같다는 말인가?"

[종족의 가능성.]

"무슨 의미지?"

[글쎄……. 그저 내 예상에 불과하기 때문에 아직은 확신을 가지긴 어렵지만 그런 생각이 든다. 놈은 마치 드래곤처럼 다른 종족에게 마력과 검을 실험한 것이 아닐까 하는.]

[마력과 검의 합일이라……. 정령만 제외한다면 마치 주덱스가 사용했던 위대한 마법과 같군. 정령계가 소실되어 감에 있어서 정령의 힘을 쓸 수 없게 된 것이 당연한 일이겠지만.]

그 순간 두 사람의 대화를 듣고 있던 라미느가 나지막하게 말했다.

[바로 그거야.]

알른은 그의 말에 고개를 끄덕였다.

[신화 시대의 블레이더는 우리 같은 고대 문헌을 아는 자들만이 기억하고 있는 역사의 숨은 이야기일 뿐이지. 하지만 그가 썼다는 위대한 마법. 의미는 다르지만 그 이름은 아직도 존

재하지 않느냐. 카릴, 기억하고 있겠지? 지금도 위대한 마법을 좇는 자들이 있다는 것을.]

"설마."

[물론 그들이 좇는 위대한 마법은 정령왕들이 기억하는 것과는 다르겠지. 그들은 진짜 위대한 마법을 봤으니까.]

"……황금마법회."

카릴은 살짝 입술을 깨물었다.

[맞아. 공국의 그들은 대마도서라 불리는 폴세티아를 좇는다고 했었지. 나 역시 폴세티아를 알고 있다. 하지만 천 년 전인 마도 시대에도 그저 풍문으로만 존재하던 것이라 대수롭지 않게 여겼지.]

"정말 그게 존재할까? 나 역시 본 적이 없어."

[하지만 검귀의 존재 역시 그렇잖아? 그것 역시 네 전생에서 존재하지 않은 것인 데다 마도 시대 역시 풍문으로만 있었을 뿐 없다고 여겼는데……. 그게 이제는 네게 있지.]

카릴은 그의 말에 주먹을 쥐었다.

우우우웅…….

은은하게 퍼져 나가는 은회색의 광채가 어둠 속에서 빛났다가 사라졌다.

"완벽한 것은 아냐."

[그래. 완벽한 것은 아니지.]

알른이 말했다.

[그 점이 내가 지금까지 들었던 의문의 중심이다. 만약…… 신화 시대의 블레이더인 주덱스가 썼던 위대한 마법이 시대 걸쳐 전승되는 과정에서 검과 마법으로 나뉘어져 전해졌다면?]

"당신 말은 폴세티아가 위대한 마법의 일부라는 뜻이군."

[맞아. 그리고 그것을 백금룡이 다시 부활시키기 위해 알테만과 우리들에게 각기 실험한 것이라면…….]

알른의 목소리가 조금 고양되었다. 그는 새로운 진실에 다가감에 있어서 즐거워하는 것처럼 보였다.

[너는 네가 원래 가지고 있던 용마력뿐만 아니라 나에게 빛과 어둠의 융합인 비전력을 익혔고 이번에 천년빙동에서 그의 검술을 받았으니……. 인류 역사상 그 누구보다 위대한 마법에 다가간 존재겠지.]

"당신 말대로라면 비전력이 폴세티아를 찾는 단서가 될 수 있겠군."

[물론 그것이 어디에 있는지는 모르지만.]

"황금마법회를 만나 봐야겠어."

카릴은 자신도 모르게 낮은 탄성을 토해내며 대답했고 그런 그를 보며 알른이 웃었다.

[어째서 나르 디 마우그가 블레이더의 힘을 부활시키려고 하는 것일까.]

"글쎄. 당신의 말은 충분히 가능성이 있는 일이지만 한 가지 놓치는 것이 있다."

[그게 뭐지?]

이번에는 알른이 그에게 물었다.

"나르 디 마우그는 블레이더의 힘에만 관여하고 있는 것이 아니라는 것. 녀석은 교단에도 깊은 관련이 있잖아."

[그렇군……. 그러니 더욱더 이해가 가지 않는 일이야. 내가 의문인 것이 바로 그것이니까. 나는 유일하게 네가 알고 있는 전생의 미래를 엿봤었지. 물론 전부는 아니지만 앞으로 일어날 끔찍한 전쟁에 대해 네 마음을 조금은 이해한다.]

카릴은 고개를 끄덕였다.

[그렇기 때문에 나 역시 백금룡이 지금까지 해온 행보의 의미가 궁금하구나.]

그는 나지막하게 말했다.

[적어도…… 확실한 것은 무슨 계획인지 모르지만 놈은 오랜 세월을 걸쳐 준비해 왔었다는 것이겠지.]

"흐음……."

[처음 너를 만났을 때 했던 말 기억하겠지.]

"녀석을 믿지 말라는 것?"

[그래. 적인지 아군인지 확실치 않은 상황에서 언제나 의심해야 한다. 놈이 그저 호의로 이런 계획을 세운 것이라면 다른 위원회를 시켜 날 가두려고 하지 않았겠지. 놈은 회색교장 안에 숨겨놨던 상자에 내가 다가가지 않길 바랐어. 7인의 원로회 중 유일하게 내가 그 가능성을 가진 사람이었는데 말이지.]

"나르 디 마우그가 당신이 마스터 키를 얻는 것을 막았다는 말인데……. 왜 그랬을까."

[모르지. 비록 완벽하지는 않지만 인류 중에 유일하게 나는 용마력과 같은 무색에 가깝게 도달했던 자였지만……. 그저 드래곤의 심술일지도.]

카릴은 고개를 갸웃거리며 그를 바라봤다. 지금까지의 백금룡이 해놓은 것들을 본다면 그런 단순한 유희나 심심풀이로 이런 일을 벌인 것이라고는 상상할 수 없었다.

"글쎄. 어쩌면 완벽하지 않은 상태에서 마스터 키를 얻길 바라지 않았을지도. 당신도 나도 모두 그가 생각하는 가능성의 일부를 잡았을 뿐 카릴처럼 완벽하지는 않잖은가."

그때였다. 망루 안쪽에서 들리는 목소리.

카릴과 알른은 그의 정체를 이미 알고 있었다는 듯 놀라지 않은 표정이었다.

"엿들을 생각은 없었네. 단지…… 자네에게 할 말이 있어 찾다가 우연히 듣게 되었어."

"상관없어. 알테만."

카릴은 자신을 찾아온 엘프를 바라봤다.

최초의 낚시꾼. 베일에 싸인 그의 이명을 카릴이 알고 있는 이유는 그 이름이 전생에 어느 날 갑자기 대륙에 퍼졌기 때문이었다.

수많은 사람들의 목숨을 빼앗았던 열 개의 재해(Ten Disasters)라 불리는 타락(墮落)들을 막아내는 데 혁혁한 공을 세웠기 때문이다.

"……."

북부의 스승이 최초의 낚시꾼이라는 것은 전생에 그에 대한 이야기를 들었기 때문이지만 그가 마도 시대를 살았던 엘프이자 검귀의 검술을 이어받은 자라는 것은 몰랐다.

최초의 타락인 혈(血)이 나타나고 수많은 병사들의 목숨을 잃었다.

심장을 벤다.

단순하지만 그 심장까지 다가가는 과정도 쉽지 않았고 혈을 사냥하는 과정에서 녀석의 심장이 끝내 폭발하는 바람에 그 자리에서 수만 명의 병사들이 즉사하고 말았다.

시체조차 찾을 수 없을 정도로 지워진 목숨들. 그 이후 제국군의 병사들은 타락과의 전투에 전의를 상실하고 말았다.

그런 상황에서 나타난 두 번째 재해. 인간의 몸에 개구리를 닮은 얼굴을 한 마물들이 대륙 전역에 수천, 수만 마리씩 일제히 쏟아졌고 그들을 통솔하는 타락(墮落), 헤트(Hekhet)의 등장에 제국을 비롯하여 신탁의 10인들조차 막아내는 것에 급급한 상황이었다.

그때 나타난 사람이 바로 알테만. 자신 스스로를 낚시꾼이라 칭하며 세계 각지의 은닉되어 있는 비밀을 찾아 수면 위로 끄집어내는 자라고 소개했던 그를 인류는 그저 이상한 사람이라 여겼지만 그가 마지막 열 번째 재해까지 막는 방법을 찾아냈고 끝내 인간을 승리로 이끌었을 때 그는 자신이 북부의 스승임을 알렸다.

'이미 그때엔 대부분의 이민족이 죽어버린 후라 의미가 없었지만…….'

카릴은 알테만을 바라봤다.

'지금 생각해 보면 그가 백금룡과 관계가 있었으니 타락의 사냥법을 아는 것도 이상한 일은 아니지.'

백금룡은 전생에서 이미 신령대전에서 그 마물들과의 전투를 겪어본 유일한 존재였으니까.

'이후 당신은 종적을 감췄고 그 뒤로 보지 못했는데……. 설마 알른과 마찬가지로 그 이후 백금룡이 관여된 것은 아니겠지.'

카릴은 지금까지도 그래 왔지만 이제부턴 하나하나 더욱 머릿속에 깊이 새겨둬야 할 필요가 있다고 여겼다. 너무나도 많은 것이 실타래처럼 엉켜 있었고 반대로 그 일들에 모두가 연결되어 있는 지금 자신이 놓치는 하나의 정보가 엄청난 결과로 이어질 수 있었으니 말이다.

[당신 말은 백금룡이 우리는 거절하고 카릴에겐 마스터 키를 허용했다는 뜻인가?]

"그럴 가능성도 있다는 말이지. 7인의 원로회가 묻힌 곳인 회색교장의 공략되었다는 것은 이미 모두가 알고 있는 사실이니까. 마법 도시인 아조르의 수장이 이미 오래전에 대륙에 공표하였거든."

[흥……. 멍청한 셀린 한의 후손 같으니.]

알른은 영주인 파시오를 떠올리면서 혀를 쯧- 하고 찼다.

"나르 디 마우그가 그 사실을 모를 리 없겠지. 마스터 키가 들어 있는 상자가 사라졌다는 것도 알 테고……. 그럼에도 아무런 조치를 취하지 않은 것은 그의 계획 속에 카릴이 조건을 만족하는 자라서 그럴지도 몰라."

[그런 식으로 말하니 꼭 놈의 손바닥 위에서 놀아난 기분이군. 우리는 우리의 생각대로 움직였다. 그리고 앞으로도 그리 하면 돼.]

"알른의 말이 맞아. 녀석이 어디까지 알든 마지막에 이기는 자가 승자니까."

카릴의 말에 알테만은 옅은 미소를 지었다.

"뭐, 좋다. 나 역시 자네의 그런 면을 보고 천년빙동을 보여준 것이니까. 그런 의미에서……."

알테만은 그에게 펜던트를 건넸다.

"화린이 가지고 있던 라이칸스로프의 의지일세. 그녀가 전해 달라더군. 이 안에 있는 바람의 정령왕의 힘이 필요하지 않은가?"

카릴은 펜던트를 바라봤다.

우우우웅…….

펜던트가 반응을 하는 것처럼 가볍게 떨리더니 녹빛의 소용돌이가 나타났다 사라졌다.

"그녀가 큰 결심을 했군. 이걸 내게 준다는 건 자신의 힘을 포기한다는 건데."

"누가 뭐라 하더라도 자넨 이민족을 이끄는 수장이잖나. 그들에게 있어서 대전사가 가지는 무게는 엄청난 것이니까."

카릴은 그의 말에 피식 웃었다.

"정령계의 문을 열기 위해서는 그의 힘이 필요하긴 하지만 지금은 아니다. 광풍(狂風)의 힘을 내가 가져가면 이 안에 있는 마스터 키의 봉인이 풀린다. 지금도 라이칸스로프의 힘을 쓰는 걸 버거워하는데 그렇게 되면 화린이 더 이상 감당할 수 없어."

카릴은 펜던트를 다시 알테만에게 주었다.

"그녀는 제국 전쟁에서 중요한 전력이야. 이후의 싸움에서도."

"으흠."

"그녀에게 전해. 기회를 주겠다고. 잠시 동안 그녀에게 맡길 테니 죽을 각오로 마스터 키에 익숙해지라고 말이지. 정신을 잃고 적아도 구분 못 하는 괴물이 되어버리는 녀석은 필요 없으니까."

"그렇게 전하지."

알테만은 그의 말에 쓴웃음을 지으며 펜던트를 다시 품 안에 넣었다.

"에이단."

"네. 주군."

카릴이 나지막한 목소리로 그를 부르자 어느새 어둠 속에서 그가 모습을 드러냈다.

"너는 먼저 돌아가서 동방국의 살수들을 준비시켜라. 은밀하게 백금룡의 레어를 털기 위해서 그만한 전력도 없겠지."

"이미 이스라필의 우월한 눈을 통해 연통을 해놓은 상태입니다. 동방국의 스나켈(Snakel)들이 준비 중입니다."

과거 사이몬 코덴의 직속 부대였던 그들은 암연 중에서도 가장 실력이 있는 자들만 엄선해서 구성된 집단이었다.

"좋아."

카릴은 만족스러운 듯 고개를 끄덕였다.

"그리울 거야. 이 풍경."

그는 어쩐지 애틋한 목소리로 말했다.

[다시 돌아오면 되잖느냐. 모든 여정에는 끝이 있는 법이니까. 하지만 너와 내가 알고 있는 여정은 이제 막 발돋움을 했을 뿐인 것을.]

알른은 그런 카릴을 바라보며 말했다.

"그래."

카릴은 품 안에서 아그넬을 꺼냈다.

"그렇기에 나 역시 빌려 간 것을 조금 더 써야 하겠지만 모든 것이 끝나면……."

그는 서서히 동이 트기 시작하는 북부의 태양을 바라보며 다짐하듯 말했다.

"칼리악의 무덤에 이 검을 돌려주겠다."

▸Chapter 6◂

"당신. 엘프의 냄새가 나는군."

"그러는 그쪽 역시. 오히려 나보다 더 신기하다면 신기하군. 엘프의 냄새가 나면서도 반대로 드래곤이 체취도 나니 말이야. 그러면서 육체는 인간이라……. 어떻게 세 가지의 힘을 한꺼번에 가질 수 있지?"

비룡의 위. 평범한 사람이라면 고개도 제대로 들지 못할진대 그 위에 있는 사람들은 아무렇지 않은 듯 바람을 맞으면서 서 있었다.

"모르지. 내가 사실 인간이 아니라 드래곤이었을지도. 드래곤들은 폴리모프를 할 수 있으니까. 조심하라고. 엘프들이 사라진 이유 중에는 드래곤의 제물이 되어서 그런 거라는 얘기도 있던데."

"남부의 여제도 실없는 소리를 할 때가 있군."

밀리아나는 알테만의 곁에 다가와 나지막하게 말했다. 두건을 쓰고 귀와 머리를 가리고 있던 알테만은 그녀의 말에 씁쓸하게 웃었다.

비룡을 타고 있는 사람은 모두 네 사람이었다. 북부에서 출발한 카릴과 에이단 그리고 알테만과 밀리아나였다.

"쓸데없는 소리 하긴. 그건 그렇고 밀리아나. 남부의 군사를 두고 혼자와도 괜찮아?"

살짝 도발적인 그녀의 말에 싸늘해진 분위기를 느끼곤 카릴이 그들을 중재했다.

"키누가 있으니까. 그리고 내 형제들이 군사를 이끌고 있으니 상관없어. 명령이 떨어지면 즉시 움직일 준비를 할 테니까. 대초원의 부족들 말고 5대 일가들도 이미 합류했으니 남부의 준비는 끝났다고 봐도 되겠지."

"으흠. 빠르군."

"물론. 우리는 대륙 가장 밑에 있지만 일착으로 제국에 도달할 생각이니까."

카릴은 그녀의 말에 피식 웃으며 고개를 끄덕였다.

"정말로 백금룡의 레어를 털 생각이야? 대륙의 드래곤들 중 대부분은 수면기에 있지만 나르 디 마우그는 다르잖아. 비록 여태까지 큰 행동은 보이진 않았지만 얼마 전 등장으로 활동을 하고 있다는 것이 증명되었으니 그의 레어 역시 다른 녀석들과 달라."

"알고 있어. 몇 해 전 리세리아의 레어인 화룡의 거처에 갔었으니까."

"기관과 봉인은?"

"그대로였지. 거기서 아인트리거를 얻었으니까."

밀리아나의 물음에 나머지 사람들은 250년 전에 이미 죽어버린 드래곤의 레어도 그러한데 아직 활동하고 있는 드래곤의 레어가 얼마나 위험할지 상상이 가지 않았다.

"설마 무서운 건 아니겠지."

"누, 누가?!"

카릴의 말에 밀리아나는 당황한 듯 소리쳤다.

"250년 전에 최초의 용사냥꾼이라는 카이에 에시르는 혼자서 염룡을 사냥했어. 그에 비한다면 우리는 과거 그의 동료였던 자와 소드 마스터 반열에 오른 디곤의 여왕 그리고 그에 준하는 실력에 함정과 암기에 능한 암살자까지 있지."

그는 마지막으로 손가락으로 자신을 가리켰다.

"무엇보다 내가 있다. 알테만, 당신이 생각하기에 내가 카이에 에시르보다 약한가?"

알테만은 그 물음에 대답 대신 쓴웃음을 지으며 어깨를 으쓱했다.

"이 정도면 250년 전에 비한다면 호화스러운 멤버 아냐? 백금룡이 레어에서 기다린다면 오히려 놈을 잡아 그 비늘까지 깡

그리 털어 와야 할 수준인걸."

"하여간……."

밀리아나는 그의 말에 고개를 저었지만 무모할 정도로 언제나 당당한 그 모습은 말하지 않아도 강한 믿음을 주는 것이었다. 그리고 그것이 이민족과 야만족을 포함하여 이제 백만이 넘는 대군을 이끄는 원동력이기도 했다.

'백금룡의 레어.'

동방국에서 좀 더 밑으로 떨어진 작은 섬.

포나인의 강 아래쪽 남부로 흐르는 해역에서부터 작은 섬들이 모여 있는 제도가 있는데 신기하게도 거센 파도가 이는 바다 한가운데임에도 불구하고 섬 주변만큼은 물살 하나 없이 잔잔했다. 외관만 본다면 파도도 치지 않고 해역에서 섬까지의 해로도 힘들지 않아 제도의 섬들은 인간이 살기에 너무나도 적합해 보였다. 심지어 토양부터 기후까지도 너무나 좋아서 섬에서 자라는 나무들은 대륙의 거의 1.5배는 될 것 같이 울창했고 하팝과 같은 고대 신화 시대에 있었던 식물들까지 자라고 있는 곳이었다.

그러나 수백, 수천 년이 흐르는 시간 동안 이곳엔 인간의 발길이 닿지 않았다. 아름다운 외관과 달리 크고 작은 섬들에는 모두 마굴이 존재했고 그 안에 서식하는 몬스터들은 하나같이 A급 이상. 사람들은 이곳을 금역이라 칭해지며 망령의 성과 함께 절대로 갈 수 없는 난공불락의 섬이라 여겼다.

"바다 냄새가 나는군."

"이제 곧 해역입니다. 주군. 동방국에서 배를 준비해 두었을 겁니다. 저희와 함께할 스나켈 부대도 말입니다."

에이단이 카릴에게 대답했다.

"후우……. 이제야 좀 쉴 수 있겠군."

밀리아나는 그의 말에 다행이라는 듯 낮은 한숨을 내쉬고는 끈적거리는 셔츠의 카라를 앞뒤로 흔들었다. 비록 비룡을 타고 가고는 있지만 몇 날 며칠을 휴식도 제대로 취하지 않고 날아온 것은 충분히 강행군이었다.

"배 안에서 충분히 쉬는 게 좋겠지. 그곳에 가면 밤낮없이 바쁠 테니까. 섬에서 돌아오기까지 씻는 건 이번이 마지막일지도 몰라."

"생각만 해도 끔찍한걸."

밀리아나는 고개를 가로저었다.

"남부에서 전열을 가다듬으면서 날 기다려도 좋았을 것을."

"싫어."

그녀는 카릴의 핀잔에 대답했다.

"널 만나러 북부로 갔는데 또 널 기다리라고? 차라리 함께 가는 게 낫지. 드래곤의 레어든 어디든."

카릴은 그 말에 피식 웃었다.

대륙에는 이미 사라진 염룡과 백금룡을 제외하고 세 마리의 드래곤이 살고 있다. 황금룡 토스카의 후예라 불리는 드래곤의 수장, 골드 드래곤 에누마 엘라시, 그 밑으로 레드 드래곤 퀴톤이 북부 지역 동쪽에 살고 있었으며 이제 맞서듯 남부 지역에는 서북부 쪽에 그린 드래곤 크루아흐가 있었다.

드래곤이 그러하듯 이 세 마리의 드래곤 역시 대륙의 지배자로서 거칠고 포악했다. 인간을 벌레 보듯하며 나약한 존재로 여기는 그들이지만 그들도 인간과 똑같은 점이 있었다.

바로 백금룡의 레어가 있는 섬은 침범하지 않는다는 것. 그렇기에 사람들은 이곳을 약속(約束)의 땅이라 부른다.

촤악- 촤악-

비룡이 아래로 날갯짓을 하며 착지하자 해변가에는 거대한 범선이 정박해 있었다. 범선은 숯으로 칠한 듯 검은색이었고 그곳에 있는 자들 역시 검은 옷을 입고 있었다.

"기다렸습니다."

카릴이 비룡에서 내리자 배 안에 있던 사람 중 한 명이 손을 모아 인사를 하고는 얼굴을 가리고 있던 두건을 벗었다.

"오랜만에 보는군."

두건 아래에 있던 긴 머리카락을 좌우로 흔들며 고개를 든 여인은 그의 말에 살짝 어깨를 떨었다.

"아셨습니까."

"물론. 암연에는 비술들이 많으니까. 모습은 달라졌지만 풍기는 기운은 같거든."

주크 디 홀드는 카릴을 바라보며 말했다.

"암연 직속 부대인 스나켈(Snakel)이 모두 집결했습니다."

"우리가 어디로 가는 것인지 알고 있지?"

"보고 받았습니다."

"명령은 아니다."

그녀는 옅게 웃으며 말했다.

"암연은 따를 뿐 의문을 가지지 않습니다. 명령이든 아니듯 내려주시는 것을 시행할 겁니다."

"드래곤의 레어로 가는데 시시덕거리긴. 너, 즐겁나 보지?"

"……네?"

"똑바로 해. 비켜, 난 씻어야겠으니."

밀리아나는 뭔가 못마땅하단 표정으로 주크 디 홀드를 어깨로 툭 치면서 밀고 지나갔고 그런 그녀의 뒷모습을 보며 카릴은 입꼬리를 올렸다. 그러고는 조금 지쳐 보이는 드레이크의 뺨을 가볍게 두들겼다.

[크르르르르…….]

그러자 붉은 드레이크는 낮게 으르렁거렸다.

"우리 네 명을 태우고 오느라 고생했다. 돌아가서 기다리도록 해. 곧 너와 네 동료들을 부를 테니까."

카릴의 말을 알아들은 것인 양 드레이크가 머리를 조아리더니 화악-!! 하는 날갯짓과 함께 상공으로 뛰어올랐다.

"출항!!"

에이단이 외치자 커다란 돛이 활짝 펴지며 바람을 타고 범선이 질주하기 시작했다.

솨아아악-!!

파도를 가르는 소리가 상쾌하게 들렸다.

쿠그……. 쿠그그그그……!!

하지만 청명한 날씨는 금세 먹구름이 잔뜩 끼기 시작했고 당장에라도 비바람이 몰아칠 것 같은 날씨가 되었다.

"이게 왜 이러지? 지금까지 단 한 번도 구름이 낀 적이 없었는데."

언제나 맑은 하늘만 있었던 섬 주변이 갑자기 배를 몰고 가자마자 급변하니 암연의 조타수는 당혹스러운 듯 말했다.

"왜 그러겠어."

에이단은 그런 그에게 나지막하게 말했다.

"섬이 우리를 거부하는 것이겠지. 우리는 드래곤조차 발을 들여놓지 않은 금역(禁域)에 온 거라고."

"……."

암연 출신답게 조타수의 얼굴에는 처음 당혹감은 사라지고 어느새 살수의 기운이 느껴졌다.

툭-

에이단은 그런 그의 어깨를 가볍게 치면서 말했다.

"절대로 키를 놓치 마라."

콰직-!!

그때였다. 범선 주위에서 사방으로 터지는 핏물. 바다 아래에서 뭔가가 서로 뒤엉키고 있었고 이따금 수면 위로 튀어 오르는 것은 뜯긴 살점들이었다.

"조심해."

갑판 위로 튀어 오른 몇 마리의 날카로운 이빨을 가진 물고기들이 파닥거렸다. 하지만 카릴의 외침과 동시에 스나켈들은 기다렸다는 듯 튀어 오른 몬스터들을 단숨에 해체시켜버렸다.

"고작 이런 녀석들로 조심할 자는 없습니다."

주크 디 홀드는 식인어의 주둥이를 두 손으로 박살 내면서 말했다. 신체변형술로 그녀의 두 팔은 가녀린 체구와 달리 강철처럼 단단해져 있었다.

"반기는 녀석들이 많네요."

에이단은 식인어의 시체를 발로 차 갑판 밖으로 던지며 말했다.

[크에에에에에-!!]

그 순간 날카로운 포효 소리가 귀를 때렸다. 조금 전 던져진 몬스터의 시체를 낚아채며 거대한 입이 에이단을 덮쳤다.

"피해!!"

조금 전의 여유와 달리 이번에는 스나켈들이 긴장된 모습으로 일제히 검을 뽑아 몸을 날렸다.

"드레이크……?!"

주크 디 홀드는 떨리는 눈동자로 하늘을 까맣게 드리운 몬스터의 정체를 확인하고는 나지막하게 중얼거렸다.

"크윽?!"

에이단은 황급히 축지(縮地)를 써서 자신을 노리며 입을 벌린 드레이크를 피했고 스나켈들이 뒤에서 날카로운 바늘 수백 개가 쏟아냈다.

화악-!

하지만 드레이크가 날개를 젓자 바늘들은 아무런 힘도 내지 못하고 튕겨 나갔다.

"마력이 담긴 공격을 막아?"

"무슨 저런……."

"비룡 부대의 드레이크들도 불가능한 것을……."

스나켈들은 자신들을 덮친 비룡을 바라보며 믿을 수 없다는 표정을 지었다.

"야생이로군. 이제는 보기 힘들다고 생각했는데……. 이런 곳에서 살고 있었나."

그 광경을 바라본 알테만이 허리에 차고 있던 연검을 뽑으면서 말했다.

"저 비늘과 덩치를 보게. 공국이 드래곤의 피로 합성시킨 인공체와는 차원이 다르지. 마력은 없어도 육체의 능력은 드래곤급이라 봐도 과언이 아냐."

그가 연검에 마력은 담자 부드럽게 휘어졌던 검날이 날카롭게 솟아올랐다.

"저런 놈들이 하나도 아니고 하늘 위에 잔뜩 있다니……. 저들로서는 무리일세."

스나켈들은 동방국의 정예이기는 했지만 아이러니하게도 마도 시대를 살았던 알테만에게 그들은 큰 전력으로 보이지 않는 듯싶었다. 그가 갑판에 매달린 드레이크를 떼어내기 위해 달려가려던 순간 카릴이 그를 막았다.

콰아아앙-!!

"거봐. 어중이떠중이 잔뜩 데려갈 필요 없다니까. 말만 많아서는."

순간 범선이 강렬한 충격에 한쪽으로 휘청거리며 들려 올라갔다. 조금 전 드레이크의 턱이 갑판에 처박혔다.

"야생 드레이크? 카릴, 이놈이 네가 가진 비룡보다 낫다는 말이야?"

방금 씻고 나온 듯 아직 마르지 않은 머리카락을 쓸어 넘기며 밀리아나는 허벅지에 달아놓은 검집에서 검을 뽑고는 부서진 갑판에 처박힌 드레이크의 머리를 발로 지그시 눌렀다.

"그렇다는데."

카릴은 그런 그녀를 향해 어깨를 으쓱하며 대답했다. 알테만은 단 일격에 기절해 버린 듯 축 늘어진 드레이크를 바라보며 헛웃음을 짓고 말았다.

"그래?"

그 순간 그녀에게서 이질적인 마력이 느껴졌다. 그녀의 눈동자가 일순간 은회색으로 변했다가 사라졌다.

밀리아나는 개운한 듯 말했다.

"그럼 나도 하나 길들이자."

툭- 툭-

[크르르르르……]

"좋아. 좋아. 얌전히 기다리고 있어."

밀리아나는 푸른 비늘을 가진 드레이크가 마음에 드는 듯 웃으면서 녀석의 뺨을 가볍게 두들겼다.

수으으윽……! 솨악……!

함선이 섬에 정박하고 난 뒤에도 여전히 하늘 위에는 드레이크들이 날고 있었다. 하지만 녀석들은 날갯짓만을 하면 선회할 뿐 섬 근처로 내려올 엄두를 내지 못하고 있었다.

조금 전 자신들을 공격했던 야생 드레이크가 밀리아나에게 머리를 조아리고 있기 때문이었다.

"이 녀석이 저놈들의 우두머리였나 봐. 운이 좋았는걸. 쓸데없는 싸움을 하지 않아도 되고 말이야."

밀리아나는 푸른 비늘의 드레이크를 가리키며 말했다.

"야생 드레이크를 힘으로 제압하는 것도 모자라서 정말로 길들일 줄이야……. 당신 같은 사람이 마도 시대도 아니고 아직도 있을 줄은 몰랐군."

알테만은 그 모습에 혀를 내두르고 말았다. 우두머리라는 것은 푸른 비늘이 이미 저 위의 드레이크들과 싸워도 이길 만큼의 능력을 가진 녀석이라는 뜻이었으니까.

"그녀는 분명 뛰어난 소드 마스터지만 그와 비슷한 실력이라면 대륙에 이제 열은 넘을걸. 그녀를 너무 과대평가하는 것 아냐?"

카릴의 말에 알테만은 고개를 가로저었다.

"자네가 얘기하는 대륙 10강들이야 당연히 드레이크를 사냥할 수 있겠지. 하지만 길들이는 것은 다른 의미야. 그건 자네도 알잖는가."

"하긴. 비록 열긴 하지만 디곤 일족은 용마력을 가지고 있으니까. 그녀의 몸에 드래곤의 피가 흐른다는 것이 증명되는 일이로군."

"그 정도가 아닐세. 디곤은 마도 시대에도 존재했던 자들이야. 뭐, 그 당시에는 야만족이라 부르지는 않았지만……. 나는 천 년 전에도 디곤들을 만난 적이 있지."

알테만은 밀리아나를 흥미롭게 바라봤다.

"마력이 융성하던 그 시절에도 그녀와 같은 사람은 없었어. 신기하군. 마력이란 대(代)가 거듭될수록 약해지게 마련인데……."

그녀는 선조보다 더 깊은 마력을 가지고 있어."

카릴은 피식 웃었다. 용마력을 가진 자신이 그녀의 용마력을 한 단계 상승시켜줬다는 것을 알 리 없었으니까.

"좋은 것 아니겠어? 용마력을 가진 소드 마스터. 게다가 이젠 드레이크까지 몰게 되었으니 전장에서 그녀가 나타나기만 하더라도 사기가 오를 거야."

"그렇긴 하지만."

머릿속에서 이미 제국과의 전쟁에서 그녀를 어떻게 활용해야 할지 생각하는 카릴과 달리 알테만은 어쩐지 석연찮은 표정이었다.

"카릴. 이 비늘 크기를 좀 봐."

그녀는 드레이크의 푸른 용린(龍鱗)을 한 장 들고는 그에게 말했다. 확실히 드래곤의 것이라고 해도 믿을 정도로 커다란 녀석이었다.

"어때? 내 게 네 것보다 좋지? 멋진 비늘이야. 앞으로 널 푸른 비늘이라 부르마."

마치 어린아이처럼 자랑하는 그녀의 모습에 카릴은 어깨를 으쓱하며 돌아섰다.

"여기서부터는 지도에 없는 곳이야. 무슨 일이 있을지 모르니 다들 긴장하도록 해."

카릴이 전의를 가다듬으며 말했다.

"알겠습니다."

"네."

에이단을 비롯한 스나켈들이 고개를 끄덕이며 대답했다. 섬에서 처음으로 만난 몬스터가 드레이크였으니 이 안에는 과연 뭐가 자신들을 기다릴지 긴장되지 않을 수 없었다.

쿠그그그그…….

산의 중심에 있는 활화산은 이따금 으르렁거리는 소리를 내고 시커먼 연기가 계속해서 하늘로 솟아오르고 있었다.

을씨년스러운 분위기에 일행은 천천히 발걸음을 옮겼다.

"녀석들이 또 내려오진 않겠죠?"

"푸른 비늘이 그녀에게 있는 한 놈들이 우릴 노리진 않을 거야. 수장의 냄새가 계속해서 날 테니까."

주크 디 홀드는 밀리아나가 가지고 있는 비늘 한 장을 잠시 바라보더니 고개를 끄덕였다.

"다행이네요."

밀리아나의 압도적인 힘에 드레이크가 길들여지는 과정을 본 그들이었지만 그전에 이미 자신들의 힘으로 드레이크와 싸워봤다. 현격한 차이를 실감했고 암연의 암살자들은 부끄럽지만 다시는 드레이크와 싸우고 싶지 않다는 생각이 들었기 때문이다.

[캬…… 캬각…….]

안도의 한숨을 내쉬는 것도 잠시, 수풀이 흔들리는 소리와 함께 기묘한 소리에 사람들은 황급히 주위를 훑었다.

"다들 무기를 들어라."

카릴은 동요하지 않고 얼음 발톱을 뽑아 한 바퀴 가볍게 검을 돌리며 말했다.

"섬 밖의 녀석들은 몰라도 안에 사는 놈들은 아직 우릴 그냥 들여보내려 하지 않는 것 같으니까."

그 순간 붉은 안광이 그들을 덮쳤다.

"모두 산개해!!"

주크 디 홀드의 외침과 동시에 스나켈들이 숲속으로 몸을 은신했다.

두구드득-!! 두그그-!

지축을 흔드는 소리와 함께 울창하게 자라난 섬의 거목들이 순식간에 양쪽으로 가로누우며 부러졌다.

쿠웅!!

수풀 속에서 튀어나온 거대한 몬스터.

조금 전 일행이 서 있던 해변가에 바위를 사정없이 들이받고는 머리를 좌우로 흔들며 씩씩거리기 시작했다.

기다란 뿔이 이마에 돋아나 있었고 뒤뚱거리는 모양새가 마치 코뿔소처럼 보였지만 그 크기는 코끼리보다 더 커다랗고 피부는 갑충처럼 매끈하게 빛이 나고 있었다.

콰앙-!!

다시 한번 굉음이 터져 나왔고 숲속에서 똑같이 생긴 몬스터 한 마리가 더 튀어나와 질주하더니 자신의 속도를 이기지 못한 채 그대로 바닷물에 처박혔다.

[푸르……! 푸푸푸푸……!!]

녀석은 고개를 저으며 씩씩거리는 소리와 함께 해변가로 걸어 나왔다. 엄청난 크기의 괴물을 바라보며 사람들을 할 말을 잃고 말았다.

"……저게 뭐야?"

밀리아나는 콧바람을 내며 다시 돌진하려 자세를 취하는 몬스터를 바라보며 인상을 찡그렸다.

[캬……!! 캬아아악……!!]

몬스터의 공격에 조금 전 자신이 서 있던 바위가 부서지자 푸른 비늘은 놈을 경계하듯 포효를 질렀지만 어쩐 일인지 다가가지 못했다.

"처음 보는 마물이야. 야생 드레이크조차 겁을 먹은 놈이라니. 도대체 뭐지?"

"버거스터……."

"음?"

카릴은 코뿔소처럼 생긴 몬스터를 바라보며 굳은 얼굴로 중얼거렸다.

[취이…… 취이……]

녀석이 아래로 내려다보며 숨을 쉴 때마다 거친 호흡 소리가 들렸다.

"어째서 플로어(Floor)의 몬스터가 여기에 있는 거지?"

“플로어? 그게 무슨 말이야?”

밀리아나는 되물었다.

“설명은 나중에. 일단은 녀석들을 상대하는 게 먼저야.”

카릴의 말에 그녀는 아크와 게일을 뽑아 들었다.

[저 몬스터. 네 기억이 맞다면 플로어는 파렐의 각 층을 얘기하는 것이지? 그럼 저 마물이 파렐이란 탑 안에 있는 몬스터란 말이냐.]

알론이 다른 이에게는 들리지 않도록 그의 머릿속으로 물었다.

‘그래. 타락의 일종이지. 아직 신탁이 내려지지도 않았고 파렐이 나타나지도 않았는데…….’

[흐음. 꼭 불가능한 것은 아니지. 7인의 원로회 역시 타락과 비슷한 것을 창조해 냈으니까. 너는 기억하겠지? 회색교장에서 처음 베었던 검은 몬스터 말이야.]

‘물론.’

[그리고 당연한 일이지만 그걸 연성하는 법 역시 백금룡이 우리에게 알려준 것이다.]

카릴은 고개를 끄덕였다. 불멸회 역시 비슷한 것을 만들었지만 완성도에 있어서는 현저히 떨어졌다.

‘저놈이 여기에 있다는 건 두 가지겠지. 백금룡이 타락을 창조해 내는 수준이 이 정도까지 올라갔다는 것이거나 아니면 녀석이 직접 타락을 소환할 수 있다는 것이던지.’

둘 중 어떤 것이든 결정적인 결론이 있었다.

'회색교장이 공략되지 못했던 전생의 우리는 타락이란 존재를 신탁이 내려진 뒤 처음 알았다. 하지만 이걸 보면 나르 디마우그는 오래전부터 타락을 연구했다는 것인데.'

전생에 녀석은 신탁이 내려지기 전까지 그 어떤 언급도 하지 않았다. 결국 자신들을 속였다는 의미였다.

"모두 잘 들어라! 스물다섯이 한 조가 되어 놈을 공략한다. 1차 목표는 절대로 죽지 않는 것. 너희는 귀중한 전력이다. 이런 곳에서 어이없이 희생될 필요 없다."

"스물다섯이요? 그 정도로 강한 녀석입니까?"

에이단은 천천히 마력을 끌어올렸다.

"녀석의 껍질은 엄청난 내구력을 가진 동시에 탄성도 뛰어나. 하지만 약점은 있다. 움직임을 봉쇄하면서 껍질 사이에 있는 관절들."

"작은 틈을 노리는 일이라……. 저희들이 가장 잘할 수 있는 것이로군요."

"맞아. 한 놈만 본다면 그 정도 인원이 필요 없지. 문제는 놈들이 무리 생활을 한다는 것."

"……네?"

카릴은 숲 안쪽을 바라보며 말했다.

"온다."

우드드드드드드드드-!! 쿠구구그-!!

엄청난 굉음과 함께 숲 안쪽에서 먼지구름이 솟구쳐 오르고 그 구름들이 점차 일행을 향해 달려오고 있었다.

"에이단, 주크 디 홀드. 너희 둘은 절반의 스나켈들을 통솔해서 저 뒤에 있는 두 마리를 맡아."

피어오르는 먼지구름을 바라보며 에이단은 굳은 얼굴로 말했다.

"나머진 우리가 맡는다."

족히 열댓 마리는 될 것 같은 몬스터들을 바라보며 아무렇지 않게 말하는 카릴의 모습에 에이단과 주크는 질린다는 표정을 지었다.

"네?"

"아니. 카릴 넌 가만히 있어."

밀리아나는 오히려 달려오는 버거스터들을 향해 양팔을 아래로 뻗었다.

우득- 우드득-

그러자 그녀의 척추에서 뼈가 뒤틀리는 소리가 들렸고 양팔에 붉은 비늘이 돋아났다.

"변이(變異)?! 아냐, 그녀는 마스터 키를 가지고 있지도 않은데? 이게 무슨……."

알테만은 그 광경에 깜짝 놀라지 않을 수 없었다.

세로로 얼굴의 반이 비늘로 덮이자 밀리아나는 마치 반쪽짜리 용의 가면을 쓴 것 같은 모습이었다.

"천년빙동에서 네가 힘을 얻은 것처럼 나도 그동안 가만히 있었던 건 아니거든."

파앗-!!

육안으로는 쫓을 수 없는 엄청난 속도로 그녀가 질주를 하며 숲으로 뛰어들었다.

콰아아앙-!! 콰강!!

밀리아나는 마치 갈퀴처럼 돋아 난 비늘로 덮인 손으로 있는 힘껏 버거스터의 머리를 찍어 눌렀다.

[케에에에에엑……!!]

그러자 녀석의 뒷다리가 번쩍 들어 올려지면서 그대로 얼굴이 바닥에 처박혔다.

"저 모습은 도대체 뭐지? 용의 가면을 쓴 인간이라니. 저 마력……. 드레이크들이 어쩐지 그녀를 따르는 이유가 저것 때문인가?"

알테만은 밀리아나의 압도적인 무력에 혀를 내두르며 말했다.

"나한테 맡겨."

그녀는 일격에 뻗어버린 버거스터의 위에 서서 나지막하게 말했다.

"이걸로 마지막!!"

밀리아나는 신경질적인 목소리로 외치면서 두 자루의 쌍검을 버거스터의 목덜미 사이로 찔러 넣었다.

[크에……! 크에에엑……!!]

마치 거북이처럼 뒤집힌 채로 짧은 다리를 바둥거리는 놈은 조금 전 위압적인 모습은 온데간데없이 사라지고 발을 동동 구르더니 비명을 지르며 그대로 털썩 쓰러졌다.

"생각보다 쉬운걸."

스릉-

머리카락 한 올 한 올에 담겨져 있던 마력이 사라지자 그녀가 고개를 좌우로 흔들며 머리를 털었다.

"후우."

"처음 보는 마력 운용법이군."

알테만은 그 광경을 바라보며 말했다.

"내가 가진 용마력은 너에 비한다면 한참 미치지 못하는 것이라서 말이야. 네가 자리를 비운 동안 고민을 했었지."

밀리아나는 대답했다.

"다행인지 불행인지 엘프의 피가 섞인 내 육체는 마력을 흡수하는 것이 평범한 인간보다 탁월하더군. 그래서 나는 용마력을 무구가 아닌 내 신체에 직접 응축시켜 봤어."

"일종의 신체변형술이군."

카릴은 이해하겠다는 듯 고개를 끄덕였다.

"맞아."

"그 결과가 이거란 말이군."

우득- 우드득-

그녀가 버거스터의 목덜미에 찌른 검을 뽑아내며 어깨를 돌리자 비정상적으로 튀어나온 뼈가 다시 맞춰지듯 요란한 소리를 냈다. 피부 역시 변해 있었는데 반쯤 드래곤의 비늘로 뒤덮인 것처럼 돋아났던 붉은 비늘이 나타났다 사라졌다.

"그렇지."

변했던 모습이 사라지자 그녀는 낮은 한숨과 함께 고개를 끄덕였다.

에이단과 주크 디 홀드가 이끄는 스나켈이 버거스터 두 마리를 잡는 동안 밀리아나는 혼자 일곱을 상대했다.

카릴과 알테만은 그 덕분에 여유롭게 한 마리씩 잡고 난 뒤 그녀의 싸움을 관망했다.

"용족화(龍族化)라고 이름 붙였지."

"거창한 이름인걸."

"거창하다니. 그만한 효과잖아?"

밀리아나의 말에 카릴은 피식 웃었다.

'신탁의 10인이기도 했지만 그녀의 실력은 이제 전생과 비교하는 것 자체가 우스울 정도가 되었어.'

카릴은 어쩐지 신탁이 내려진 뒤 내려올 최초의 타락을 사냥하는 것이 그녀가 되지 않을까 하는 생각이 들었다.

"나도 익힐 수 있을까?"

그녀는 그의 물음에 의외라는 듯 물었다.

"지금으로도 충분히 강하면서 넌 정말 강함에 대한 욕심은 끝이 없구나? 아서라, 남의 밥줄까지 빼앗으려 하지 마."

"용마력의 문을 열어준 것이 누구지?"

그녀는 카릴의 말에 입술을 삐쭉였다.

"흥. 하지만 이건 너도 힘들 거야. 나야 엘프의 피를 받은 신체이기 때문에 가능하지만 넌 대단해도 인간의 육체잖아. 단순히 마력혈에 마력을 응축하는 것이 아니라 신체의 근육과 피부에 용마력을 주입하는 거야. 과연 네 육체가 용마력을 감당해 낼 수 있는 신체 변형을 할 수 있을지는 모르지."

"조건이 엘프의 피라는 말이군."

"맞아."

"엘프의 피라……. 흐음, 알겠다."

카릴은 뭔가 고민을 하는 듯 그녀의 말을 곱씹었다.

"가지."

그러고는 아무것도 아니라는 듯 말했다.

쿠그…… 쿠그그그…….

섬의 중앙에 있는 거대한 활화산에서 떨림이 울렸고 당장에라도 분화구에서 용암이 분출될 듯 시커먼 연기가 피어오르고 있었다.

"저곳이 백금룡의 레어가 있는 곳이랬지?"

"맞아."

숲이 울창한 섬은 자칫 길이 어려워 보일지 모르지만 의외로 길은 간단했다.

서컹-

밀리아나는 검을 뽑아 원래 있던 숲길이 아닌 화산을 바라보는 쪽의 수풀을 베었다.

"길을 만드는 것이 가장 빠른 지름길이지."

왕국 하나를 휩쓸어 버릴 수 있을 만큼의 엄청난 괴물들을 상대하고도 그들은 숨 하나 흐트러뜨리지 않고 전멸시킨 뒤 조금 더 깊숙한 안쪽으로 걸어가기 시작했다.

"여기로군."

섬을 가로질러 가는 동안 일행은 큰 무리 없이 화산 입구에 도달할 수 있었다.

"금역이라는 둥 드래곤의 성지라는 둥 잔뜩 겁을 먹게 한 것 치고는 시시한데."

조금 전 치렀던 전투는 잊어버리기라도 한 모양인 양 밀리아나는 오히려 아쉬운 듯 입맛을 다시며 말했다.

"숲에 있는 몬스터들 역시 드레이크가 복종하는 모습을 보고 겁에 질린 것이겠지. 아니면 버거스터를 박살 낸 네 기세에 기가 눌린 걸지도."

"흐음. 결국 별거 아닌 놈들이라는 뜻이군."

카릴은 그녀의 말에 피식 웃었다.

"운이 좋았습니다. 덕분에 수월하게 도착할 수 있었으니까요."

하지만 여유로워 보이는 그녀와 달리 에이단은 줄곧 유지했던 긴장 때문에 조금 피로한 듯 말했다. 그뿐만 아니라 암연의 암살자들 역시 마찬가지였다.

"나와 네가 있는데 오히려 긴장은 저치들이 하고 있네."

밀리아나는 어이가 없다는 듯 말했다.

"드래곤의 성지는 그만한 곳이니까. 그래도 저들 정도의 실력이기에 아직까지 버틸 수 있는 거라네. 자네들 모닥불을 피워서 물을 좀 끓일 수 있겠나?"

알테만은 품 안에 주렁주렁 달아 놓은 약병 중 하나를 꺼내어 에이단에게 건넸다.

"이걸 마시면 조금 나을걸세."

"정신력이란 결국 믿음에서 나오는 것일 뿐이야. 믿음이 강하면 두려움도 없어지지. 카릴의 자유군이 아니라 내 부하들을 데리고 왔어도 저들보다 손이 덜 갈걸."

알테만의 말에도 불구하고 여전히 밀라아나는 불만스러운 듯 말했다.

"그렇지 않을걸. 밀라아나, 넌 용마력 때문에 잘 모르겠지만 이곳의 마력은 대륙과 달라."

카릴은 손바닥을 펼쳐 허공을 쓸었다. 그러자 그의 손바닥에는 마치 소금처럼 새하얀 입자들이 묻어났다가 사라졌다.

가루들을 털어내며 카릴이 말했다.

"이건……?"

"마력이 결정화된 거야. 어떤 이유에서인지는 모르지만 그 때문에 이곳의 공기는 무척이나 무거워. 체력의 강함을 떠나 소드 익스퍼트의 수준이 아니면 버티는 것도 힘들걸."

"흐음."

"하지만 그것도 움직임의 최소 기준일 뿐이야. 암연의 암살자들은 어릴 때부터 마력 저항에 대한 비술을 배웠으니 그나마 전투를 할 수 있는 거지."

"카릴의 말이 맞네. 공기 중에 속성석이 남아 있는 것과 같은 거지. 자신의 속성이 아닌 다른 속성석의 가루를 들이마시는 것과 같으니……. 결코 좋은 상황은 아니지."

알테만의 설명에 밀리아나는 살짝 인상을 찡그렸다.

"그럼 더 짐이 되는 거잖아? 도대체 저 녀석들을 왜 데리고 온 거야? 두 사람의 말에 더 이해가 가지 않는걸."

하지만 여전히 그녀의 핀잔에도 불구하고 카릴은 대답 대신 옅은 미소를 지을 뿐이었다.

"잠시 쉬도록 하지."

타닥…… 타닥…….

모닥불의 불씨가 아지랑이처럼 하늘 위로 물결을 그리며 피어올랐다. 알테만의 회복약을 먹은 스나켈들은 분주하게 움직였고 제법 그럴싸한 식사가 준비되었을 때 사람들은 섬에 들어와 지금까지 아무것도 먹지 않은 것을 떠올렸다.

"드시죠. 덕분에 배가 부서지지 않아 준비할 수 있었습니다."

에이단이 밀리아나에게 그릇을 넘겼다. 김이 나는 스프는 투명한데 향이 무척이나 짙어 밀리아나는 입맛을 다시며 말했다.

"살수 치고는 준비가 제법인걸."

"동방국은 임무를 맡아 대륙 각지로 나뉘어 생활하게 되니까요. 살수라지만 정보원부터 물자를 담당하는 인력까지 다양합니다. 스나켈 역시 암연 출신으로 그런 생활을 모두 겪었으니 야외 생활도 익숙할 수밖에요."

"흐음. 맛있는걸?"

밀리아나는 에이단이 건넨 스프를 맛보더니 의외라는 듯 말했다.

"다행입니다."

"하지만 식사 당번을 위한 것이라면 한둘만 있어도 충분한데 말이지."

여전한 그녀의 태도에 에이단은 쓴웃음을 지었다.

"카릴."

말과 달리 밀리아나는 순식간에 그릇을 비웠고 세 그릇째를 먹을 때가 되어서야 돌아온 카릴을 향해 손짓했다.

"어딜 다녀오는 거야?"

"잠시 화산 주위를 살피고 왔어. 레어의 입구를 찾았다. 쉬고 나면 바로 움직일 거야."

"특이한 것이라도 있나?"

"드래곤의 레어가 다 그렇듯 결계 마법이 있더군. 경보 마법과 함정 마법도 있는 것 같은데……. 아쉽게도 내 수준에서 확인할 수 있는 것들이 아니라서 어떤 마법이 걸려 있는지는 모르겠어."

알테만의 물음에 카릴은 고개를 저었다.

[드래곤만이 쓸 수 있는 혼효결계(混淆結界)다. 다중봉인이라고 하지.]

알른이 검은 형체로 나타나며 말했다.

[마도 시대 때 7인의 원로회 중 한 명이었던 판 오만의 특기기도 했는데. 여러 가지 속성이 퍼즐처럼 끼워져 있어 쉽게 깰 수 있는 것이 아니지. 그냥 들어갔다가는 백금룡에게 바로 발각될 거야.]

"그럼 레어에 들어갈 수 없다는 말인가?"

[쉽지 않다는 것뿐 깰 수 없다는 말은 아냐. 단지 판 오만의 것보다 훨씬 더 치밀하고 정교해서 어려울 따름이지. 게다가 이 녀석이 7클래스 반열에 아직 오르지 못했다는 것도 문제지.]

알테만은 알른의 말에 카릴을 바라봤다.

6클래스의 반열에 오르고 난 뒤 카릴은 드디어 알른의 지식의 보고를 새로이 열어 볼 수 있었지만 아쉽게도 대마법사의 지식을 모두 습득하지는 못했다.

"방법이 없는 것은 아냐."

하지만 의외로 카릴은 담담했다.

"다중 결계를 해제할 수는 없지만 어떤 속성의 마법이 걸려 있는지는 알 수 있으니까. 그에 맞춰 내 마력의 속성을 변화시키면 된다."

"변화라니……."

[결계를 푸는 것이 아니라 결계에 맞게 침입자의 육체를 변화시키는 일이지. 레어의 마법을 뚫는 것보다 훨씬 쉬운 일이야.]

"그런 게 가능한가?"

알테만은 알른의 말에 살짝 인상을 찡그리며 물었다. 인간은 태어나면서 오직 하나의 속성만을 가지고 태어난다. 그것은 비단 인간에게 국한된 것이 아닌 엘프든 다른 종족이든 마찬가지였다. 그런데 그런 태생의 속성을 변화시킨다니 불가능한 일이었다.

"무색의 속성을 가진 자라면 가능한 일이지."

"아……!"

알테만은 그의 대답에 낮은 탄성을 질렀다.

"그런데 이곳에 무색의 마력을 가진 사람은 자네와 그녀 둘뿐이지 않은가."

"맞아."

"……그럼 왜."

"당신과 저들을 데리고 왔느냐고?"

그가 가지는 의아함이 무엇인지 알고 있는 듯 카릴은 웃었다.

"와본 적은 없지만 예전에 들은 적이 있거든. 백금룡의 둥지가 있는 제도의 섬은 평온해 보이지만 사실 각각의 크고 작은 섬들에는 모두 마굴이 존재하고 용마력이 짙게 깔려 있다고."

"……?"

"혹시나 했는데 역시나였지. 사실 이렇게나 대기 속에 마력이 짙게 깔린 곳은 이번이 두 번째기도 해."

알테만은 무슨 말인지 이해가 가지 않는다는 표정으로 그를 바라봤다.

[클클…….]

하지만 회색교장에서 카릴에게 무색기검을 전수해 주며 마력의 공간을 만들어준 장본인인 알른은 옅은 웃음을 지었다.

"그리고 그곳에서 나는 비약적인 성과를 얻었지."

"그게 지금 무슨 상관인데?"

밀리아나의 물음에 카릴은 대답했다.

"여기야말로 능력을 상승시킬 최적의 장소라는 말이지. 만약 이곳에서 자유롭게 본래의 실력을 모두 낼 수 있다면 대륙에서는 2배, 아니, 3배 이상의 힘을 가지게 될 거다."

카릴은 에이단과 주크 디 홀드를 바라봤다.

"마음 같아서는 더 많은 인원을 데리고 오고 싶었지만 여기서 버틸 수 있는 최소한의 능력을 가진 자들이어야 해서 말이야. 그게 너희들이지."

두 사람은 그의 시선에 흠칫했다.

확실히 이곳에 와서 카릴과 밀리아나의 압도적인 무력에 자신들과 얼마나 큰 차이를 가지는지 절실히 느끼고 있었기 때문이다.

“암연의 살수들. 개개인의 전투 능력이 뛰어나며 암살자라서 생존능력도 탁월하지. 뿐만 아니라 마력의 저항 역시 높아서 죽지 않을 가능성이 가장 높거든.”

“죽지 않을 가능성이라뇨……?”

에이단은 순간 등골이 오싹한 기분이 들었다.

카릴이 웃었기 때문이다.

저 미소. 뭔가를 이미 계획하고 있다는 의미였으니까.

“다들 충분히 쉬었지?”

콰아아아아앙-!!

그때 거대한 오랑우탄같이 생긴 몬스터들이 일제히 수풀을 뚫고 튀어나왔다.

“훈련 시간이야.”

크아아아아아아아!! 크아악!!

여기저기에서 몬스터의 포효 소리가 들렸다.

“버거스터보다는 좀 더 수월할 거야. 하지만 무리의 수는 그에 3배는 될 테니 조심하는 게 좋아.”

“조심해!!”

에이단과 주크 디 홀드는 들고 있던 그릇을 냅다 던지며 녀석들의 공격을 피했다.

"이게 무슨……!"

"갑자기 어디서 튀어나온 거지?!"

아쉽게도 카릴의 설명을 제대로 들을 수 있는 사람은 없었다. 혼란스러운 상황에서 밀리아나가 어이없다는 듯 물었다.

"너……. 설마 레어를 조사하러 간 게 아니라 몬스터들을 부르러 간 거였어?"

"겸사겸사."

"버거스터가 있다면 다른 마물들도 있을 거라고 생각했거든. 백금룡 그놈이 어디까지 타락을 부릴 수 있는지 말이야. 뭐, 그것과 별개로 다행히 적당한 녀석들이 있더군. 게다가 조금 전에 너 혼자 쓸어버린 덕분에 나에 대한 경계심은 좀 없었나 봐. 몇 마리 죽여 버리니 금세 달려오던데."

"……미친."

밀리아나는 순식간에 벌어진 몬스터들의 습격에 황급히 검을 뽑으려 했다.

"그만둬. 넌 나와 간다."

"뭐?"

"내가 저들을 데리고 온 이유를 말했잖아. 네 말대로 백금룡의 레어를 공략하는 건 우리로 충분해. 저들을 데리고 온 것은 이곳에서 그들의 실력을 한층 더 올리기 위함이지."

콰앙-! 콰가가강-!!

사방에서 폭음이 터져 나왔고 스나켈들은 일사불란하게 몬스터들의 주위를 포위하기 시작했다. 그래도 버거스터를 사냥했던 이력이 있어서 그런지 처음보다 그들의 움직임은 훨씬 더 매끄러웠다.

"그리고 알른의 말을 들었지? 알테만. 저들은 당신에게 맡기지."

카릴의 말에 알테만은 쓴웃음을 지으며 어깨를 으쓱했다.

"이거 한 방 먹었는걸. 나를 데리고 온 이유가 저들의 조력자로 사용하기 위함이었군."

"확률은 반반이었어. 레어에 걸린 결계를 당신이 통과할 수 있다면 생각을 달리하려 했었으니까. 하지만 용마력이 없다면 통과할 수 없어. 뭣하면 확인을 해도 좋아."

"아닐세. 자네 말이 맞겠지. 내가 저들을 돕도록 하지. 아무래도 저들만 놔두는 것도 위험한 일일 테니 말이야."

알테만은 고개를 저었다.

"북부의 스승이라는 명성만큼 저들에게 좋은 가르침을 부탁하지."

"훗……."

"그들은 제국 전쟁에서 주요한 전력이니까. 대전쟁이라도 꼭 많은 피를 흘릴 필요는 없다고 생각한다. 나는 저들로 하여금 수뇌부들을 정리하도록 할 거야."

"그래서 이곳을 저들의 수련의 터로 잡았다는 말이야? 금역이라 불리는 드래곤의 성지를 고작 훈련장으로 삼다니…….

너 같은 인간은 없을 거야."

밀리아나의 말에 카릴은 그저 옅은 웃음을 지었다.

"악랄하긴."

밀리아나는 몬스터들의 무리에 부하들을 던져놓고 아무렇지 않게 걸음을 옮긴 카릴을 바라보며 말했다. 하지만 그녀 역시 말과 달리 얼굴에는 기대가 되는 듯 웃음을 띠었다.

"이스트리아 삼국전에서 암연의 살수들을 본 적이 있다. 그들의 실력은 나쁘지 않지만 동방국이라는 우물 안에서 이미 세계가 변했음을 체감하지 못하고 있는 듯싶더군."

카릴은 나지막하게 말했다.

만약 전생이었다면 그들의 실력도 충분히 대륙에 통할 것이었다. 하지만 밀라아나의 용마력이 그렇듯 타투르의 자유군을 비롯해서 공국의 병력까지 카릴에 의해 대륙의 전력은 전체적으로 상승되었다.

그러나 이러한 변화와 달리 동방국은 아무런 영향을 받지 않아 전생의 수준 그대로였다. 그것을 증명하기라도 하듯 사이몬 코덴이 에이단에게 패배하지 않았는가.

'제국과의 전쟁은 기껏해야 한 달 남짓 안에 시작될 거다. 암연의 실력을 단기간에 올리기 위해서는 실전만큼 좋은 것도 없지.'

카릴은 자신의 예상과 맞아떨어짐에 기분이 좋았다.

"앞으로 암연은 에이단에게 맡기도록 할 거다. 이참에 서로 합을 맞춰두는 것도 좋겠지."

전생에 에이단은 이미 유성이라 불리는 제국의 정보 단체를 이끌었던 인물이다.

그보다 더 암연을 잘 이끌 수 있는 사람은 없다고 여긴 카릴은 이번 약속의 땅에 그들을 불러들인 것이었다.

"하여간…… 당신 계책을 예측할 수 있는 자가 과연 있을지 궁금할 따름이야."

밀리아나는 피식 웃으며 앞을 바라봤다.

우우우웅…… 우웅…….

두 사람이 화산 아래 커다란 동굴 앞에 서자 입구에 유리처럼 투명한 막이 파르르 떨렸다. 밀리아나는 양손으로 막을 밀자 마치 슬라임 속으로 손을 집어넣는 것 같은 끈적거리는 기묘한 기분이 들었다.

"확실히 마력이 느껴지는군. 용마력이 아니라면 알아차리지 못했을 거야."

그녀의 말에 카릴은 고개를 끄덕였다.

'드디어…….'

카릴은 입구에 발을 들여놓으며 떨리는 마음으로 주위를 훑었다.

전생에도 와보지 못한 백금룡의 둥지.

"미로로군."

밀리아나는 레어에 도착하고 난 뒤의 감상을 짧게 얘기했다.

"레어는 처음이지만 썩 낯설지는 않아. 마치 마굴을 보는 것 같은걸. 설마 드래곤의 레어도 일종의 마굴인 것은 아니겠지."

"글쎄. 그럴 가능성은 낮아 보이지만……. 만약 그렇다면 레어는 가장 오래된 마굴이겠군. 대륙에 남아 있는 것 모두가 족히 천 년은 가볍게 넘었으니까."

"천 년 된 마굴이라……. 확실히 드래곤이라면 그에 걸맞은 보스 몬스터겠어."

쿠그그그그…… 쿠웅.

레어 안쪽으로 걸어 들어갈수록 이따금 땅이 울리는 듯한 소리가 들렸다.

한 걸음, 두 걸음. 얼마의 시간이 흘렀을까.

밖에서 흐릿하게 들려오던 전투 소리가 완전히 사라지고 이따금 땅이 흔들리며 내던 소리마저 사라졌을 때 카릴은 걸음을 멈추었다.

"다른 건 몰라도……."

미로라고 말했던 밀리아나는 처음과 달리 묘하게 자신 있는 걸음걸이로 앞을 나아갔다.

마치 그녀의 몸에 있는 엘프와 드래곤의 용마력이 그녀를 이끌고 있는 것처럼 보였다.

제법 오랫동안을 가다 보니 처음에는 흙가루라고 생각했던 잔해들이 점차 큼지막한 덩어리들이 되어 바닥에 깔리기 시작했다.

"백금룡이란 놈. 취미 한번 고약한 건 알겠어."

조금 더 안쪽으로 계속 들어가자 바닥에 널브러져 있는 덩어리들은 형태를 갖추었고 그것이 팔이나 다리 혹은 몸통이나 엉덩이와 같은 조각의 잔해라는 것을 알 수 있었다.

흩어진 잔해들이 마치 잘려 나간 시체처럼 보여 밀리아나는 인상을 구겼다.

게다가 특이한 점은 대부분의 조각상 잔해들이 다리가 안쪽으로 머리가 바깥쪽을 향해 있다는 점이었다.

"이게 뭐지? 부서진 석상들을 이런 식으로 바닥에 잔뜩 놔두다니……. 제국의 귀족들처럼 몬스터의 시체를 박제해 놓는 괴상한 취미 같은 건가?"

툭-

카릴은 바닥에 부서진 조각상의 손을 발로 건드렸다.

"아니."

그러고는 나지막하게 말했다.

"이건 진짜 인간이다."

파악-!!

약간의 힘을 주자 부러진 조각상의 손이 태우고 남은 유골처럼 가루가 되며 바스라졌다.

"……뭐?"

그 순간 미로의 끝에 커다란 광장과 같은 거대한 공간이 그들의 눈앞에 나타났다.

레어의 중심부.

밀리아나는 눈 앞에 펼쳐진 광경에 입을 다물지 못했다.

"이게……. 도대체 뭐야?"

그 안에는 마치 거대한 무덤을 보는 것처럼 벽면 안쪽에 셀 수 없는 관들이 빼곡하게 들어 있었다.

[놈이 우리를 가지고 실험을 했다는 것이다.]

[무엇을?]

[종족의 가능성.]

그 순간 북부를 떠나기 전 나누었던 대화들이 마치 주마등처럼 하나둘 다시 떠오르며 퍼즐이 맞춰지듯 합쳐지기 시작했다.

[적어도 확실한 것은 놈이 오랜 세월을 걸쳐 계획을 준비해 왔다는 사실이겠지.]

그 증거가 바로 저들이다.

▶Chapter 7◀

"이게 다 시체라니……."

밀리아나는 카릴의 말에 여전히 믿을 수 없다는 눈치였다.

[불가능한 것도 이상한 것도 아닌 일이지. 레어 밖에 있는 알테만이 산증인이지 않으냐. 슬레프라는 것이 왜 생겨났겠어. 마도 시대에 마법사들도 엘프뿐만 아니라 노움과 드워프를 포함해서 모든 종족을 실험 대상으로 쓴 것을.]

알른은 거대한 레어의 실험실을 살피면서 나지막하게 말했다.

[물론 우리의 연구를 옹호하려는 것은 아니다. 비윤리적인 일이라 해도 어쩔 수 없는 일이지. 발전의 이면에는 언제나 어두운 그림자가 있는 법이니까.]

그는 말을 이어갔다.

[의학의 발달 역시 그러하지 않은가. 인간의 몸을 해부하고

뜯어보고 난 뒤에 알 수 있었지. 마법 역시 마찬가지다. 적용하고 실험하며 발전을 거듭한 것이니까.]

"미친. 그거랑 그게 어떻게 같아? 당신은 자신의 잘못을 옹호하진 않지만 반성하려 하지도 않는군."

밀리아나는 그를 바라보며 말했다.

[신념의 차이니까.]

"말 같지도 않은 소리를 하고 있네. 그게 지금 백금룡이 한 짓과 뭐가 달라?"

쾅-!!

그녀는 벽에 있는 수많은 관 중 하나를 거칠게 뽑아내며 말했다.

"죽음이란 적아의 구분을 떠나 존경받아야 하는 법이다. 실험 대상으로 상대를 이용한다 한들 적어도 그 죽음에 대한 죄책감을 가지고 있어야지."

관 안에는 아무것도 없었다. 요란한 소리와 함께 관이 부서지고 그 안에는 검은 먼지만이 피어올랐다.

[죄책감? 애 같은 소리 하지 마라. 자기 손으로 죽여놓고 미안함을 가지는 게 네가 말하는 죽음에 대한 경건함인가? 그건 자기 위안에 불과해. 성스러운 죽음 따윈 없다. 죽으면 그만이야. 시체일 뿐이지. 장작으로도 쓸모없는 뼈다귀들이 쓰일 곳은 언데드로 부활 되는 일뿐이다.]

"너……!!"

그녀는 뭔가 화가 난 듯 알른을 노려봤지만 더 이상 뭐라 말을 하지 못했다. 서로 다른 굳건한 신념은 부딪힐 수밖에 없었다.

오랜 대륙의 역사에서 절대적으로 무엇이 옳고 무엇이 그르다를 누가 평가할 수 있을까. 제국은 많은 피를 흘렸지만 대신 많은 백성을 제국이라는 영토 안에 살게 했으니 흘린 피가 꼭 죄악이라고만 볼 수 없는 것과 같을 것이다.

"그만."

카릴이 결국 두 사람을 막았다.

"중요한 건 녀석이 이곳에서 실험을 했다는 것이겠지. 이 안에 있던 시체들이 꼭 인간만이라고 볼 수 없을 것이고 말이야."

[우리의 예상이 틀리지 않았다는 증거겠지.]

"무슨 연구를 했을까."

[글쎄…….]

카릴은 조금 전 밀리아나가 부서뜨린 관의 조각을 들어 살폈다.

즈잉…….

조각을 잡은 손끝을 타고 옅은 빛이 번뜩였다가 사라졌다.

"음?"

찰나의 변화에 카릴이 다시 조각을 살피려고 할 때였다.

쿵- 쿵- 쿵-

홀 안으로 들려오는 발걸음 소리.

"뭐지?"

밀리아나는 본능적으로 검의 손잡이에 손을 올리고는 카릴의 등 뒤로 돌아서며 말했다.

[크르르르르……]

그 순간 홀 안쪽에서 낮은 으르렁거림이 들렸다.

"드래곤의 레어 안에 몬스터라니?"

[놈이 키우는 애완견이라도 되는 건가.]

밀리아나와 알론의 물음에 카릴은 안쪽을 주시하면서 말했다.

"아니면 비밀을 지키는 파수병일지도."

콰앙-!!

날카로운 폭음과 함께 연기 속에서 뭔가가 두 사람을 덮쳤다.

"……!!"

밀리아나는 황급히 마력을 끌어올려 한쪽 팔에 용족화를 걸어 얼굴을 가렸다.

퍼억!!

그러나 아찔한 충격과 함께 그녀의 몸이 그대로 앞으로 고꾸라졌다.

쿵!!

바닥에 쓰러진 그녀의 몸이 마치 공을 차듯 또 한 번 튕겨 오르더니 퍼억! 하는 충격음과 함께 수십 미터 떨어진 벽으로 날아가며 떨어졌다.

"크헉……! 쿨럭!"

벽에 처박힌 그녀가 비틀거리며 일어서려다가 그대로 휘청거리며 피를 토해냈다. 약속의 섬 상공을 날던 야생 드레이크를 힘으로 길들이고 버거스터를 찢어발긴 그녀가 순식간에 당해 버린 것이다.

츠츠츠츠츠츠…….

먼지가 사그라들며 붉은 안광을 뿜어내는 적을 바라보며 알른이 나지막한 목소리로 말했다.

[키메라로군.]

먼지가 걷히자 녀석의 모습이 눈에 들어왔다.

[하지만 저런 괴상한 모습은 뭐지?]

[합성체라지만 저런 괴물은 또 처음이로군.]

라미느의 말처럼 괴상하기 짝이 없는 모습. 마치 피를 뒤집어쓴 것 같은 붉은 피부에 머리는 개구리의 것을 하고 있었고 몸통은 메뚜기처럼 뒷다리가 커다랬으며 날개는 파리의 것 같이 투명했다. 게다가 마치 종기가 난 것처럼 녀석의 머리에서는 진물이 흘러나오고 있었다.

하지만 카릴의 머릿속에 떠오르는 것이 있었다.

최초의 타락들. 10개의 재해(Ten Disasters).

놀랍게도 저 괴물의 안에는 최초 타락들의 모습이 부분적으로 모두 들어 있었기 때문이다.

첫 번째 타락, 혈(血)의 핏덩이와 같은 피부부터 두 번째 타락인 헤트(Hekhet)의 개구리 모습까지.

녀석은 타락의 혼합물 같았다.

[그런데 모습도 이상하지만 그것보다 더 이상한 것은 저 괴물에게서 느껴지는 기운이다.]

[……그렇군.]

에테랄과 두아트가 키메라를 바라보며 말했다. 특히 마지막 대답을 한 두아트는 마치 탄식을 하는 것 같은 무거운 목소리였다.

[어떻게 저 괴물에게서 빛과 어둠 두 가지의 힘이 동시에 느껴지지?]

"빛……?"

[그래. 비록 어둠이 지배적이지만 분명 있다. 2대 광야인 나는 확실히 느낄 수 있지. 저 괴물 안에 라시스의 힘이 들어 있어.]

그 순간. 카릴은 기억 속 천년빙동의 금발 남자를 떠올렸다. 빛의 정령왕과 관련된 그는 분명 전생에서는 봉인이 풀려 그곳에 없었다.

'저 괴물이 나르 디 마우그의 연구의 결과물이라면 녀석이 빛의 정령왕과 관계있다는 말이 되겠지.'

그 말은 곧 천년빙동의 봉인과 백금룡이 연결 고리를 가지고 있다는 의미이기도 했다.

[어떻게 할 거지?]

"어떻게 하긴. 조금 전 당신이 그랬잖아. 놈이 뭘 가지고 있는지 확인하기 위해서는 해부를 해봐야지. 놈을 잡는다."

"카릴, 조심해."

밀리아는 벽에 기댄 채 말했다. 그러고는 자신의 팔을 바라봤다. 조금 전 용족화를 풀자 조금 전 키메라를 막았던 팔이 시퍼렇게 멍이 들어 있었다.

'이대로는 검을 쥘 수 없겠군.'

단 일격이었다. 눈 앞의 괴물은 자신의 비기를 단 일격에 무용지물로 만들어 버린 것이다.

"제길, 제대로 붙는다면 다시는 안 져."

밀리아나는 억울한 듯 말했다.

"저런 괴물이 또 있진 않겠지?"

"앞으로 잔뜩 보게 될 거야."

"……뭐?"

"그러니 더욱 단련하도록 해. 용이 되는 것에서 그치지 않고 용을 죽일 수 있는 힘이 되도록 말이야."

카릴의 말에 밀리아나는 살짝 얼굴을 찡그렸다.

저벅- 저벅- 저벅-

천천히 걸음을 옮겼다. 조금 전 밀리아나를 단숨에 잡았던 것과 달리 키메라는 어쩐지 신중한 모습이었다.

"밀리아나를 저렇게 만들다니. 어느 정도 일지 궁금한걸. 천년빙동에서 얻은 힘을 시험해 볼 좋은 기회겠어."

어쩐지 눈앞의 엄청난 괴물을 두고도 카릴은 즐거운 듯 말했다.

[조심해라. 레어 전체가 무너질 수도 있어.]

"그건 그것대로 좋겠지. 이 빌어먹을 장소가 완전히 사라지는 게 구역질 나는 내 속을 조금은 진정시켜 줄 수 있을 것 같으니까."

카릴은 키메라를 향해 라크나를 뽑았다.

즈으으앙……!!

검날이 없는 손잡이에서 처음에는 우윳빛의 오러 블레이드가 만들어졌다.

즈즉…… 즈즈즉……!

순수한 용마력 위에 비전력이 더해지자 검날은 보랏빛으로 변했다. 카릴은 천천히 검을 앞으로 겨누었다.

뭔가 심상치 않음을 감지한 것일까. 키메라는 자신을 겨눈 검 끝을 주시하며 뒤로 몇 발자국 물러서며 개구리 같은 얼굴과는 어울리지 않는 날카로운 송곳니를 드러냈다.

[크르르르…….]

녀석의 기다란 혓바닥이 마치 채찍처럼 사방으로 휘둘러지자 여기저기 벽이 요란하게 부서지며 바위들이 머리 위로 떨어졌다.

"이건……."

밀리아나는 홀을 가득 채우는 숨이 막힐 것 같은 진한 마력에 자신도 모르게 몸을 부르르 떨었다.

단 한 번도 경험해 보지 못한 기세.

'6클래스를 뛰어넘었어……?'

그녀는 레어에 들어오기 전에 알른이 분명 카릴이 7클래스에 도달하지 못해서 다중봉인을 풀지 못한다고 했었다. 하지만 지금 그의 마력은 결코 6클래스의 수준이 아니었다.

'알테만을 속인 거로군.'

밀리아나는 옅은 미소를 지으며 카릴을 바라봤다.

카릴은 천년빙동의 비밀을 알려준 알테만이었지만 그를 완벽하게 신뢰하진 않았다. 그러기엔 아직 서로가 겪은 시간이 부족하거니와 어찌 되었든 그가 나르 디 마우그와 관련이 있다는 것은 사실이었으니까.

백금룡에 대한 비밀을 찾기 위해 온 이곳에서 카릴은 일부러 봉인을 핑계로 그와 떨어져 레어 안으로 들어온 것이었다. 치밀해야 했기에 어쩔 수 없는 일이었지만 단지 그녀는 자신도 눈치채지 못했다는 것이 아쉬울 따름이었다.

'검술로도 모자라서 카릴, 넌 어느새 인간의 한계라 불리는 7클래스에 도달한 것인가.'

꿀꺽-

그녀는 긴장한 듯 자신도 모르게 마른침을 삼켰다.

대마법사라 할 수 있는 7클래스. 그리고 검의 극의라 할 수 있는 소드 마스터. 서로 완전히 극과 극이라 절대 함께할 수 없는 불가침의 영역이었다. 시간이 흐를수록 그러한 생각은 굳어졌다.

누구도 이에 대한 반론을 제시하지 않았다. 인간에게 주어진 시간은 기껏해야 100여 년 남짓이었으며 그 시간 동안 배울 수 있는 것은 한계가 있었으니까.

당연한 일이었다. 한평생을 쏟아부어도 검과 마법 중 하나의 영역에 통달할 수 있는 것도 천부적인 재능을 가진 자만이 가능한 일이었으니까. 하지만 그 합일의 주인공이 지금 밀리아나의 눈앞에 있었다.

그것을 가능케 한 것. 단지 두 번의 삶이라는 기적 때문만은 아니다. 기회를 놓치지 않고 자신의 힘으로 꽉 움켜쥐었기에 정설로 굳어진 검과 마법의 규율을 깨뜨릴 수 있게 된 것이다.

'내가 따르는 남자라면 이 정도는 돼야지.'

카릴이 천년빙동 안에서 뭔가를 얻었다는 것은 짐작했지만 이 정도일 줄은 몰랐다.

밀리아나는 자신도 모르게 입꼬리를 올렸다.

"역사가 바뀌는 순간을 나 혼자서 본다는 것이 아쉬울 따름이로군."

일순간 그에게서 폭발하듯 쏟아진 마력에 전신에 털이 쭈뼛서는 기분이 들었다.

그 순간 카릴의 검날이 은회색으로 변했다.

검귀술(劍鬼術).

콰가가가가가가-!!

우레와 같은 소리와 함께 그의 라크나가 키메라를 향해 쏟아졌다.

크앙-!!

검이 마치 울음소리를 토해내듯 울었다.

쾅!! 콰광-! 콰가가가가가강……!!

수십, 수백의 검격의 합이 소나기처럼 쏟아지자 키메라의 머리가 사정없이 휘청거리며 뒤로 주르륵 밀려갔다.

녀석의 발아래 지면이 부서지며 바닥을 긁자 너부러져 있던 시체들이 부서지면서 흙먼지를 일으켰다.

카릴의 공격은 멈추지 않았다. 낙뢰가 떨어지듯 라크나가 키메라의 정수리를 노렸다. 비틀거리며 정신을 차리지 못하던 몬스터는 본능적으로 쏘아내듯 혀를 내밀어 공격을 막았다.

즈앙-!! 즈으응-!!

하지만 형체가 없는 카릴의 은회색 검날은 오히려 키메라의 혀를 토막 내며 쇄도해 들어갔다.

"엄청나……. 저게 7클래스의 마력을 가진 소드 마스터의 영역이라는 건가."

밀리아나는 압도적으로 밀어붙이는 카릴의 모습에 매료된 듯 중얼거렸다.

[헛다리 짚었어.]

그 순간, 알른은 밀리아나에게 말했다.

"뭐?"

[확실히 천년빙동에서 저 검술을 얻은 것은 맞다. 하지만 그가 얻은 것은 검술뿐이지 마력을 얻은 것은 아니다. 7클래스의 반열은 그저 검을 통해 스스로 깨우친 것이지.]

"그게……."

[무슨 의미냐고?]

알른은 클클 거리며 웃었다.

[키메라를 상대로 전력으로 싸우고 있다는 게 아니란 말이지. 지금 그의 공격에는 7클래스의 마력이 담겨져 있지 않거든. 그저 검귀의 검술만으로 싸우고 있다는 말이다.]

카릴은 천년빙동에 있던 벽화 속에서 검귀의 흔적을 쫓아 검술을 완성시켰다.

하지만 그는 직감했다. 그것이 완벽한 것이 아님을.

위대한 마법이라 불리는 마력의 힘이 더해져야 블레이더의 진짜 힘을 끌어낼 수 있었던 것이다.

하지만 카릴은 쉽사리 납득하지 않았다. 비록 위대한 마법에 못 미칠지언정 자신에게는 정령왕의 지혜와 대마법사의 지식이 있었으니까.

[녀석은 우리를 이용해서 그 짧은 시간에 새로운 검술을 만들어냈지. 어쩌면 천년빙동에서 녀석이 얻은 진짜 비기는 그것이라 할 수 있겠지.]

알른은 나지막하게 말했다.

[진짜 그랜드 마스터(Grand Master)의 검술.]

그는 카릴을 바라봤다.

[우리는 이렇게 명명(命名)했다.]

밀리아나는 요란한 굉음 속에서도 알른의 목소리가 정확히 꽂히는 듯 들렸다.

섬격(殲擊).

파앗-!!

카릴의 몸이 섬광처럼 빠르게 키메라의 머리 위로 튀어 올랐다.

[카아아악!!]

눈으로 좇을 수 없는 속도였지만 녀석은 본능적으로 카릴의 궤도를 예측하며 커다란 혓바닥을 내밀었다.

츠으으윽……!!

채찍처럼 휘어지는 기다란 혓바닥 아래로 뜨거운 김을 뿌리는 독액이 떨어졌다.

"실드(Shield)."

그가 위에서 아래로 손바닥을 내려긋자 주위로 우윳빛의 막이 생겼다.

치지지직!!

키메라의 독액이 닿는 순간 새하얀 연기가 나며 순식간에 실드가 와해되었다. 하지만 비록 한 번뿐이더라도 녀석의 공격을 막은 것이 중요했다.

찰나의 빈틈 속에서 카릴의 인영이 움직였다.

파르르르……!!

공격을 피하기 위해 투명한 날개를 연신 움직였다. 주위의 포자처럼 새하얀 분진이 날개에서 떨어져 흩어졌다.

쾅! 콰강!! 콰가가가가가강!!

날개에서 흘러나온 가루들은 공기에 닿자마자 모조리 굉음을 내며 폭발하기 시작했다.

"플레어(Flare)."

카릴은 오히려 그 가루를 피하려 하지 않고 응축시킨 초고온의 화염을 밀어 넣었다. 그러자 연쇄적인 폭발을 하던 가루들이 일순간 한꺼번에 콰앙! 하는 소리와 함께 사라졌다.

가루가 폭발한 그 공간은 마치 공기가 사라진 듯 아주 잠깐 텅 비었고 키메라의 모습이 선명하게 보였다.

은신을 하던 가루들이 사라지자 녀석은 당황한 듯 힘껏 바닥을 차며 뛰어올랐다. 메뚜기의 뒷다리처럼 생긴 몸통은 엄청난 도약력으로 카릴의 머리 위로 올라섰고 등에 달린 날개가 파르르 떨렸다.

"록 스톰(Rock Strom)."

카릴의 주위로 5개의 돌기둥이 교차 되듯 솟아오르며 녀석의 몸을 가로막았다.

콰앙!

키메라는 자신의 속도를 이기지 못하고 돌기둥에 부딪히며 비틀거렸다.

[크륵?!]

녀석은 개구리의 머리답게 커다란 눈알을 굴리며 아래를 바라봤다.

그가 품 안에 있던 아그넬을 꺼냈다. 메뚜기 같은 두꺼운 뒷다리를 이용해서 황급히 뛰어오르며 도망치려 했지만 녀석의 움직임보다 카릴의 검이 더 빨랐다.

콰직-!!

카릴은 녀석의 딱딱한 등껍질 위에 올라타서는 그대로 머리를 짓눌렀다.

[카각!!]

키메라가 비명과 함께 충격에 입을 다물자 녀석의 긴 혓바닥이 축 늘어졌다.

"가만히 있어. 아직 조준이 어려우니까."

마치 단두대에서 사형수의 목을 치는 것처럼 카릴은 키메라의 뒷덜미를 향해 두 자루의 검을 교차시켰다.

우으으응……!!

아그넬과 라크나가 마치 서로 반응하듯 떨렸다. 카릴이 라크나의 검날 위로 아그넬을 비껴 나가듯 내려치자 사방으로 불꽃이 튀었다. 교차된 두 검의 지점에서 날카로운 검기가 응축되며 쏟아졌다.

파카카카캉……!!

지금까지와는 다른 검격. 아그넬의 검날에 피어오르는 화염과 함께 검귀의 검술이 라크나에서 펼쳐졌다.

"저게……."

밀리아나는 고작 카릴의 주위가 번뜩였다는 것밖에 알아차리지 못했다. 단지, 들려오는 것은 폭발 소리와 함께 후폭풍으로 밀려오는 거센 바람.

"크."

그녀는 홀을 가득 채우는 열기와 먼지에 황급히 얼굴을 감싸며 고개를 돌렸다.

[어떠냐. 소드 마스터라 할지라도 반응할 수 없을걸.]

알른의 목소리가 나지막하게 들렸다.

무슨 일이 일어난 것인지 알 수 없었다.

"……."

밀리아나는 그저 멍하니 흙먼지가 가라앉을 때까지 기다릴 수밖에 없었다. 어느새 정신을 차리고 봤을 때 카릴이 한쪽 다리로 키메라의 잘린 목을 밟고 그 옆에 서 있다는 것만을 확인할 수 있었다.

"카릴이 여정을 끝낸 뒤 아그넬을 무덤에 돌려주겠다는 이유가 바로 저 때문이지. 라크나는 마력 그 자체로 만들어진 검날이기에 형태를 유지하기 위해 마력 자체를 응축하는 것에 어려움이 있다. 하지만 아그넬은 반대거든.]

알른은 마치 그가 싸운 것처럼 카릴보다 더욱 신이 난 모습으로 말했다.

[같은 청린으로 만든 무구라 하더라도 신기하게도 저 북부의 검만은 다르더란 말이야. 순도 100%의 완벽한 청린으로 된

아그넬의 날은 라크나가 하지 못하는 마력의 응축을 가장 완벽하게 할 수 있는 도구였다. 어쩌면 아그넬과 라크나는 세트일지도 모르지. 진실된 대전사(大戰士)를 위한 무구.]

"……됐어. 설명이 길어. 구구절절이 얘기하지 않아도 저게 얼마나 말도 안 되는 힘이라는 건지 알겠거든?"

밀리아나는 그의 말에 피식하며 웃었다.

하지만 알른의 모습은 마치 애지중지하는 제자의 성장을 바라보는 것 같이 보였다.

[아니. 넌 모를걸.]

"뭐?"

[네 말대로 나 같은 것과는 비교할 수 없는 영역에 있는 녀석이지. 하지만 중요한 것은 저게 미완성이라는 것이다.]

알른은 팔짱을 끼며 카릴을 향해 턱을 움직였다.

[우습게 들릴지 모르지만 내 원한 따윈 이제 아무래도 좋다. 내 욕심이라면 그가 검술뿐만 아니라 나머지 반쪽인 마력을 얻어 완벽하게 위대한 마법을 구사할 수 있는 것을 보는 것이겠지.]

그는 어깨를 으쓱했다. 마력과 검의 극의는 힘을 탐구하는 자에게 달콤한 유혹과도 같은 것이었으니까.

[뭐, 물론 그 힘으로 백금룡의 목을 잘라 버린다면 더 좋겠지만.]

콰직……!!

알른의 말이 끝남과 동시에 키메라의 잘린 머리가 박살이

났다. 산산이 부서진 거대한 개구리의 얼굴 잔해 위에 서 있는 카릴은 아그넬과 라크나를 집어넣으면서 낮은 숨을 토해냈다.

"……."

저릿저릿한 손목.

단 한 번 힘을 발산한 것인데도 충격 컸다.

'위력을 줄였는데도 반발력이 이 정도라면 마력을 최대로 끌어올렸을 땐 손목이 날아가겠군.'

어쩐지 카릴은 그런 생각을 하면서 기쁜 듯 보였다.

반발력이 강한 기술은 그만큼 사용하기 어렵다는 생각에 조심스러워지는 것이 보통이었다.

'팔 하나 주는 것 정도는 아무것도 아니지. 확실하게 적의 목에 검을 박아 넣을 수만 있다면.'

하지만 그는 달랐다. 어려운 기술일수록 그 위력도 강하다 여겼으니 오히려 더 집중하게 만들게 되는 일이었다.

강함에 대한 욕망. 그 진실된 욕구가 지금의 카릴을 만든 것임을 부정할 수 없는 일이었다.

앞으로 자신이 상대해야 할 적은 인간이 아니었으니까. 온전한 상태로 이길 수 있을 만큼 쉬운 상대가 아님을 애초에 다짐하고 있었으니 말이다.

촤아악-!!

카릴은 키메라의 단단한 껍질로 되어 있는 몸통에 검을 박아 넣으며 있는 힘껏 아래로 잡아당겼다. 그러자 녀석의 몸통

안에서 시커먼 점액이 흘러나왔다. 쏟아진 점액은 바닥에 닿자 시커먼 연기로 산화되었고 껍질 안에는 아무것도 없이 텅 비어 있었다.

[근육이나 뼈가 없군. 그런데도 움직일 수 있다니……. 골렘도 기본적인 뼈대는 있어야 하는데 말이지. 흐음…… 이것 역시 마법적인 술법이 들어간 건가? 확실히 평범한 마물은 아니란 말이로군.]

알른은 키메라를 살피며 말했다.

[이건 확실히 나나 불멸회가 연구했던 암흑력으로만 만들어질 수 있는 것이 아냐. 정령왕의 말대로 빛의 힘이 가미된 것인데……. 나르 디 마우그가 어떻게 빛의 힘을 가지고 있었던 거지?]

알른은 키메라의 시체를 살피면서 말했다.

"나르 디 마우그."

파슥-!

카릴은 단단한 키메라의 등껍질을 부서뜨리며 나지막하게 말했다.

"네놈은 도대체 여기서 뭘 하고 있었던 거지?"

그때였다.

"카릴 맥거번."

레어 안으로 발을 들여놓은 직후 그에게 들려오는 옅은 목소리.

"……!!"

카릴과 밀리아나는 황급히 고개를 들었다.

퉁- 퉁- 퉁-

어두운 레어 안에 통로 양쪽으로 횃불이 순차적으로 켜지고 벽면을 빼곡하게 채우는 마법진들이 복잡하게 그려져 있었다.

그 끝에 서 있는 한 소녀.

카릴은 자신을 바라보는 소녀의 눈동자가 하나는 금색이었고 다른 하나는 은색이라는 것을 단번에 알아차렸다.

"오드 아이(Odd Eye)……?"

밀리아나는 대륙에서 볼 수 없는 이질적인 그 눈동자를 가진 소녀를 경계하며 말했다.

"그분의 전언(傳言)입니다."

하지만 소녀는 그녀의 물음은 상관없다는 듯 오직 카릴을 주시했다.

'눈치채지 못했다.'

카릴은 살짝 긴장된 얼굴로 소녀를 바라봤다.

이런 괴상한 장소와는 전혀 어울리지 않는 소녀인데도 신기하게도 위화감이 전혀 없었다.

'설마…….'

카릴은 그녀의 오드 아이를 주시했다. 대륙엔 혼종이 많고 두 개의 눈 색깔을 가진 사람도 더러 있었으니 놀랄 일은 아니었다. 하지만 그가 주시한 것은 그녀의 눈동자의 색깔이었다.

은빛과 금빛. 두 개의 색이 가지는 의미는 특별하다. 모두 인간의 것이 아니기에.

카릴은 불멸회의 나인 다르혼이 했던 말을 떠올렸다. 대륙에서 저 두 색을 모두 가지고 있는 유일한 인간은 단 한 명뿐이었으니까.

"라엘……?"

조각처럼 아름다운 소녀는 카릴을 향해 자신의 이름을 말했다.

"라엘 스탈렌입니다."

그녀는 가슴에 손을 얹고는 마치 인사를 하듯 가볍게 고개를 숙이고는 말했다.

카릴은 심장이 미칠 듯이 뛰었다.

'저 꼬마가…….'

대륙을 미치게 만든 광신도들을 이끈 광신교의 교주일 줄이야.

자신이 그토록 찾았던 베일의 인물을 여기서 만날 줄은 카릴조차 생각하지 못한 일이었다.

'헤임에서 찾을 수 없었는데 여기서 도대체 뭘 하고 있는 거지? 아니, 정말로 내가 알고 있는 라엘이라면……. 그녀가 백금룡과 직접적인 관계가 있던 건가?'

혼란스러운 눈빛으로 그녀를 바라봤다.

앞으로 자신의 미래가 어찌 변할지 모를 그녀는 아무것도 모르는 맑은 표정으로 그저 카릴에게 말을 이어갔다.

"백금룡의 전언을 전하기 위해 기다리고 있었습니다. 이곳에 와 키메라를 사냥하는 자에게 전하라 하셨습니다."

"키메라를 사냥하는 사람에게? 그럼 여태 우릴 지켜봤다는 말이잖아? 우리가 이곳에 올 줄 이미 알았단 소린데. 너 정체가 뭐야?"

밀리아나가 경계를 하듯 물었다.

"신이 아닌 이상 이곳에 누가 올지는 알 수 없는 법이지요. 다만, 키메라에게 잡아먹힌다면 그것으로 그만. 거기까지의 수준인 것이니 백금룡의 전언을 들을 수 없었겠군요."

그녀는 마치 밀리아나에게 보란 듯 대답했다.

"너……!"

감정 없는 그 말에 밀리아나는 키메라에게 당한 손목이 욱신거리는 기분이었다.

"북부 원정 이후 누군가 이 레어에 온다면 그자에게 말을 전하라 하셨습니다."

으르렁거리는 밀리아나를 뒤로하고 그녀는 카릴을 바라보며 말했다.

"무엇이 되었든 원하는 것은 없을 것이다. 빈집은 그저 빈집일 뿐. 가져갈 수 없을 것이니 마음껏 둘러봐도 좋다. 금역에 도전한 자에 대한 보상이니."

"허……."

밀리아나는 허리에 차고 있는 쌍검의 손잡이에 손을 얹으며 카릴에게 속삭이듯 말했다.

"완전히 허탕을 친 모양인데……. 백금룡이 처음부터 자신의 레어에 침입자가 있을 것을 예상한 모양이야."

"당신은 드래곤의 레어를 침입한 것입니다. 설마 그가 아무런 방비도 하지 않을 거라 생각하셨습니까? 고작 인간의 생각을 예측하는 것은 쉬운 일입니다. 그는 지고(至高)의 지식을 가진 존재인 것을."

라엘은 그런 밀리아나의 마음을 비웃기라도 하는 듯 오히려 냉소를 지으며 말했다.

하지만 카릴은 오히려 그녀를 바라보며 입꼬리를 올렸다.

"넌 백금룡과 무슨 관계지?"

그녀는 아무런 대답을 하지 않았다.

"뭐, 좋아. 놈이 이미 눈치를 챘다, 라……. 확실히 드래곤은 드래곤이야. 그런데 실수를 한 게 있는데?"

그는 낮은 한숨과 함께 차갑게 말했다.

"내가 여기에 올 것을 예측했다면 꽁무니 빼고 집을 비울 게 아니라 나를 기다렸다 쳤어야지."

라엘이 굳은 얼굴로 그를 바라봤다.

"가지고 갈 게 없다고? 아니지. 덕분에 가져갈 게 생겼는데. 오히려 찾을 수고도 덜었으니 네게 감사해야겠군."

자신의 미래를 알지 못하는 라엘은 카릴의 말을 이해하지 못할 것이다.

하지만 반대로 카릴은 망설임 없이 검을 뽑았다.

"……!!"

바로 옆에 있던 밀리아나조차 반응하지 못할 엄청난 속도로 섬광이 일었다.

카릴이 있는 힘껏 라엘을 향해 검을 내려치며 말했다.

"네 목숨."

부우웅……!!

카릴의 라크나에서 돋아난 검날이 보랏빛 전격을 뿜어내며 번뜩였다. 위에서 아래로 내려쳐지는 마력의 검날은 그 속도를 이기지 못하고 휘어지면서 라엘을 갈랐다.

그에게서 뿜어져 나온 아케인 블레이드가 복도의 끝 벽과 충돌하며 콰앙-!! 하는 폭음을 일으켰다.

"……."

하지만 카릴의 공격은 끝나지 않았다. 몸을 회전하며 이어지는 이검(二劍)이 아래에서 오른쪽 상단으로 비스듬히 베어질 때 라크나의 검날에서 뿜어졌던 보랏빛의 힘은 붉은 화염으로 변했다.

화르륵……!!

일순간 레어의 벽에 달려 있던 횃불이 일렁였다. 화염이 폭발하듯 복도를 채웠고 마법으로 보호되어 있던 천장이 카릴의 공격에 허용된 한계치를 넘은 듯 시커멓게 그을렸다.

"흡!"

정점에서 멈춘 검을 거두어 뒤를 돌며 카릴이 자신의 옆구리 안쪽으로 밀어 넣었다. 뜨겁게 달궈졌던 붉은 검날이 순식간에 푸른빛이 도는 빙결의 검날이 되어 라엘의 몸을 꿰뚫었다.

쩌적…… 쩌저저적……!

창날처럼 라크나의 손잡이에서부터 뻗어 나가는 얼음 칼날이 라엘의 몸을 꿰뚫으며 벽에 박혔다.

"소용없습니다."

하지만 놀랍게도 카릴의 무수한 공격을 받으면서도 라엘은 담담한 목소리로 말했다.

즈으으응…….

카릴은 그녀의 경고에도 불구하고 더욱 마력을 끌어 올렸다. 검날은 은회색을 띠기 시작했다. 조금 전 키메라를 일도양단했던 검귀의 마력이었다.

"제 본체는 이곳에 없습니다. 저 역시 명에 따라 남겨놓은 허상일 뿐. 일종의 기억인 것이죠. 허상을 공격한다 한들 본체에게 타격을 줄 순 없는 일입니다."

"알아. 하지만 기억을 남기기 위해서는 자신의 마력을 남겨야 하지. 그리고 그건 술자의 마력과 이어져 있다는 것."

라엘은 여전히 표정을 감추고 그를 바라봤다.

"당장 널 죽일 순 없겠지만 허용 범위 이상의 타격을 준다면 술자인 네게까지 영향이 갈 터."

그녀는 되물었다.

"실과 같은 옅은 충격의 흔적을 읽어 대륙 어디에 있을지도 모를 저를 찾겠다는 말씀입니까? 대마법사라도 그건 불가능할 텐데요."

"네가 어디에 있는지 확실하게 찾을 순 없을지라도 최소한 그 흔적은 찾을 수 있을걸."

콰아아아아앙!!

그 순간 카릴은 있는 힘껏 검을 내려쳤다. 레어의 벽이 크게 흔들리며 엑스 자의 거대한 구멍이 뚫렸다.

"……."

라엘의 몸이 지금까지와는 달리 흐릿하게 흔들렸다.

"어때. 충격이 좀 오나?"

"그럴 리가……."

배짱 있게 대답을 했지만 확실히 조금 전과는 반응이 달랐다.

"이제 찾아볼까. 불행히도 우린 대마법사도 하지 못하는 마법을 쓸 수 있거든."

탁-

카릴이 손가락을 튕기자 그의 앞에 공간이 소용돌이처럼 휘감기더니 기류 속으로 갈라지며 눈동자 하나가 나타났다.

눈동자는 반으로 갈리고 그 안에는 하나의 풍경이 나타났다. 밀리아나는 그것이 초대 마법인 우월한 눈의 마경이라는 것을 알았다.

그곳에는 낯익은 풍경 하나가 떠올랐다.

"헤임(Heim)이로군."

카릴은 라엘을 바라보며 말했다.

"네 마력의 흔적이 가장 짙게 남은 곳이 교단이란 말은 바로 네가 교단과 관련이 있다는 소리겠지."

"……."

"백금룡과 무슨 사이인지, 또 놈이 무슨 생각으로 널 데리고 있는 것인지 모르겠지만 이것으로 교단이 백금룡과 한패라는 것을 알겠어."

시종일관 차가운 표정을 유지하던 그녀의 얼굴에서 살짝 떨림이 느껴졌다.

"뭐, 별로 놀랄 것도 아니지. 놈이 이미 제국을 돕는다는 것을 북부에서 확인했으니 처음부터 제국을 밀어주던 교단과 손을 잡을 수도 있을 거야."

카릴은 라엘의 환영에 꽂았던 검을 뽑았다.

"그런데 네가 교단에 있다면 말이 달라지지. 나인 다르혼으로부터 너의 존재를 들었거든. 결국 네가 이곳에 나타난 것만으로 교단이 우든 클라우드와 연결되어 있다는 걸 증명하는 꼴이 되어버렸군."

"……헛소리."

"그 반응 덕분에 더 믿음이 가는걸."

라엘의 목에 라크나를 겨누고서 카릴이 으르렁거리듯 말했다.

"네가 백금룡의 심복인지 아니면 그저 녀석의 장난감 중 하나인지 알 바 아니지만 선택해."

카릴은 차갑게 말했다.

"숨을 죽이고 처박혀 있던가 아니면 날 죽이러 당당히 전장에 나와. 뭐, 나르 디 마우그의 날개 아래 숨는 것 정도는 용서해 주지."

그의 한쪽 입꼬리가 올라갔다.

"어차피 네놈들 모두 끝을 내줄 거니까."

"말도 안 되는 협박이군. 그런 말이 내게 먹힐 거라고 생각하십니까?"

"믿고 안 믿고는 네 사정이겠지. 하지만 내가 흔적을 찾지 못할 거란 확신이 있었다면 백금룡이 직접 자신의 기억을 남겼겠지. 어째서 번거롭게 너를 대신 썼을까."

카릴은 차갑게 말했다.

"자신의 위치를 발각되지 않기 위함이겠지. 녀석은 너희가 모르는 마도 시대에 존재했던 우월한 눈에 대해 알고 있었으니까."

"……."

라엘은 카릴의 말에 살짝 얼굴을 굳혔다.

"그러니 꺼져."

휘이이이익…….

그의 일갈에 복도에 있던 횃불들이 흔들렸다.

라엘이 그를 노려봤다.

부웅-!

그 순간 카릴이 라크나를 휘둘렀다. 라엘의 형상은 더 이상

아무런 말도 하지 않은 채 서서히 연기처럼 사라졌다.

'전생에는 찾으려고 해도 찾을 수 없던 자가 두 발로 알아서 나타나다니.'

카릴은 얼굴도 보지 못했던 광신교주가 저리도 어린 소녀에 불과했다는 것에 내색하지는 않았지만 놀라지 않을 수 없었다.

하지만 사라지기 전에 보였던 눈빛. 얼음장처럼 차가운 그 눈빛은 결코 어린아이의 것이 아니었다. 지금까지와는 달리 본능적으로 자신도 모르게 검이 나간 것을 깨달았다.

'네피림과 엘프의 피를 가진 여자야. 겉모습은 어려 보여도 어쩌면 그 나이는 훨씬 더 많을지도 모르지.'

카릴은 겉모습에 속지 말아야 한다고 다짐했다.

올리번의 미소와 백금룡의 행동.

그 모든 것을 전생에는 믿었지 않았던가.

하지만 회귀를 한 현생에서는 그 믿음이 더 이상 남아 있지 않았다.

"언제 그런 마법을 익힌 거야? 환영을 공격해서 술자와 연결된 마력의 흔적을 찾는다니……."

"사실 거짓말이야."

"……뭐?"

밀리아나는 연기처럼 사라진 라엘이 있던 자리를 바라보다가 카릴을 향해 고개를 돌렸다.

"초대 마법은 복수의 퍼밀리어(Familiar)를 통해서 여러 곳을 동시다발적으로 확인할 수 있는 마법일 뿐이지 마력의 흔적을 거슬러 올라갈 수 있는 것은 아냐. 게다가 나는 초대 마법을 제대로 익히지도 않았는걸. 이스라필을 통해서 그저 엿볼 뿐이지."

"그럼 아까 그건……."

카릴은 그녀의 말에 가볍게 손가락을 튕겼다.

"별거 아닌 마법이지. 4클래스의 일루전(Illusion)인 걸. 이걸로 마경을 만들어서 헤임의 풍경을 보여줬지. 다행히도 내가 그전에 그곳을 가봤었거든."

"교단과 관계있는 게 아니었으면 어쩌려고?"

"어느 정도 정황은 포착하고 있었으니까."

그는 대수롭지 않은 듯 어깨를 으쓱하며 대답했다.

"알아차렸으면 어떡할 뻔했어?"

"나름 신중하게 결정한 일이야. 녀석이 본체였다면 모를까 환영이라면 이게 진짜 마경인지 일루전인지 제대로 확인할 수 없을 테니까. 기회라고 생각해서 수를 던졌지. 다행히 먹혀들어 간 것 같지만."

"하여간……."

밀리아나는 기가 막힌다는 듯 헛웃음을 지었다.

자칫하면 오히려 독이 될 수도 있는 도박을 태연하게 해버렸으니 말이다. 아니, 오히려 검을 휘두르는 그 짧은 순간에 그런 생각까지 해낸 카릴의 비상함에 새삼스럽게 놀라지 않을 수 없었다.

'좀 의외인걸.'

카릴은 그런 그녀를 두고 생각했다. 백금룡과 우든 클라우드와의 관계는 어느 정도 예상하고 있었지만 우든 클라우드 속의 라엘이라는 존재가 백금룡과 직접적인 관계를 가질 만한 사이라는 것은 카릴도 예상하지 못한 일이었기 때문이다.

'어떻게 된 걸까. 설마 그녀가 백금룡이 키운 아이라도 되는 걸까. 그렇다면 전생에 존재했던 블루로어라는 광신교 역시 백금룡이 관여했다고 볼 수 있을 텐데……. 놈은 어째서 많은 피를 흘리게 만든 그들을 살려둔 거지.'

카릴은 얼굴을 굳혔다.

'설마 그 반대?'

놔둔 것이 아니라 그들을 만든 배후가 사실 나르 디 마우그라면……?

'타락으로 인해 많은 사람이 죽었지만 적어도 그들은 대륙을 지키기 위한 명예라도 가질 수 있었다. 하지만 광신도들에 의해 무차별하게 죽은 자들은…….'

꽈악-

카릴은 자신도 모르게 주먹에 힘을 주었다.

광신도(狂信徒).

이름 그대로 미쳐 버린 그들은 자신의 구원을 위해 신에게 바치는 제물로서 인간을 택했고 놈들은 사지를 토막 낸다든지, 화형에 처한다든지 혹은 몬스터의 먹잇감으로 던진다든지 하는 저마다의 방법으로 잔인하게 사람들을 죽였다.

'나르 디 마우그. 정말로 그 배후가 네놈이라면 이번 생에서는 최소한 명예롭게 죽을 기회도 없이 죽은 그들의 원통함까지 짊어져야 할 것이다.'

밀리아나는 옅은 살기를 내뿜는 그를 바라보며 조심스럽게 물었다.

"그럼 이제 어떻게 할 거야? 돌아갈 거야?"

"아니. 이왕 온 것 안쪽까지 더 들어가 봐야지."

"아무것도 없다면서?"

카릴은 그녀의 말에 싸늘하게 웃었다.

"놈의 말을 믿어?"

"……응?"

"내 눈에는 오히려 이 안에 더 중요한 것이 있으니 절대로 들키면 안 된다라고 하는 것처럼 보이는데."

그는 조금 전 검으로 무너진 벽을 바라봤다. 빼곡하게 쌓여 있던 관이 부서지고 그 뒤에 알 수 없는 문자가 새겨진 통로가 보였다.

조금 전 키메라와 라엘이 들어왔던 곳이었다. 카릴은 지체 없이 그 안으로 걸어갔다.

"자, 잠깐!"

그런 그를 따라 밀리아나 역시 걸음을 재촉했다.

"……없어. 없어. 아무리 찾아봐도 빈집이야."

밀리아나는 단단하게 가로막혀 있는 동굴의 벽을 두들기며 조금 지친 듯 말했다.

"설마 명색이 드래곤인데 거짓말을 하겠어? 그만한 마법을 쓸 수 있는 존재인데 깡그리 가져갔겠지. 안 그래?"

"글쎄."

얼마나 시간이 지났을까. 한참 동안 레어를 뒤져도 보이는 것이라고는 아무것도 없었다. 조금 전 라엘의 말대로 실험실 뒤에는 그저 커다란 공동에 불과할 뿐이었다.

[드래곤을 믿지 말라는 것에는 나 역시 동의하지만 이번에는 헛다리를 짚은 것일지도 모른다. 백금룡이 허투루 일을 처리했겠느냐.]

알른이 모습을 드러냈다.

[밀리아나의 말대로 드래곤의 마법이라면 레어 전체를 옮기는 것도 불가능한 것도 아니겠지. 그들은 인간의 영역을 뛰어넘는 9클래스의 소유자니까.]

솨아아악-

그가 손을 펼쳐 벽을 한 번 훑자 반응하듯 검은 연기가 피어올랐다.

[솔직히 말해서 나는 네가 레어에 있는 드래곤의 무구라도 한탕 하려고 하는 게 아닐까 생각했거든. 조금은 가벼운 마음으로 왔던 게 사실이야.]

알른은 자신의 손바닥을 쥐락펴락하면서 말했다.

[아니면 군자금에 쓸 보석이라도 말이지. 드래곤이란 놈들은 탐욕스러워 레어에는 보석들이 쌓여 있다고 하니까. 뭐 그 정도로도 충분히 녀석에게 한 방 먹여줄 수 있다고 생각했거든.]

그는 나지막하게 말했다.

[그런데 이런 말도 안 되는 상황을 보게 될 줄이야.]

그의 말에 카릴은 쓴웃음을 지었다.

"맞아. 나도 그럴 생각이었어. 그리고 약은 도마뱀 녀석은 그걸 눈치채고 이미 싹 가지고 떠난 지 오래였지. 자신의 전령만을 남겨두고 말이야."

[뿐만 아니라 침입자를 죽이기 위한 파수꾼까지 세워두고 말이지.]

"그래."

[그걸 알면서 왜 빈집에 이렇게 집착을 하는지 모르겠군. 반대로 생각하면 나르 디 마우그는 이미 예상을 하고 있었던 거라는 말이잖느냐. 보란 듯이 시체와 관을 둔 놈이 자신에게 약점이 될 만한 걸 남겨뒀을까?]

"당신도 그렇게 생각하는가 보군. 정말 백금룡이 아무것도 남겨두지 않았다고 말이야."

[……흐음? 네 녀석. 뭔가 알고 있는 눈치로군.]

알른은 여전히 차근차근 벽을 뒤지는 카릴의 모습에서 의아한 듯 물었다.

[나 역시 그와 똑같다. 너희 인간과 달리 우리는 백금룡과

같은 전장에 있었다. 그의 성격을 안다는 것이지. 적어도 그는 감추거나 숨길 녀석은 아냐.]

[우리는 나르 디 마우그를 직접 보고 전장에서 마주했었다. 알른 역시 마찬가지겠지.]

"겪어봤기 때문에 잘 안다?"

카릴은 라미느와 두아트의 말에 입꼬리를 씰룩이며 대답했다.

"그렇다면 누구보다 내가 가장 놈을 잘 알지."

그는 조금 전 알른이 만졌던 검은 연기가 난 벽면을 훑으면서 말했다.

"확인해 봐야겠다. 마엘, 이 벽 안으로 신력(神力)을 흘려보내."

[신력(神力)?]

카릴의 팔을 감싸는 푸른 뱀이 나타나 혀를 내밀며 말했다.

[너는 지금 백금룡이 신의 힘을 쓰기라도 했다는 말을 하고자 하는 것이냐.]

"글쎄. 모르니까 확인을 하려는 것이지. 넌 어떻게 생각하지? 마엘."

푸른 뱀은 고개를 저으며 말했다.

[무슨 뜻으로 묻는 거지?]

"그냥. 같은 파충류니까 생각하는 것도 비슷할 것 같아서 말이야."

[미친……. 신화 시대를 살아온 마스터 키와 드래곤을 그따위로 말하는 놈은 너뿐일 거다.]

"그래. 나니까 묻는 거잖아."

마엘은 카릴의 말에 입을 다물었다.

"백금룡이 지금까지 해온 연구가 단지 심심풀이로 한 것이 아니라면 궁극적으로 녀석이 찾고자 하는 것은 결국 신의 힘이겠지. 하지만 왜 녀석이 인간을 비롯해서 여러 종족을 실험했을까."

[……]

"제아무리 위대한 드래곤이라 할지라도 신의 영역엔 도달하지 못한다는 뜻이겠지. 반면 그 가능성을 우리에게서 찾은 거야. 인간은 보잘것없는 피조물이지만 아이러니하게도 예외라는 가능성을 가진 존재니까."

[흐음……]

"놈은 레어에 남아 있던 자신의 보물을 깡그리 가지고 갔지. 아니, 보물이 아니라 레어 전체를 옮길 수 있을 만한 능력을 가졌음에도 입구에 있던 실험실의 시체들을 남겨뒀어. 그리고 키메라와 함께 자신의 말을 전할 라엘까지."

모두가 그의 말에 집중했다.

"왜 굳이 그런 번거로운 짓을 했을까. 자신이 하고 있던 연구를 감추기 위해서라면 아예 보지 못하게 숨겼어야지. 지금까지처럼 말이야."

카릴을 바라보며 마엘이 파르르 혀를 내밀면서 말했다.

[나야 모르지. 네 말대로 파충류 대가리에서 나온 몹쓸 심

보라도 되나 보지.]

“녀석이 완전히 숨기려고 한 것이 아니라면?”

[정말 백금룡을 잘 알고 있는 것처럼 말하는군. 너는 우리가 모르는 백금룡의 생각을 알고 있기라도 하는 것 같아.]

“내게 뭘 알리고 싶어서 그런 걸까?”

[…….]

카릴은 입을 다물었다.

‘그렇다면 왜 이런 번거로운 방법을 택했을까. 숨긴다는 것은 결국 누군가는 모르게 해야 한다는 말일 터.’

대신 머릿속으로 그들에게 말했다.

[설마.]

‘누군가에게는 알리고 누군가에게는 숨겨야 한다는 것이라면…….’

[네가 하려는 말은 백금룡이 들키지 않으려고 하는 상대가 신이라는 말인가?!]

카릴은 고개를 끄덕였다. 마치 그 역시 위에서 자신을 내려다볼지 모르는 존재에게 들키지 않으려는 것처럼.

모두가 그의 말에 침묵했다.

‘흔적은 분명 있다.’

카릴은 확신했다. 그들의 말처럼 자신은 과거의 백금룡에 대해서 모른다. 하지만 카릴은 반대로 그들이 모르는 미래의 백금룡을 겪어봤다.

'과거는 미래의 변화를 알아차리지 못한다. 하지만 미래를 알면 과거의 어떤 생각을 할지 알 수 있지. 내가 알고 있는 놈의 습관 그리고 행동.'

백금룡(白金龍) 나르 디 마우그. 모든 이에게 공명하고 자신들을 위해 싸운 숭고한 용으로 보였던 그가 실제로는 그 끝을 알 수 없는 음험한 존재였다.

'하지만 그런 녀석이 나를 파렐로 보냈다. 유일한 황제인 올리번을 내가 죽이도록 놔두고 과거를 바꿀 수 있도록 말이야. 왜일까? 회귀를 한다 하더라도 내가 실패할 것이라는 믿음이 있어서?'

카릴은 고개를 저었다.

'그런 번거로운 짓으로 날 보낸 것이라면 차라리 올리번을 도와 나를 죽이는 것이 지금까지 쌓아놓은 신뢰를 지키고 목표를 달성하는 방법이다.'

카릴은 눈을 찌푸렸다.

'그러나 녀석은 나를 택했다. 그 말은 인간을 위함을 떠나 그 자신 역시 미래를 바꾸기 바란다는 것이겠지. 단지……. 녀석은 그 과정에서 우리가 어떻게 되든 상관없었던 거야.'

그 증거가 바로 인간을 실험한 이 실험실과 사용하다 버려진 관들과 너부러진 시체들이었다.

왜 몰랐을까.

전생에 자신은 나르 디 마우그가 인간을 위해 싸운 드래곤이자 동료라 여겼었다. 하지만 비록 뜻이 같다 하더라도 바라는 결과가 모두 같진 않았다. 자신은 인간의 입장에서 미래를 바라봤고 그 역시 함께 싸웠더라도 드래곤이 원하는 미래로 변하긴 바란 것일 것이다.

그의 입장에서 본다면 우든 클라우드든 제국이든 결국은 그저 똑같은 인간에 불과한 것이니까.

'녀석은 우리를 자신이 원하는 미래로 가게 하기 위한 말로 사용했던 것뿐이야.'

이기적이라는 생각은 하지 않는다. 결국 살아남는 자만이 나머지 위에 군림할 수 있는 것이니까.

카릴은 오히려 자신에게 파렐을 통해 과거로 돌아갈 수 있다는 사실을 알려주어 한 번의 기회를 더 가지게 된 것에 감사할 뿐이었다.

'나르 디 마우그. 그 삐뚤어진 생각은 과거인 지금도 마찬가지겠지. 너는 여전히 인간을 도구로 생각하겠지만 이번 생엔 네가 나의 도구가 될 것이다.'

모두가 없다. 라고 말하는 와중에 카릴이 이토록 의심의 끈을 놓지 않는 이유도 바로 이 때문이었다. 나르 디 마우그는 단 한 번도 자신의 속내를 보이지 않았다는 것.

'녀석은 그때나 지금이나 그 음흉함은 변하지 않았겠지. 결국 끝까지 감추고자 하는 것은 있다는 말.'

카릴은 아무것도 없는 벽을 쓸면서 말했다.

"너희들 말대로 정말 아무것도 없을 수도 있어. 하지만 녀석은 현재의 우든 클라우드와 제국 그리고 타락(墮落)부터 마도 시대에 7인의 원로회와 알테만까지 천 년이 넘는 시간 동안 아무도 모르게 연구를 진행해 왔었지. 이들의 연관성이 뭘까. 알른. 녀석의 궁극적인 목적이 뭐라고 생각해?"

[흐음……. 네 말대로 결국은 신의 힘 혹은 신에 반(反)하는 힘. 둘 중 하나겠지. 뭐, 어떤 의미로든 결국은 신과 연관된 자들이니까.]

"맞아. 그렇다면 그 연구 동안 완벽하게 비밀을 지킬 수 있는 장소가 어디겠어?"

[당연히 자신의 앞마당이겠지. 인간은 절대로 발을 들여놓지 않는 이 금역. 바로 여기.]

카릴은 고개를 끄덕였다.

"그래. 이곳은 녀석의 둥지이자 실험실이기도 했을 거야. 녀석이 그런 비밀을 우리에게 알려주었다는 건, 눈치를 채길 바라고 한 일일 거야. 없다고 해서 없는 게 아님을."

카릴의 명령에 마엘이 그의 팔을 감싸면서 천천히 벽 안으로 흡수되듯 사라졌다.

"이 안에 분명 숨겨놓은 메시지가 있을 터."

그는 벽을 바라보며 나지막하게 말했다.

우우우우우웅…….

그 순간 레어의 벽이 마치 지진이라도 난 듯 흔들리기 시작했다.

화아아악……!!

카릴의 손을 타고 벽의 틈 사이로 마력들이 흘러가기 시작하자 마치 거미줄처럼 수십, 수백 가닥의 가느다란 실선들 사이로 빛이 새어 나오기 시작했다.

[이건…….]

그 광경을 지켜보던 라미느가 자신도 모르게 낮은 탄성을 질렀다. 레어에 남겨져 있는 작은 빛의 입자를 바라보며 얼굴을 구겼다.

"따뜻하다……."

밀리아나는 벽에서 흩어지는 빛을 바라보며 자신도 모르게 나지막하게 말했다. 하지만 불에서 오는 열기가 아니고 바람에서 오는 온기도 아니었다. 그녀는 뭔가 제대로 된 표현을 하고 싶었지만 적합한 단어가 생각나지 않는 듯 살짝 인상을 찡그렸다.

빛 그 자체에서 발산되는 기운.

[믿을 수가 없군.]

빛의 입자들이 공중으로 흩어지는 것을 보며 두아트는 탄식하듯 말했다.

"이게 뭔데?"

밀리아나는 카릴에게 물었다. 어쩐지 정령왕과 카릴의 얼굴이 굳었다는 것을 깨달은 그녀는 고개를 갸웃거렸다. 그녀와 달리 정령의 힘을 가지고 있는 카릴은 분명히 느낄 수 있는 힘이었으니까.

"라시스……."

빛의 정령왕. 카릴은 그 이름을 읊조렸다.

[확실히 2대 광야의 힘이군…….]

[하지만 나 때와는 달라. 내 힘이 봉인되어 있었던 아인트리거와는 달리 이건 그저 라시스의 일부. 아니, 일부라고 하기에도 뭣한 아주 작은 티끌 같은 것이야.]

[하지만 분명히 그의 힘인 것은 사실이다.]

[조금 전 키메라가 2대 광야의 힘을 모두 가지고 있었던 것과 같은 이유일까?]

라미느와 에테랄이 말을 이었다.

"이걸로 확실해졌다."

카릴은 입술을 깨물었다.

"신이 아닌 필멸자인 우리가 신의 힘을 가질 수 있을 리 만무하지. 백금룡은 그 영역에 도달할 수 있는 차선책으로 빛의 정령왕을 택한 것이겠지."

[어째서…….]

정령왕들은 이해가 가지 않는다는 듯 말했다. 그들에게 있어서 드래곤은 결국 충직한 신의 수하에 불과했으니까.

[설마 드래곤이 신에게 반기라도 들 생각인가?]

[모르지. 반대로 라시스를 신에게 제물로 바치려고 하는 것

일지도 모르지. 라시스는 유일하게 율라와 같은 빛의 힘을 가진 존재니까.]

카릴이 마치 민들레 홀씨가 바람에 날리는 것처럼 흩어지는 새하얀 입자들을 바라보며 말했다.

"이유가 어떻게 되든 분명히 알 수 있는 것 한 가지는 있다."

백금룡의 레어에 봉인된 빛의 정령왕의 잔해가 남아 있다는 것은.

"이미 그의 봉인이 풀렸다는 뜻이겠지."

그의 말에 놀란 듯 정령왕들의 기운이 가볍게 흔들렸다.

[확실히…… 그럴 가능성이 높겠지.]

[아니, 말도 안 돼. 아무리 드래곤이라 할지라도 율라가 직접 봉인한 그를 풀 수 있을 리가 없다.]

의견은 분분했다.

하지만 단순히 라시스의 봉인만이 문제가 아니었다.

카릴의 머릿속에 떠오르는 한 사람. 바로 천년빙동에서 최초의 블레이더인 검귀와 함께 있었던 또 다른 남자.

그리고 그가 가지고 있던 힘이었다.

'지금 천년빙동에 있던 금발의 남자 역시 라시스와 관련이 있는 자라고 했다.'

전생에 그는 없었다.

'만약……. 정말로 나르 디 마우그가 라시스의 봉인을 풀 수 있다면. 천년빙동에 있던 그를 깨운 놈이 나르 디 마우그.

바로 네 녀석이라는 것일 수 있겠지. 그것이 무슨 의미이며 네가 뭘 숨기려고 했던 것인지 알아야겠다.'

[냉정해져라. 그리고 머리를 써라, 카릴. 네 말대로 백금룡이 신을 좇고 빛의 정령왕의 힘을 찾는 것이라면 드래곤이 꼭 신의 편이라고 생각할 순 없다.]

"하지만 인간의 편이라고 생각할 수도 없지."

[그래, 바로 그것이다.]

알른은 카릴이 회귀를 하면서 느꼈던 백금룡에 대한 생각을 단번에 짚었다.

그는 나직이 웃었다.

[우린 드래곤과 함께 신과 싸우려는 것이 아니니까. 드래곤은 결국 넘어야 할 산. 그 혹은 그들과의 싸움은 인간처럼 단순하지 않을 것이다. 드래곤을 사냥하는 것 자체가 인간에게 있어서 도전이니까. 앞서서 생각하고 뛰어넘어야 한다. 결국 이건 수 싸움이니까.]

카릴은 그의 말에 고개를 끄덕였다.

[네 말대로 이 흔적이 숨기려던 것이 아니라 일부러 네게 보이기 위함이었다면 네가 놈을 찾듯이 그 역시 너를 찾겠지.]

[서로의 존재를 의식하고 있기는 마찬가지란 말인가.]

[만나야 할 곳은……. 결국 전장이겠지.]

정령왕들은 낮은 목소리로 말했다.

"그래."

때가 도래했다.

이제 전장에서 검으로서 지금까지 실타래를 풀 때가 왔다는 것을.

아니.

"실타래는 검으로 끊어버려야지."

카릴은 바스라지는 빛의 입자들을 흐트러뜨리며 레어의 밖으로 걸음을 옮겼다.

"그 이전에 인간의 문제부터 매듭을 지어야지."

밀리아나는 그의 뒤를 따르며 말했다.

"맞아."

카릴은 고개를 끄덕였다.

"주군!"

레어의 밖으로 나오자 카릴은 자신을 반기는 에이단의 목소리에 고개를 들었다.

"무사히 돌아오셨군요. 수확은 있으셨습니까?"

"뭐, 그럭저럭."

카릴은 몬스터의 점액인지 핏물인지 알 수 없는 것을 온몸에 뒤집어쓰고 있는 그를 바라보며 말했다.

"너도 꽤나 난리였나 보군."

"하하……."

에이단은 머쓱한 듯 웃었다.

"피해는?"

"없습니다."

하지만 대답만큼은 자신감이 넘쳤다. 짧은 시간이었지만 스나켈들은 몬스터를 잡는 것에 제법 능숙해진 모습이었다.

"제법인걸."

"처음에는 우왕좌왕했지만 알테만 님 덕분에 체계를 잡을 수 있었습니다."

에이단의 말에 알테만은 그저 어깨를 으쓱했다.

내로라하는 암살자들도 엉망이 된 모습이었지만 알테만은 먼지 하나 없이 단정한 모습이었다. 그것만으로 충분히 그들과 그의 차이를 명확하게 느낄 수 있었다.

"그래, 레어 안은 어떻던가."

"아무것도 없었어."

"흐음? 수확이 있었다면서?"

"수확은 있었지만 아무것도 없었지."

알테만은 카릴의 말에 무슨 소리를 하느냐는 듯한 표정으로 그를 바라봤다.

"이미 레어 안에 있던 물건들은 백금룡이 가져간 뒤였어. 단지 녀석의 흔적을 찾았을 뿐이야."

"그게 무엇이었는지 내게 이야기를 해주고 싶지 않은 모양이군."

"잘 아네."

알테만은 카릴의 대답에 쓴웃음을 지었다.

"서운하게 생각하지는 마. 천년빙동의 비밀을 내게 알려줬지만 아직은 당신을 완벽하게 신용할 수는 없으니까. 당신 역시 백금룡과 관계된 자니까 조심해서 나쁠 건 없지."

"할 수 없지. 뭐, 충분히 이해하네."

"좋아. 이제 돌아가야겠다. 아쉽게도 두 손에 들고 갈 수확은 없지만 말이야. 싸워야 할 이유를 다잡는 계기는 되었으니 말이야."

"준비하겠습니다."

"아니. 너희들은 여기에 있어."

"……네?"

"일주일 주마. 이 섬을 모두 공략하고 돌아오도록 해. 잊지 마. 전쟁에 늦지 않도록. 당장 들고 갈 수확은 없지만 후에 맞이할 수확은 남겨둬야지."

카릴은 에이단을 가리키며 말했다.

"실력을 올려서 돌아와. 방금 상대한 녀석들은 기껏해야 섬의 중간 정도밖에 되지 않을 테니. 기대되지 않아?"

그의 말에 주크 디 홀드뿐만 아니라 스나켈들은 경악을 금치 못했다. 밀리아나가 손을 뻗자 푸른 비늘이 기다렸다는 듯 날개를 펼치며 다가왔다.

"재밌겠네. 부디 살아서 만나지."

그런 그들을 뒤로한 채 밀리아나는 피식 웃었다. 그러곤 가볍게 손 인사를 하고는 비룡의 머리 위에 올라탔다.

두 사람이 떠나가 버리자 남아 있던 사람들은 물끄러미 알테만을 바라봤다.

"하아……. 당했군."

알테만은 대화를 나눌 겨를도 없이 도망친 두 사람을 바라보며 피식 웃었다.

"다들 준비하도록 해. 꽤나 고된 일주일이 될 테니까."

그의 말에 스나켈들을 긴장된 표정으로 그를 바라봤다.

"하나 돌아갈 때 설령 소드 마스터라도 너희들을 이기지 못하게 만들어주마."

그의 말에 스나켈들은 군소리 없이 각자의 무구를 잡았다.

카릴은 약속의 땅에서 기수를 돌려 곧바로 타투르로 향했다. 남부에서 기다리고 있던 샌드 서펀트로 갈아탄 그는 밀리아나에게 비올라의 병력과 함께 북상할 것을 명하고는 곧바로 며칠 밤낮을 쉬지 않고 비행했다.

밀리아나는 지치지도 않는 그의 체력에 혀를 내둘렀지만, 그는 앞으로 있을 신탁 전쟁을 생각하면 하루하루 시간이 가기 전에 최대한 빨리 제국 전쟁을 마무리해야 한다고 생각했기 때문이다. 게다가 이번 생에 있어서 타락과의 전쟁에서는 전생에 가장 큰 전력이었던 백금룡의 힘이 오히려 적이 될 수도 있으니 그 싸움이 결코 쉬운 일이 아니었다.

화아아악-!!

카릴의 샌드 서펀트가 타투르에 모습을 보이자 타투르 상공에 있던 드레이크들이 경계를 하듯 그의 주위를 맴돌았다.

거대한 몬스터의 등장이지만 타투르의 사람들은 놀란 기색 없이 오히려 그들의 주인을 반겼다.

"주군!"

그가 오고 있음을 이미 보고 받았는지 두샬라가 광장으로 달려 나왔다. 그녀는 여전히 검은 베일로 얼굴을 가리고 있었지만 풍겨오는 향긋한 향기가 그 예전보다 더욱 매력적으로 변했다고 느껴졌다.

"그동안 별일 없었어?"

"별일은 많았죠. 말도 마세요."

"왜?"

"제국이 전쟁을 선포하고 각 영지의 병력을 집결시키고 있습니다. 그 수만 벌써 100만이 넘었습니다."

카릴은 두샬라의 말에 어깨를 으쓱했다.

"뭐, 그건 이쪽도 마찬가지니까. 각 거점에 공문을 보냈다고 보고 받았는데."

두샬라는 100만이라는 대군을 듣고도 아무렇지 않은 카릴의 모습에 역시나 하는 표정으로 대답했다.

"골렘 부대와 비룡 부대가 준비 막바지에 들어섰고 비올라 공녀의 군사 역시 북상 준비 중입니다. 디곤과 남부의 야만족들 중 일부는 이미 이민족과 합류를 했으니 현재 저희가 3곳에서 제국을 포위하고 있는 형국이네요."

그녀의 말에 카릴은 고개를 끄덕였다.

"하지만 안일하게 생각하면 대륙 전역을 모두 써서 벌어지는 전투가 될 것이니까. 변수란 언제라도 일어나게 마련이거든."

"맞습니다. 이미 일어났다면 일어난 것일지도 모르겠네요."

"음? 무슨 일이라도 있었나?"

"제국이 전쟁을 선포한 걸 기다리기라도 했는지 황후가 반란을 일으키는 바람에 난리도 아니라고 하더군요.

"반란? 아아……."

두샬라의 보고에 이번에도 카릴은 그다지 놀라지 않은 투로 고개를 끄덕였다.

그러자 두샬라는 조금 의외라는 듯 물끄러미 그를 바라봤다.

'시기가 조금 달라지긴 했지만 올리번이 황위에 오르고 난 뒤에 확실히 그런 일이 있긴 했지.'

헤임에서 황제의 죽음은 전생과 다르지만 1황자인 루온이 태양홀에서 죽은 것은 전생과 같았다.

황제와 루온을 동시에 잃은 황후는 최후의 수단으로 자신의 영지에서 반란을 일으킨다. 보잘것없는 짓이라는 것을 알지만 어쩌면 그녀는 살아 있는 것이 오히려 더 끔찍한 미래가 될 것이라 생각한 일일지 모른다.

"황후가 제명을 재촉하는군."

"일부지만 제국은 병력을 뺄 수밖에 없을 겁니다. 아마 군사적 마찰이 일어난 뒤에 처리하려고 그러는 것 같습니다. 눈엣가시라도 황후를 당장에 죽일 순 없을 테니까요. 유일하게 남은 황실 가문의 사람이니 억지라도 명분을 찾고 난 뒤에야 가능할 겁니다."

"맞아."

"덕분에 저희는 제국을 칠 틈을 노리기 좋아졌고요."

난리라고 말했지만 두샬라의 눈엔 황후의 반란이 그저 호재로 보일 뿐이었다.

그리고 그녀의 생각과 마찬가지로 카릴 역시 그리 여겼다.

"그리고 또 주군을 기다리는 분이 계십니다. 일단은 빈실을 내어 드렸습니다만 연유를 물어도 직접 뵙고 말씀드리지 않는 이상 얘기할 수 없다네요."

"그런 건방진 녀석이 누구야?"

"누구긴 누구야. 바로 이 몸이시지."

그때였다.

쇄아아아악-!!

회관을 향하는 길 가운데 갑자기 검은 연기가 솟구치더니 카릴의 주위를 감싸기 시작했다.

숨이 답답해질 만큼 짙은 마력.

"요란하군."

하지만 카릴은 그저 덤덤한 표정으로 연기를 가볍게 손으로 흐트러뜨리면서 말했다.

"나인 다르혼."

"클클……. 오랜만이로군. 못 보던 사이에 많이 변했는걸."

검은 연기 뒤로 목소리가 들렸다. 햇빛 한 번 보지 않은 것 같은 새하얀 피부와 유독 붉은 입술을 씰룩이는 미남자가 나타나자 언제 그랬냐는 듯 연기가 사라졌다.

"흐음. 키도 큰 거 같고."

나인 다르혼은 반가운 얼굴로 장난스럽게 자신과 카릴의 키를 손으로 대보면서 말했다.

"마력이 또다시 진보하였군. 이제 7클래스의 벽을 허문 건가?"

'뭐?! 7클래스……?!'

두샬라는 그의 말에 속으로 깜짝 놀라며 카릴을 바라봤다. 어느 정도 비슷한 차이라면 변화를 알아차렸을지도 모르지만 대마법사의 반열이라 할 수 있는 7클래스의 경지에 도달한 카릴을 고작 두샬라의 실력으로 알아차릴 수 있을 리 없었다.

그녀가 존경 어린 눈빛으로 카릴을 바라봤지만 정작 당사자는 대수롭지 않은 듯 말했다.

"역시…… 대마법사는 다르군. 카이에 에시르의 동료도 속였는데 말이야."

"카이에 에시르의 동료? 농담이지? 250년 전의 인물이 아직도 살아 있을 리가 없잖아."

"천 년 전에도 살아 있던 괴물인걸. 곧 보게 될 거야."

카릴의 말에 나인 다르혼은 살짝 이마를 찡그렸다.

"속인 건지 속아 넘어가 준 것인지는 모르지. 어쨌든 새로운 대마법사의 등장인데 대륙이 너무 조용한걸."

"이제 곧 제국이 사라질 것을 생각하면 내가 7클래스에 오른 것은 아무것도 아닌걸."

"훗……. 소드 마스터에 대마법사까지. 평생을 가도 이루지 못할 일을 무려 두 개나 동시에 도달한 자가 그런 소릴 하다니."

"그러는 너야말로. 그 전보다 훨씬 더 성취가 있는 것 같은데. 8클래스에 도달한 건가?"

[8클래스는 무슨. 저치는 아직도 멀었다.]

세상에 내로라하는 강자인 나인 다르혼을 유일하게 꾸짖을 수 있는 존재.

"스, 스승님."

나인 다르혼은 알른의 등장에 황급히 고개를 숙였다.

[흥, 그래도 내가 시킨 대로 꾸준히 마력 순환은 하고 있었나 보군. 확실히 그때보다 마력의 순도가 정갈해진 것 같으니.]

"모두 스승님의 가르침 덕분입니다."

[하지만 갈 길이 멀다. 마도 시대였다면 이제 겨우 제 밥벌이를 할 수 있는 수준에 불과해.]

알른은 고작 밥벌이라고 말했지만 카릴은 지금까지 봐온 마법사들 중에 유일하게 나인 다르혼만을 알른이 인정한다는 의미라 생각했다.

세리카나 이스라필, 미하일과 같이 마법에 재능이 있는 자들은 있었지만 알른의 눈에는 그저 애송이에 불과했으니 말이다.

"날 찾아온 자가 너였다니. 불멸회는 어디 놔두고 어쩐 일로 수장이 직접 움직인 거야?"

"무슨 일이긴. 전쟁을 벌인다면서. 이보다 더 흥미가 있는 일이 어디에 있겠어."

그는 두샬라를 향해 손짓했다. 그러자 눈치 빠른 그녀는 카릴에게 말했다.

"일단 보고를 드려야겠네요. 톰슨이 6클래스 반열에 올랐다고 합니다. 게다가 자유군에 편성된 울카스 길드 소속 150명이 모두 5클래스 반열에 오른 중급 마법사입니다. 그리고 180명이 4클래스 유저고요."

"울카스의 초짜들은 모두 불멸회의 방식으로 훈련을 시켰다. 그 덕분에 이렇게 빠른 성장이 가능했지."

나인은 뿌듯한 듯 어깨를 으쓱했다.

"베릴 남작이 맡고 있던 마법사들을 미리 불멸회 쪽으로 옮긴 게 잘한 일이었다고 생각되는군."

"그 인간은 욕심이 많거든. 그리될 줄 알았지."

두샬라는 계속해서 말을 이었다.

"제국의 아카데미 마법사들의 수는 350명이라지만 그중에 5클래스 반열에 오른 자는 반의반도 채 되지 않습니다. 그런 의미에서 본다면 질적으로 저희 군이 훨씬 높다고 볼 수 있습니다. 마법 화력 역시 충분히 상대할 만합니다."

"쉽게 봐서는 안 돼. 그들에겐 상아탑의 여명회가 있다. 여명회엔 400명이 넘는 마법사들이 있어."

"그렇게 따진다면 저희에겐 불멸회가 있죠."

두샬라는 대답을 기다린다는 눈빛으로 나인을 바라봤다.

"맞아, 그래서 내가 직접 왔지."

"무슨 뜻이야?"

나인 다르혼은 기대 가득한 목소리로 말했다.

"과거 공허의 티끌에 대해서 내가 연구를 해왔던 것은 기억하겠지."

"물론, 그 덕분에 마광산의 90%에 가까운 조암석을 네게 제공해 줬잖아."

"어차피 활용도도 없는 채굴 잔해들을 가지고 너무 생색내지 말라구."

"생색이라니. 조암석과 청린으로 마력 흡수 무구를 만들면 기사들을 상대할 때 유용하단 말이야. 그걸 네게 지원해 줬다는 게 어떤 의민지 몰라?"

나인 다르혼은 카릴의 핀잔에 입술을 씰룩이며 말했다.

"그래 봐야 고작 기사 몇 놈 잡기 위해 쏟아부어야 할 화살이나 만들겠지. 내게 조암석을 투자한 것을 오히려 기뻐해야 할걸."

"성과가 있었나 보군."

카릴은 단번에 그가 하고자 하는 말의 뜻을 눈치챘다.

"맞아."

그의 말에 나인 다르혼은 고개를 끄덕였다.

"지금까지 연구했던 공허의 티끌을 새로이 다루는 방법을 만들었지. 네가 보내준 순도 높은 조암석을 심장으로 사용해서 재밌는 놈들을 만들었거든."

카릴은 그의 말에 입꼬리를 올렸다.

'역시…….'

나인 다르혼이 말하는 공허의 티끌은 타락의 일종이었다. 7인의 원로회가 사라진 지금 대륙에서 그것을 다룰 수 있는 자는 그가 유일할 것이었다. 하지만 전생에는 대륙 전쟁에 관여하지 않은 불멸회였으니 그들의 성취가 어느 정도인지 알 수 없었으니 카릴로서는 기대가 될 수밖에 없었다.

"여명회에 그 애송이가 가 있다고 하던데."

"미하일? 맞아. 그가 여명회의 시험에 도전하러 갔지."

"도전은 무슨……. 베르치 블라노 그 늙은이라면 무슨 수를 써서라도 빙빙 말을 돌려 시간만 끌면서 잡아두고 있을걸."

"그 건방진 꼬마는?"

"세리카? 그녀는 지금 공국에 있다. 뭐, 공국 북쪽에 상아탑이 있으니 둘 다 멀지 않겠군."

"잘됐군. 그들을 좀 빌려야겠다. 같잖은 시험 따윈 내가 끝내주지. 대신 여명회에 내 얘기를 전해주도록."

"어떤?"

"크크……."

나인 다르혼은 미소를 띠면서 마치 손가락을 날카로운 이빨처럼 펼쳤다 오므렸다.

"불사의 군단이 여명의 목을 물어뜯으러 간다."

전황은 빠르게 움직였다. 북부에서 시작된 제국 전쟁 선포에 각각의 세력은 자신이 따르는 힘에 유례없는 전력을 투구하기 시작했다.

이스트리아 삼국은 변해가는 전황에 맞춰 가장 중요한 영토의 안정화를 꾀했다. 비올라 공녀는 이제 트윈 아머의 두 노장을 필두로 이스탄과 트바넬를 복구하기 시작했다.

백성들에게 높은 지지를 받고 있던 노장들 덕분에 삼국전쟁의 패배 이후 그녀에 대한 반기는 없었다.

또한, 펜리아 왕국은 완벽하게 그레이스 판피넬의 기사단이 장악하였으며 그 이전에 이미 밀리아나로부터 주요한 반란세력이 제압되어 남은 자들은 모두 그녀의 지지자들뿐이었다.

오랫동안 펜리아 왕국의 무능한 정치를 비난하던 백성들은 오히려 비올라의 등장에 환호하였고 그녀는 더 이상 이스트리아 삼국이 아닌 하나의 연합이라는 이름을 내세우며 대대적으로 제국과의 전쟁에서 카릴의 지원을 알렸다.

라니온 연합(聯合). 비올라 공녀의 새로운 세력의 등장과 동시에 대륙에는 전운이 감돌기 시작했다.

"준비는?"

"모든 병력이 최전방인 트윈 아머로 집결하고 있습니다. 한 달 안으로 준비가 끝날 것입니다."

"좀 더 서두르도록 해. 우리가 가장 후발주자니까. 이번에는 뒤처져서는 안 돼. 제국은 이미 준비가 끝났을 터. 전쟁에 맞춰 합류해야 한다."

"명심하겠습니다."

그레이스는 왕궁의 테라스에서 아래를 내려다보던 비올라를 향해 고개를 끄덕였다. 수도는 수많은 마차들이 움직이고 있었고 열린 성문으로는 계속해서 병사들이 이동하고 있었다.

얼마 만일까. 이렇게 도시 안에 활력이 도는 것이.

"멋지네요."

비올라는 나지막하게 말했다.

그녀는 조금 더 날카로워졌으며 예리해졌다. 비단 외모를 뜻하는 것이 아니라 그동안의 시간이 담금질이 된 듯 여왕의 기품이 조금씩 나오는 듯싶었다.

"네. 처음이지 않습니까?"

하지만 그것은 그레이스 역시 마찬가지였다. 조금이지만 소드 마스터의 반열에 발을 들여놓은 그는 가만히 서 있는 지금에도 은은한 마력이 느껴졌다.

"무엇이?"

"삼국은 표면적으로는 연합과 동맹으로 맺어졌었지만 사실 지금까지 서로를 견제하는 바람에 제대로 성장도 하지 못했잖습니까. 하지만 이제 공녀님의 아래에서 한마음으로 뭉치고 있습니다. 진정한 연합으로 말입니다."

그의 말에 비올라는 옅은 미소를 지었다.

"단지 이 단합이 평화가 아닌 전쟁을 위한 것이라는 점이 아쉽지만요."

그레이스 역시 고개를 끄덕였다.

"하나. 평화를 위한 전쟁이지 않습니까."

비올라를 위로하듯 그는 한마디를 끝으로 손을 들어 누군가를 불렀다. 그러자 문 앞에서 대기하고 있던 시종이 두 손에 뭔가를 들고 왔다.

"왕실 창고에서 이것을 찾았습니다. 가문의 보고인데……. 폐하께서는 아무래도 오랫동안 쓰지 않았던 모양입니다."

그레이스는 쓴 표정을 지으며 무릎을 꿇고는 들고 있던 기다란 뭔가를 그녀에게 건넸다.

"차라리 다행이지. 아버지께서 허투루 사용하시고 오히려 부러뜨렸다면 선대의 왕들이 슬피 우셨을 테니 말이야."
그녀는 그가 바치는 세검을 바라보며 말했다.
"은빛서슬(Silver Wrath)."
극도로 얇은 세검은 마치 가녀린 그녀를 위해 만들어진 것처럼 손에 꼭 맞았다. 세검의 손잡이에 박혀 있는 황금빛의 보석이 반짝거리며 빛났다.
스릉-
비올라는 검집에서 검을 반쯤 뽑았다. 날카로운 검날은 당장에라도 자신을 써달라고 하는 것처럼 청명한 울음소리를 냈다. 그녀는 은빛서슬을 바라보며 나지막하게 중얼거렸다.
"이제 준비는 끝났다."

이스트리아 삼국을 비롯하여 남부가 움직이고 있다는 소식을 접한 공국 역시 비록 바다 건너지만 전운(戰雲)이 감돌고 있었다.
쿵- 쿵-! 취이이이익……!!
여기저기에서 기계가 돌아가는 소리가 요란하게 울렸다. 북부의 서리고원 아래에 있는 지하 유적에서 일사불란하게 움직이는 수많은 사람들.
"골렘 아머의 상용화가 끝났습니다. 일단 소형 골렘부터 최대한 빨리 장비시키도록 하겠습니다."

"빠르군. 불과 얼마 전에 설계도를 완성한 것인데."

"이게 모두 노움국의 지원 덕분이지 않겠습니까."

얼마나 오랫동안 지하에만 박혀 있었던 것인지 피부가 새하얗게 변한 앤섬 하워드는 며칠 밤을 새운 듯 피곤한 얼굴이지만 지치지 않아 보였다. 그의 말에 골렘 기술자이자 마도공학자인 윈겔 하르트 역시 고개를 끄덕였다.

"칼립손 님이 아니었으면 이렇게 못했을 겁니다."

"과찬일세. 우리가 한 게 뭐가 있겠나."

하지만 그들의 앞에서 커다란 철제 책상에 앉아서 뭔가를 만지고 있는 늙은 노움은 고개를 돌리지 않은 채 작업에 집중한 듯 그저 낮은 목소리로 대답할 뿐이었다.

"노움들의 세공 실력은 저희가 따라갈 수 있는 것이 아니니까요. 정말 많은 도움이 되었습니다. 이스트리아 삼국전에서 이미 그 힘을 확인했구요."

윈겔 하르트는 만족스러운 듯 말했다.

"덕분에 레볼 역시 코어를 손볼 수 있어서 한 단계 더 상승했다고 볼 수 있겠지요."

"다만……. 아쉬운 것이라면 아스칼론의 시동석을 만들지 못했다는 것이겠네요. 그가 도와줬다면 달랐을 텐데 아쉽습니다."

"어디 뜻이 모두 같을 수 있겠나."

“그래도 황급 마법회라면 속성석의 합성에 대한 지식을 분명 가지고 있을 텐데 말이죠. 적어도 실마리는 알 수 있지 않겠습니까.”

앤섬 하워드는 쯧- 하고 혀를 차며 말했다.

카릴은 떠나기 전 그에게 두 가지 명령을 내렸었다. 하나는 골렘의 개발이었고 나머지 하나는 진법을 만드는 일이었다. 명령을 받은 앤섬은 이 두 개의 임무를 수행하는 데에 있어서 황금마법회의 수장인 데릴 하리안이 적임자라 생각했었다.

마탄(魔彈)이라 불리는 그가 이끄는 황금마법회는 신화 시대에 존재했던 대마법서인 폴세티아를 찾기 위해 조직된 결사회였다. 비록 공국에게 힘을 빌려주기는 했으나 공국이 무너진 지금에 그들은 더 이상 힘들 빌려주는 것을 거부하고 자신의 소명을 이루는 것이 먼저라 하였다.

“대마법서라……. 정말 그런 게 있을지.”

칼립손은 속성석을 세공하면서 말했다.

“또 모르는 일이야. 황금마법회가 어쩌면 생각지도 못한 변수를 만들어낼지.”

“그럴까요?”

“부디 그 변수가 우리 쪽으로 향하길 바랄 뿐이지만.”

“카릴 님이라면 그 변수마저 무시할 것입니다.”

“하긴.”

세 사람은 옅은 미소를 지었다.

"좋아. 빈손으로 가진 않아도 되겠군. 그에게 보여줄 것은 있겠어."

칼립손은 자신의 손 위에 백색의 돌을 얹어놓으며 앤섬에게 말했다.

"그게 뭔가요?"

"아직 시제품이지만……. 아슬아슬하게 시간을 맞출 수 있었어. 그가 내게 부탁했던 무색(無色)의 속성석일세."

칼립손은 작은 상자 안에 그 돌을 집어넣었다.

철컥- 촤르르륵-!

그러자 상자 안에 수많은 기관들이 작동하면서 몇 겹으로 봉인이 되었다.

"이만한 무구들을 만드셨는데 언제 또……."

앤섬은 칼립손이 오래전부터 골렘과 비룡의 무구 제작에 도움을 주며 밤낮으로 일했던 것을 알고 있었기에 감탄을 금치 못했다.

"그러는 자네 역시 마찬가지지 않은가. 이번에 새로이 진법을 만들었다지?"

"저 역시 아직은 미흡하지만 말입니다."

"클클……."

칼립손은 앤섬의 말에 웃었다.

지금까지 연구를 같이한 그는 앤섬에게 미흡이란 단어가 어울리지 않는다는 것을 잘 알고 있었기 때문이다.

"말은 그리해도 그에게 보이고 싶어 기대에 찬 얼굴이야. 그래, 항구에 칼이 기다리고 있다지?"

"그렇습니다."

노움국과 처음 거래를 시작했던 전생의 맥 마이스터, 칼은 이제 수안을 대신하여 타투르의 모든 함선을 운용하고 있었다. 거친 뱃사람들은 어린 나이에 자신의 수장이 된 그를 처음에는 못마땅했지만 시간이 흐른 지금 그는 누가 뭐라 하더라도 해협의 주인이 자리 잡았다.

칼립손은 자리에서 일어났다.

쿵- 쿵-! 츠으으으윽……!

아래에는 자신이 가르친 많은 노움들이 속성석을 세공하며 분주하게 움직이는 모습을 바라봤다.

꿈에 그리던 광경. 늙은 노움은 평생의 마지막 소원으로 지금까지 볼 수 없었던 이 모습을 지키고 싶다는 생각이 들었다.

그는 앤섬을 바라보며 말했다.

"가세. 제 몫을 다하러."

to be continued

Wish Books
崑崙霸仙
곤륜패선
윤신현 신무협 장편소설
WISHBOOKS ORIENTAL FANTASY STORY
선대의 안배로 인해 시공간의 진에 갇힌
곤륜의 도사 벽우진.
"……뭐야? 왜 이렇게 되어 있어?"
겨우겨우 탈출해서 나온 그의 눈에 보이는 것은!
"정말, 정말 멸문했다고? 나의 사문이? 천하의 곤륜파가?"
강자존의 세상, 강호.
무너진 곤륜을 재건하기 위해 패선이 돌아왔다!
곤륜패선(崑崙霸仙)
'이왕 할 거면 과거보다 더 나은 곤륜파를 만들어야지.'

Wish Books
만 년 만에
귀환한
플레이어
나비계곡 퓨전 판타지 장편소설
WISHBOOKS FUSION FANTASY STORY
어느 날, 갑작스럽게 떨어진 지옥.
가진 것은 살고 싶다는 갈망과 포식의 권능뿐.
일천의 지옥부터 구천의 지옥까지.
수십만의 악마를 잡아먹고 일곱 대공마저 무릎 꿇렸다.
"어째서 돌아가려 하십니까?"
"김치찌개가… 김치찌개가 먹고 싶다고."
먹을 것도, 즐길 것도 없다.
있는 거라고는 황량한 대지와 끔찍한 악마뿐!
"난 돌아갈 거야."
「만 년 만에 귀환한 플레이어」